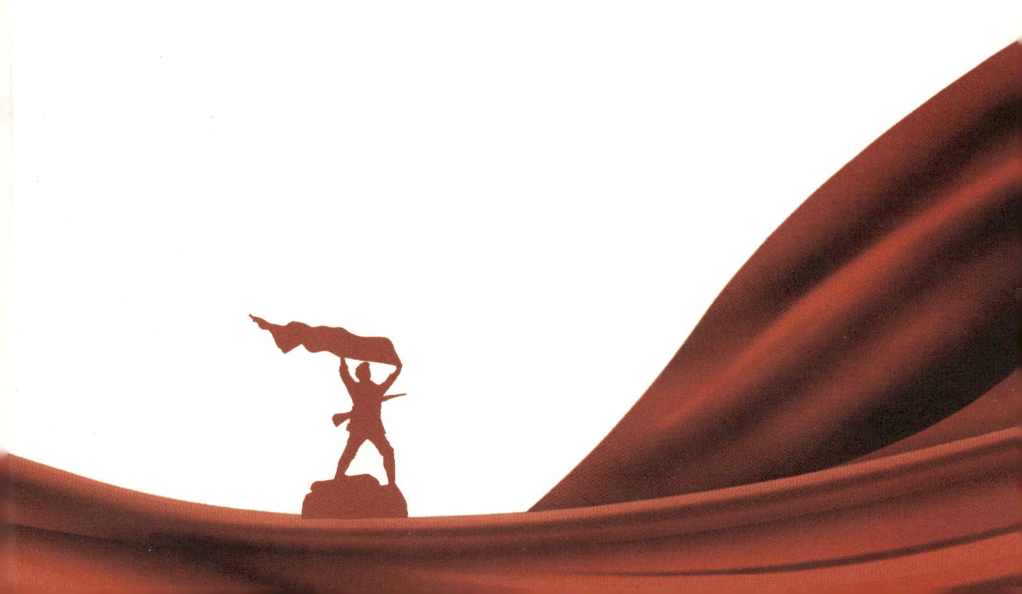

**志在飞**

原名蒋志飞，中国作家协会会员、中国音乐家协会会员、中国音乐著作权协会会员、中国纪实文学学会会员。2021年被评为"全国基层理论宣讲先进个人"，长沙市"最美基层理论宣讲人"。长沙市党史教育专家，中南大学红色文化研究中心研究员。2024年重走红军长征路。在全国宣讲红色故事近400场，发表和出版各类作品400多万字。

出版长篇小说《市委办公室》《半条被子》《铁血师长陈树湘》《我的大学》等；诗集、散文集3部；电影剧本立项《半条被子》《二枚铜元》《最后25天》《打不过东安》等12部，其中《半条被子》荣获第27届金鸡百花电影节少数民族题材电影优秀剧本奖。38集电视连续剧《我的大学》荣获第四届少数民族影视剧优秀剧本奖。歌曲《铸魂》荣获中国音乐家协会举办的"心中的旗帜"全国征集歌曲"优秀歌曲"奖。荣获湖南省、长沙市"五个一工程"奖等奖项40多次。

志在飞 著

# 绝对忠诚

时代出版传媒股份有限公司
安徽文艺出版社

图书在版编目（ＣＩＰ）数据

绝对忠诚 / 志在飞著. -- 合肥：安徽文艺出版社，2025.1. -- ISBN 978-7-5396-8260-0

Ⅰ.I247.5

中国国家版本馆CIP数据核字第2024GJ1288号

| 出 版 人：姚　巍 | 选题策划：宋潇婧 |
| --- | --- |
| 责任编辑：宋潇婧 | 装帧设计：观止堂_未氓 |

出版发行：安徽文艺出版社　　www.awpub.com
地　　址：合肥市翡翠路1118号　邮政编码：230071
营 销 部：(0551)63533889
印　　制：安徽新华印刷股份有限公司　(0551)65859551

开本：880×1230　1/32　印张：13　字数：285千字
版次：2025年1月第1版
印次：2025年1月第1次印刷
定价：58.00元

（如发现印装质量问题，影响阅读，请与出版社联系调换）

版权所有，侵权必究

这年轻男子倒也不怕,偎着一张晒黑的脸跟随警卫来到了陈树湘跟前,张开双臂拦住战马。

红军战士警惕性高,大水用枪对着他,战士们也举着枪对着他。

陈树湘又挥了一下手,示意战士们放下枪,然后他从马上跳下来,把缰绳交给警卫员大水。

见陈树湘走近,男青年却明显紧张了起来,双腿一弯就要跪倒在地。

陈树湘赶紧伸手抓住男青年的手臂制止,说:"别这样!"

这人头上盘着一条毛巾,身上穿的服装跟在青石寨参军的瑶族青年一个模样。陈树湘心想,估计他也是想来参军的。

"你叫什么名字?拦住红军部队有什么事吗?"

此刻,部队秩序已经如常,在狭窄的山路上继续前进。陈树湘带着警卫和他的战马站在路侧,耐心地听男青年说起他家的简单情况。

"长官,我叫何青松,今年十八岁,以前在地主家里当长工,听说红军是为穷人打仗的,是专打地主老财和坏人的,求求你们为我家报仇……"何青松用一口道县土话激动地说,"我父母亲还不起利滚利的欠债,被黑心的地主逼死了!"

这边正说着呢,后面程翠林也跟着队伍过来了,一见陈树湘在跟一位乡亲说话,便过来了解情况。

陈树湘三言两语地解释了一下,程翠林听明白了,正准备说话,却见那瑶家男青年一手一个拽住了两名手里端着枪的警卫员,要人家随他走,去帮他报仇。

没有人笑话何青松的鲁莽、冲动和幼稚,因为这样的情形,这样的仇恨,在红军战士们身上常有。战士们中有很多人都是身负家破人亡的血海深仇来当兵的。有的人在亲手报仇以后来当兵,有的仇还未报,而是暂时放下了个人仇恨,先服从部队统一指挥去打更多更大更重要的仗,消灭敌人,取得更大的胜利。

何青松当然拽不动警卫员,看到何青松急得要哭,陈树湘又询问了他几句,然后跟程翠林商量。

"这……老陈你做主!"程翠林说完,看了自己的警卫员一眼,示意他跟上大队伍先离开。

正好特务连连长张明达走过来,陈树湘也不含糊,直接交代说:"明达,你带上几个特务连战士跟何青松过去看看情况,如果一切属实,自己看着办。切记,注意安全,及时赶回来会合。"

"是!"张明达一个立正敬礼,向后转,招呼特务连的战士们。

何青松还想跪下来给陈树湘磕头呢,腿还没弯下来,就被张明达一把拽走了。"红军不兴这个!"

张明达他们跟着何青松往两里外的一个村子里走,张明达一边具体问了问地主家的情况,一边观察着地形,心里有了盘算,又小声叮嘱几名战士几句。

何青松遥指着那栋高楼对张明达说:"刘狗子的家!"

"那就是大地主刘狗子的宅子!"张明达说着手一挥,战士们就到了村外,地主的大宅子在一群破旧的房子前显得格外高大、气派。

张明达朝身后使了个眼色,几名战士立刻分头行动起来,按预先安排,隐蔽在村外警戒的,左右包抄的,预防突发事件接应的……转眼,张明达身后就只剩下何青松站在那里。

何青松目瞪口呆地看着眨眼之间就无声行动起来的战士们,心里特别佩服,羡慕极了。在离刘狗子家宅院不远的拐角,张明达抬了抬下巴,两名战士马上出列去门前侦察,结果,还没等两个战士走到刘狗子家的大门口呢,突然就听到里面响起了枪声。

张明达一把拉过何青松隐蔽起来,大声发布命令:

"准备战斗!"

原来,大地主家的家丁都有武器,还特地设了哨楼,看到有两名红军靠近了,不管三七二十一就先开了火。

家丁们躲在哨楼上,红军走在明处,家丁第一枪便打伤了一名红军战士。没受伤的那名战士立刻拽着受伤的战士往墙角躲去。

枪声就是命令。安排在各处的红军战士都明白这是碰到了硬茬子。地主家有枪,不能大意。枪一响,大家迅速行动起来。

张明达指挥战士们与地主武装展开战斗。地主武装依仗人多、地方熟,看似有优势,但他们缺乏战斗力,手中也只有几杆破枪,吓唬老百姓是足够的,却敌不过身经百战的红军战士。

拿银钱干活的家丁根本不是红军的对手,几个回合下来,发现打不过,躲在墙角处不敢露头,还是自己的命要紧。战斗开始仅十几分钟,刘狗子的家丁们几乎跑光了。

刘狗子听到枪声,知道大事不妙,急得上蹿下跳,准备跑到地

窖里先藏起来,刚一转身,就看见何青松从家丁手中夺了一条枪追了过来。大地主刘狗子赶紧跑,何青松在后面一边追,一边大喊:

"刘狗子,哪里逃!"

听到喊声,红军战士都合围过来。

刘狗子看到到处都是红军战士,知道是何青松带领红军报仇来了,赶紧往地窖跑去,刚掀开地窖的盖板,张明达一枪击中了他。刘狗子的手一软,地窖和盖板砸下来,正好砸在他的头上。

何青松赶紧跑过去,发现刘狗子满身都是血。何青松将地窖的盖板打开,刘狗子的头半拉掉在地窖边。何青松上前踢上一脚,刘狗子也不知道叫疼。

这是何青松第一次看到自己的仇人被杀掉。刘狗子倒在地窖边,脚还在动,鲜血流满一地。这是逼死了他父母的仇人,他抬起脚又狠劲踢过去,口里骂道:"你也有今天!……阿爸阿妈,我替你们报仇了!"

张明达手一挥,战士们行动起来,在刘狗子家中搜出了好多金银财宝。这些财富都是刘狗子剥削老百姓的,统统带走。

张明达手又一挥,战士们迅速离开。

战士们原路返回,及时追赶上了部队。张明达将情况向陈树湘、程翠林和师参谋长王光道报告。何青松也跟着他们一起回来了。

陈树湘拍了拍张明达的肩膀,说:"干得好!"

陈树湘转身微笑地看着何青松。

何青松上前往地上一跪,这次,谁都没来得及拦住他。

陈树湘赶紧将何青松扶起来，笑着说："男儿膝下有黄金，别动不动就跪，我们是红军，可不兴这个！"

何青松刚站起来，听了这话忍不住又往地上一跪，急切地说："长官，我也要当红军！"

"路上给你说几次了，红军队伍里不兴叫'长官'！"张明达简直都要气笑了。

陈树湘听了也笑着说："记住，以后可不能再叫'长官'了，也不许再跪了，赶紧起来吧！"

何青松见张明达在陈树湘这样的大官面前说话如此自由，心里也没那么紧张了，赶紧站起身来，忍不住又向陈树湘鞠了一躬。

程翠林走到何青松跟前，笑着向何青松："仇都已经报了，你为什么要当红军？"

何青松说："红军为我家报了仇，以后我就是红军的人。"

这么一说，也蛮有理。

站在一边的程翠林继续问："你知道红军是干什么的吗？"

何青松茫然地摇摇头说："我不知道！只听说是会打坏人，替穷人出头。"

陈树湘点了点头，说："你说得很对，咱们红军就是老百姓自己的队伍，是为穷人撑腰的。"

何青松点点头，说："我要像你们一样，拿起枪杆子跟地主做斗争，让他们以后再也不敢欺负人！"

"哎，就是这个理，就是这个理。你说得太对了！"程翠林一听，何青松还是蛮有志气和想法的，又笑起来，说，"那好，我们欢迎你参加红军！"

"你就跟着我们走吧!"陈树湘对他说,"先跟着张明达连长!"

这一路,何青松跟张连长已经有点熟悉了,又是张连长带队帮他报的仇,因而先跟着张连长,沟通也会更方便一些。

程翠林也同意陈树湘的临时安排。

见红军首长们都同意自己参加红军,何青松高兴得又向他们鞠躬。

何青松在红军的队伍里,一看到红军战士背负着辎重上坡难,便帮他们一起背。休息时,还没拿到枪的何青松便好奇地摸摸身边红军战士们的枪。

何青松没有军装,还是一身青布薄袄,他看着其他战士的军装和枪支,非常焦急,心里特别痒痒。

陈树湘向张明达了解何青松行军途中的情况,张明达介绍,部队向当地老乡问路时,何青松懂道县土话,沟通很顺利,而且何青松聪明机灵,脑子转得快——据说,他父母被地主杀害时,何青松就是因为身手敏捷才逃过一死。他知道打不过,也没马上跑回去报仇。这都证明了他有理智权衡利害关系。

陈树湘得知何青松有这些特点,心里便有了打算,跟程翠林商量,让何青松到张明达的特务连去。

34师准备在道县的潇水边扎营,陈树湘指示何青松随特务连一起去侦察情况。

当然,让何青松去侦察情况,一则他是本地人说本地话,不会被发现;二则也可以继续考验考验他。

看到何青松被分到特务连,张明达非常高兴,对他说:"你很快会有枪的！不过要从敌人的手里夺！"

何青松挠着头不明白，为什么要从敌人的手里夺？

张明达告诉他，有一个光荣而艰巨的任务需要他去完成，完成好了，可以有枪，也可以穿上红军的新军装。

"什么任务？"何青松一听，赶紧问。

张明达故作神秘地对他说："你先到县城里去转转，四处打听一下，看道县有什么敌情。"

"到城里转转？"何青松还是不明白，红军不发给他枪去打仗，还要他到处转着玩吗？他不明白地看着张明达。

见何青松不明白，张明达只好直接告诉他："你去转转就是为了打听敌情，这在部队就叫作'侦察'。能侦察到敌情，就能让部队在战斗中减少损失，打败敌人，这和拿着枪打敌人一样重要。"

何青松又向特务连的其他战士问了问具体情况，这才明白张明达交给他的任务有多重要，这就是要他去打听敌人的情报啊。

见何青松已经完全明白了要做什么，张明达又叮嘱他如何注意安全、返回时的注意事项，这才拍拍何青松的肩膀，说："你去吧！"

何青松转身就要走。

张明达大声说："站住！"

张明达从身上掏出两块大洋，交给了何青松。何青松从来没见过这么多钱，他手里拿着大洋，掂量了一下，放进自己的口袋，心想，这是红军分配的第一项任务，一定要完成好。

蒋介石妄图将中央红军消灭在潇水以西、湘江以东。陈树湘带着34师按照原计划来到潇水边扎营,接下来的任务是阻击潇水东岸周浑元的中央军。这时候,道县何记娱乐城的老板何天霸依仗着出老千的本事赢光了赌徒何三公,正逼着债台高筑的何三公以女儿还债,要纳他刚满十八岁的女儿何红梅为妾……

道县街道两旁的木房子虽然有些陈旧,但从古铜色的木质可以看出来,这些木板都是由整块整块的木头锯成,而且年年都会用桐油刷一遍以防水防虫。街两旁都是这种木质墙壁的店铺和民居,房子顶上铺着青瓦,瓦缝里依稀长出几棵靠雨水露水滋润而存活的青草。

临街的房子当然还是以店铺居多,这样的房子,大门会开得更宽敞,白天方便客人进出,黄昏过后打烊,陆陆续续上好门板,店主便回到后间的屋子里吃饭、睡觉。若是做大买卖的商家,住在后间的仓库里的就是顺带可以值夜的伙计,东家是另有舒坦宅院的。

不论是民居还是店铺,街上所有的木房子都有伸到外面遮雨的走廊,许多房子连成一线,就形成了一条条上百米长的连廊,很多店家的商品就靠墙摆放在这断断续续的长走廊上。有日常用品,比如鞋垫、围兜、袖套、锅碗瓢盆之类;有农具,比如锄头、铲子、耙头之类;有食品,比如白米、红薯、玉米、花生之类;还有少量装在笼子里的鸡鸭和摆在大桌子上剁成了一块块的猪肉;还有卖鱼的占了一角,用个大木桶盛着水养了些鱼。平日里常有小孩子围着鱼看一阵子,但今天县城过兵,每家的小孩子都被家人盯紧了,不敢放他们到街头乱跑。

间中也会有一家铁匠铺或食铺,门外便常年摆放着灶头等物件。还有些临时摊贩,给几个小钱借了场地,摆个磨菜刀或者补鞋的小摊子。

商家们大都会用心取一个吉祥带财运的好名号,或写在木壁上,或写在一块布上,挂在门前,随风飘着。

街面都是用石灰、沙子和黄泥三合泥抹平筑牢的,即使是雨天也不会有泥巴沾在鞋上。

早几天,红军的前锋部队打进了县城。

城里的地主老财们听闻红军进城,都带着金银细软、妻妾儿女想方设法逃到了城外。国民党的保安团开始还向红军放枪,后来一看到是大部队,吓得赶紧逃命去了。

红军的先头部队来到道县,但没有进城,只在城郊的湘江边扎营。陈树湘带着34师的战士们从县城的一角通过。

街道上,除少数百姓在看热闹,稍微怕事的人都关着大门躲在家里,不敢外出。红军是什么样的兵他们不知道,只见过从前的兵丁没几个好东西,因此穷人家都怕闺女被抢,儿子被抓壮丁。只有那些又穷又老的人不怕,出来观察一番,看看一城人接下来的命运。

34师的红军战士列着整齐的队伍走过来了,看着衣裳并不光鲜,但队伍整齐,战士们的脸上都很有正气,叫人看了就觉得心里踏实。

陈树湘、程翠林、王光道骑着马走在队伍的中间,一看就是"大官",可他们的穿着并不比战士们强多少,面上也没有任何嚣张跋扈的样子,个个都亲切得如同邻家孩子。老人们袖着手或者吧嗒着土烟袋,缩着身子看着一眼望不到头的队伍穿过长街,整齐的步伐落在地面上发出啪啪的响声。

"这些兵跟以前的不一样。"有人小声说。

"嗯,是啊,完全不一样。"

"谁知道他们接下来会怎么样?"

细细碎碎的谈论在屋檐下响起来,像春夜里蚕宝宝在啃食桑叶,话语里充满了怀疑,也充满了期待。

陈树湘早就宣布了纪律,进了城要遵守"三大纪律八项注意"。

从红军战士们一进城,城里那些热闹的买卖吃喝声就没有了,像鸭子被捏住了脖子。但是在这似乎消音了的街上,藏不住、消不去的是食物的香味。那是油炸糖油粑粑的香味,那是鸡蛋冲甜酒的酒香味。

红军战士们天天行军打仗,几乎顿顿都是凑合,已经很久没有闻到这种"世俗"的香味了。穷人家出身的孩子自然不知道这些香甜气息的滋味,只是觉得这气息是那样诱人。家底稍微殷实点的,谁还没个跟着父母上街赶集、拉着裤腿挪不动脚讨要吃食的童年啊,现在闻着这熟悉的味儿,少不了先目不斜视地偷偷咽个口水,然后按压下思乡念亲的情绪。

护士长康美凤、护士刘茜及警卫员大水、海子走在一起,边走边看街道的两旁。海子和大水赶紧走到前面,对康美凤说:"康姐,你闻,好香呀!"

康美凤早已闻到了,这时夸张地吸了一口气,大声说:"真的,好香呀!"

刘茜笑道:"是糖油粑粑,我好想吃上一口……"

大水赶紧说:"我去买!"

康美凤立即制止说:"不行,注意纪律,不能离开队伍!"

海子马上说:"不急,等会儿安顿好了再出来!"

康美凤的心思可不在好吃好喝的上面,她边走边观察着两旁,看有几家药铺,中药是肯定有的,西药就不一定了。一会儿她要来找一些医疗用品,能找到药用棉和纱布就好,如果有消炎和消毒的药品那就更珍贵了。

等真的安顿下来,战士们一般也没有时间或没有钱上街采购美食,而是立刻就要展开各种安抚和宣传工作。

宣传队的战士们提着木桶,拿着刷子开始在大街的长墙上刷标语。用石灰水在墙壁上写的字,虽然未干,但规规整整。

不识字的人站着看个热闹,自然会有识字的,或者是爱显摆的人一个字一个字大声跟读,等一句标语刷完了,再念几遍,惹得围观的百姓看完了标语再用羡慕的眼光欣赏一番"识字"的人。

有些标语写在纸上,见到街口有平整的墙面就张贴上去,围观的人就更多了。

"红军是老百姓自己的队伍!"

"打土豪,分田地!"

"中国共产党万岁!"

人群中也有些见多识广的当地人,此时就站出来说:"共产党拉起的队伍是穷人的队伍!"说着,他还能举出不少事例来,那都是斩奸除恶打坏人保护穷人的故事,听得没见过什么世面的百姓眼睛里冒泪花,感同身受。

从红军进城之后的表现来看,他们就像一群邻家大孩子回了家,不是过来帮老人挑水,就是过去帮大娘劈柴,除了占领地主老财和官家的宅院驻扎,士兵们绝不会上街扰民。县城里的居民们很快就明白了,红军战士和之前的国民党军、匪兵、保安团、家丁都不一样,红军战士是真正为普通老百姓打天下来的。不多时,就见到在大街上的另一边,很多人都从家里拿出了玉米或者花生送给红军战士,来表达自己的欢迎与喜爱。还有人挑来了几担井水放在大街上,拿瓢舀水给红军战士们解渴。

有红军口渴了,停下来喝上一碗。

这时,突然有人大声喊:"红军不打人!红军是好人!"有其他人也跟着喊了起来。

这时候,那些谨慎、胆小的仍关门闭户的人家,也把大门打开了,探出头来看看大街,见到有熟悉的人在跟红军战士们一起干活,于是也走出一个大人,紧紧地牵着孩子,站在自家门外看新一队的红军队伍整齐通过。

红军战士们背着行军包,斜挎着长枪,有的还抬着大炮,对着沿街百姓满面微笑，真是亲切极了。

潇水从道县县城流过，红军行军从西向东，过了潇水，必须在东岸设防。前锋部队在潇水边留下一些设防点，挖了一道道战壕。

陈树湘带着34师停下来，在潇水边扎营，力图阻止河对岸的敌人尾追大部队。

陈树湘将部队安置下来，便和程翠林、王光道在潇水河岸走了一圈，发现河对岸有情况，便要战士们提高警惕。

康美凤和刘茜放下药箱，要去街上购置药品，便向师部报告。陈树湘不放心她们单独去买药品，便让警卫班派人保护她们。康美凤和刘茜带着警卫班的十几个同志一起上了街。

康美凤上街，是为了购置一些医药品。刚才来时，她看到了一家药店，所以直接走到药铺，搜罗了不少必备的药品，付款、打包，让同行的战友们拿着。但小小县城，药品的储备是远远不够的，康美凤又打听到了几家，来到了何记娱乐城旁边的药房。这是一家极小的诊所，只有一位大夫，药品备得非常少，却都是外科手术常用的好东西。

警卫班的战士们站在诊所门外等着，何记娱乐城的大门早已关了，一群人站在门外也不碍事。这家娱乐城的主人叫何天霸，他儿子是道县保安一营营长何湘，他家今天正在办"喜事"呢。

道县，古称道州，自秦设县始，有着2200多年的建置史，其中1500多年为州府郡治所在地，曾与衡州（今衡阳）、郴州、永州并称湘南四大古城。

道县是个汉族与瑶族杂居之地,汉族被瑶化,瑶族被汉化。汉人被瑶族人的饮食、风俗影响着,瑶族人的节日热闹不会错过。瑶族人的生活中,融进了汉人先进的技术和习俗。你中有我,我中有你。

农历十月十六日这天,是瑶族传统的盘王节,由于红军大部队过境,战火纷飞,人心惶惶,盘王节热闹了两天就结束了。

这年筹办盘王节的土财主姓何,人称何天霸,是道县城里的赌王,何记娱乐城就是他发财的地方。当红军战士们正在大街上刷标语发动宣传的时候,一顶花轿被两个轿夫抬着晃着穿过大街,轿前是几个吹唢呐敲锣鼓的瑶族人,摇头晃脑地使劲儿演奏着《百鸟朝凤》。花轿随着乐曲的节奏被轿夫们踩着碎步子颠来颠去,花轿里一名俊俏的瑶族少女被颠得头晕胃疼,身子在轿厢里撞来撞去,但她不能伸出手来扶一把,因为她身上还捆绑着绳子。一圈一圈的麻绳束着她的双臂,双手被捆在身后。她阿爸何三公赌博输光了钱,没有钱还债,只好答应以女抵债。何红梅自然是不肯嫁给何天霸做妾的,于是何天霸派了家丁来抬人,就是绑也要绑回去成亲。

何红梅今年才十八岁,好像一朵花正开放,过着贫穷却很快乐的日子。虽然很多女子都在十四五岁就嫁人了,但何红梅并不着急,她一直梦想嫁一个勤劳勇敢的男人,而不是像她阿爸那样的滥赌鬼。可眼下,这一切美好愿望都被残酷的现实击得粉碎。

道县要变天了,何红梅并不知道,坐在喜轿里,她感觉到不少人在看热闹,那些人窃窃私语或者指指点点,似乎是在看她的热闹,又似乎不是。趁着喜轿一时晃得不那么厉害了,何红梅用肩勉强别开窗帘,从窗帘的缝隙向外看,除了看到那些看热闹的道县百姓,好像还看到有一队服饰陌生的军人远远地从正街上走过。

等部队通过之后,喜轿前又吹起了唢呐,穿过正街,这迎亲的队伍很快就要进何家大院了。那些看完红军战士进城的老百姓跟着唢呐和喜轿,一同走到何家门外,想看看这家又娶了个什么样的女人。见到围观的乡亲多,唢呐吹得更来劲了,花轿故意在街上又绕了一圈显摆了一番,才朝何家洞开的侧门走过去。

何三公赌博输光家里所有财产,没钱还债,只好躲到大山里去,但山上没吃没喝过不下去,他又回来了。因为赌博,他向所有亲戚朋友借了很多债,根本还不上,现在更是连何天霸的利息都还不上了。那何天霸家里已经有三个太太和一群婢女,可当他看见鲜花一般的何红梅时,感觉家里那一群简直就成了"残花败柳"。何天霸对何红梅垂涎欲滴,挖空心思地算计着何三公。何天霸三天两头叫家丁到何三公家逼债,何三公以为自己只有一把老骨头,一副死猪不怕开水烫的样子。

直到有一天,何天霸对何三公说:"欠钱还债,天经地义。没钱不要紧,你家有个聚宝盆。"

何三公不明白,家里哪来聚宝盆?

何天霸见何三公不明白,盯着他走出家门的女儿何红梅,说:"女大十八变,你女儿是一枝花!用她抵债,我还另外给你一份大彩礼!"

何三公一听,是打他女儿的主意,向何天霸一跪,哭着说:"何老爷,这不行,我只有这么一个女儿。"

何天霸哼哼一笑,说:"又不是让你女儿去送死,我是让她去我家享福!"

何三公看着何天霸那老气横秋的模样,给他磕头,说什么也不同意。

何天霸见何三公不同意,放下狠话,说:"如果不同意,我放火烧了你家!将你女儿绑起来,装进笼子沉进老虎潭。"

何三公一听,被吓得颤颤巍巍,只好不作声了。

所谓色胆包天。红军要进道县,多数干坏事多的或者有钱的人都躲了出去,偏何天霸不信邪:他儿子何湘在保安团当差,道县没人敢跟他作对;他自家开的是赌场,他觉得这营生不是红军要"制裁"的对象。

再说,何天霸急着娶何红梅呢,红军总不能管他娶老婆生孩子的事。

何天霸在何家寨放了暗哨,只等何红梅走亲戚一回寨子,就给他送信。因而一早上何红梅还没睡醒呢,何天霸抢亲的喜轿就到了,也不管何三公愿意不愿意,家丁抬了花轿,直接就将何红梅给绑走了。

何红梅娘死得早,是何三公一把屎一把尿将她拉扯大,将她养到十八岁不容易。何三公见女儿被何天霸抢走了,号啕大哭。可是,他转念一想,女儿迟早是要嫁人的,现在兵荒马乱,与其嫁个穷得叮当响的后生子,还不如嫁给何天霸呢。俗话说,宁为富人妾,不做穷人妻。何天霸的儿子在县保安团当差,年纪轻轻当

了营长,以后他何三公不就有大靠山了嘛。何家寨的村民见何三公女儿被何天霸抢走了还一脸安逸,摇摇头说:

"何三公,你总有一天会遭报应的!"

何三公没在乎村民的看法,撇嘴笑了笑,伸手摸了摸刚才何天霸扔给他的彩礼,心里踏实得很,那只大钱匣子里面装的全是大洋。

他盘算着,现在有本钱,明天再去何记赌场,将输掉的钱全部赢回来。这样的梦想,让他十分开心。

新房的装扮很考究、喜气,除了重檐的雕花木床和鼓腿圆桌圆凳,窗前的洗脸架、墙侧的梳妆台都是配套的,细致到连雕刻的松针都描了金粉,就更不要说方桌上摆的古董花瓶、西洋座钟以及细瓷杯盏等物品了。

这样的人家虽然富贵,但四里八乡的人都知道,这是个火坑。

何三公的女儿长得好看,出了名的好看,所以才有"机会"被她阿爸送进火坑。至于幸福与否,那就随缘了。

何三公看着女儿被抢走,可曾考虑过何红梅愿意与否?何红梅是否愿意去讨何天霸的欢心,以换取舒心的日子呢?了解劣迹斑斑的何天霸,或了解血性耿直的何红梅的乡亲们都知道,这两人做夫妻那是绝对没有可能和谐相处的,只可能血溅当场。

何三公看到生米已煮成熟饭,只有往好处想,自己可以通过何红梅这个漂亮的女儿巴结何天霸,从而得到许多好处。

一乘小轿垂帘,一路哭哭啼啼,一行吹吹打打,何红梅就这样被抬进何天霸家的后院。新房的门咣当一声被打开,两名强健的婆子在媒婆的指点下,将何红梅从花轿里弄出来,直接扔进了新房。可怜的何红梅被一下子扔在了撒满枣子、花生、桂圆、莲子的喜床上,她又羞又愤又绝望,觉得自己似乎只有死路一条了。

花轿、乐队、吉庆的婚床,这并不代表新娘地位尊贵,并非何天霸对何红梅看得重,这不过就是何天霸对他何家面子的看重,是日常娶妾的显摆流程罢了。如果妾室们能多生孩子,那代表何家人丁兴旺。何天霸养得起,自然是多多益善,每个孩子满月、抓周什么的,他都会大办一番,收收彩礼,听听吹捧,又显摆一回。不过,他何天霸坏事做绝,儿女缘薄,儿女生得不少,但夭折得七七八八了。

何红梅身上的绳索并没有因为抵达新房而被松开,因此她的不断挣扎使得皮肤被绳索捆绑的地方都勒红了,手腕被捆扎之处还磨破了皮。何红梅放弃了挣扎,也停止了哭泣,因为她的嗓子早已经哭哑了。

媒婆劝了何红梅几句,转身出去了,顺手带上门,并没有上锁。

何红梅心想要不跳到门边去,看是否能开门逃走,但这时候,吱呀一声响,门开了。

一个人影从门外进来,因为背着光,所以看不清脸,但何红梅知道,这是何天霸进来了,吓得她浑身直哆嗦。

肥嘟嘟的老赌棍何天霸笑眯眯地走了进来,走到床边低下头,一脸淫笑,眼睛眯成了一条缝。

"何红梅,你阿爸赌博输了钱,把你输给了我。俗话说得好,嫁鸡随鸡,嫁狗随狗。你以后就是我何天霸的人了。"

何红梅满眼绝望,将身子往后缩了缩,一双大眼睛满是惊慌地望着何天霸,吓得一句话也说不出来。

何天霸津津有味地说着赌场得意的事:

"谁不知道我何天霸是方圆几十里有名的高手呀,打麻将,挑金花,摇骰子,玩纸牌,你阿爸都不是我的对手,可他偏就爱这一手,真是……也好,你阿爸输光家产,只好将你抵给我,真是苍天有眼啊,这么一个大美人。"

何天霸转身朝跟在他身后进房间的家丁吩咐道:"快给她解开。"

家丁上前,解开了捆绑何红梅的绳子。

何天霸笑着,想上前摸一下何红梅,被何红梅用手挡开了。

何天霸心里有点不爽,但想到何红梅已经是自己的四姨太了,反正也跑不了,就释然了。

何天霸觍着老腊肉一样的脸皮说:"何红梅,你阿爸输光了钱,把你抵给我,你不服气。今天,我们两人来赌一把,若赌赢我,你可以大摇大摆地走回去。"

何红梅手脚被捆得麻木了,但她心里的恐惧使她感觉不到肢体的麻木。何红梅稍微活动了一下手腕,见何天霸转身去拿圆桌上的骰盅。

何红梅没有心思跟何天霸赌,一心想着怎么逃出去。

这当子,何天霸拿到骰盅一摇,只听得哗啦啦一阵响,然后重重地压在圆桌上,问:"你赌大还是赌小?"

何红梅不吃这一套,瞅着这当子,站起身,朝何天霸身后走去。

何天霸反应过来,伸手就拽住了何红梅的长辫,一把将何红梅拖回了自己身边,说:"你还没有赌,就想走?"

何红梅心想,反正也没有机会逃走,睁大眼睛瞪着何天霸,说:"真的要赌?"

何天霸成竹在胸,哈哈大笑说:"君子一言,驷马难追!"硬赌,何红梅肯定赌不过何天霸,但她眼下并无他法。

何红梅跑过去,拿着骰盅一摇:"你赌大还是小?"

何天霸一见何红梅上了当,高兴地说:"你可要当心啊。"

何天霸将手一指,大声说:"小!"

何红梅见何天霸赌小,她只有赌大了。

何天霸要何红梅打开看,何红梅不敢打开,怕自己赌输了,将自己的命运也赌了出去。可是,何天霸伸出手来,只见他手拿骰盅一抖,再打开一看,果然是1点、2点、3点。

何天霸高兴地笑着:"这是天意,1、2、3,加起来6点,小。"

一眨眼的工夫,何天霸便动了手脚,也难怪何三公赢不过他。何红梅明知何天霸出了老千,但她不知道该如何应对。

这时,何天霸大声说:"愿赌服输!"顺势将何红梅揽到了怀里。

何红梅挣扎着,咬了何天霸的手一口。

何天霸痛得直叫,刚要扇何红梅一耳光,何红梅快速靠近何天霸,条件反射地就用膝盖朝何天霸顶过去,迎面给了何天霸裆部一击。

这真是在何天霸的意料之外,他立马双手捂着裆部号叫,痛得在房间里打转。

何红梅转身又朝门外逃去,但一旁的家丁冲了过来,一把将何红梅抓回来,推到何天霸跟前。

何天霸无比恼怒又无比痛苦,这时候完全没了好好劝说的耐心,大声吼道:"把这个死女人给我绑到摇椅上去。"

绑起来就肯定没机会逃走了,何红梅拼命挣扎。

女子的力量是有限的,何天霸的家丁平时都充当打手,对付何红梅是小菜一碟。无论何红梅怎么挣扎、反抗,还是被家丁绑到了摇椅上。

"你们出去!"何天霸一摆手。

何天霸走到房门边,将已经关好的房门插好门闩,这才走到摇椅前站住。"你阿爸把你抵债给我了,你就是我的女人,你居然想踢坏我的命根子,看我今晚怎么办了你。"

何红梅四肢被绑住了,她只好别过脸去不看何天霸那张丑脸。

何天霸俯下身拉了一下摇椅,他身上那股难闻的烟酒气味儿笼在了何红梅身上。

随着摇椅的晃动,何天霸的双手在何红梅身上游走起来。何红梅挣扎着扭动着身子,但怎么也避不开,屈辱的泪水滚滚而下。

何天霸在何红梅身上摸了几把,觉得不过瘾,便抓住摇椅的扶手使何红梅无法晃动避开,又急不可待地伸过臭嘴去亲吻何红梅的脸蛋,何红梅拼了命地左右摇闪,但还是被何天霸亲了几下。

何红梅的挣扎激发了何天霸的怒气,他也不想等到晚上了,开始动手扒何红梅的衣服。

何红梅绝望地用嘶哑的声音破口大骂:"畜生,何天霸你是个老畜生!"

何天霸轻轻拍了拍何红梅的脸,淫笑着说:"我是畜生,我是老千,我就喜欢你。"

说完,何天霸一把扯开了何红梅的上衣……

"求你了,放过我!老天啊,救救我啊!"何红梅哭叫着,不停摇着头,捆绑住的手脚也在不停挣扎,短短的指甲掐进了自己的掌心,血都流出来了她也不觉得痛,只有弥天的绝望和痛苦笼罩着她。

何湘是何天霸的二儿子,三十出头,却已经在道县国民党保安团一营当营长了,有钱有势、有枪有兵。何天霸借着儿子有枪耍威风,在县城里开了何记娱乐城,明目张胆地祸害一方。

何天霸娶妾是小事,喜字只贴在新房门上,只是将喜轿抬进门罢了,酒宴都没摆一桌,因而院子里并无多大的动静。

二少爷何湘一身农民打扮,带着十几个农民打扮的团丁从外面赶回来,进了何家大院,把门一关,就扯着嗓子大喊:"阿爸!阿爸!"

看门的家丁正在院里聊着呢,一看二少爷回来,吓了一大跳,生怕二少爷怪罪他没在门外站着,赶紧迎上前去弯腰问好:"少爷回来了,少爷辛苦了!"

家丁见何湘那么急,以为是赌场出了乱子,立即说:"少爷,是不是又来了老千?"

早些天,何记娱乐城来了几个外省的大老千,从何记娱乐城赢走了好多大洋,还是何湘带人将老千截住,搜出了大洋打断腿扔了出去。何天霸平时在自家赌场里出老千,县城里外那些爱赌的人没谁不被他坑得掉老底。

何湘心里有事,急着问道:"我阿爸在哪?"

家丁忙赔笑道:"老爷、老爷正在洞房呢。"

"洞房?"何湘眉头一皱,"跟谁洞房?"

家丁笑嘻嘻地说:"何三公赌输了,将十八岁的女儿抵给了老爷。"

何湘一听怒气冲天,迈大步就向他爸那间正房奔去。离正房还远呢,何湘就听到房间里的哭喊声。

何红梅被捆绑着,衣裤自然脱不下来,何天霸一顿撕扯,衣裳都扯坏了,但自己缝制的土布衣裳结实得很,扯了几下没扯下来,这可让何天霸气不打一处来!急不可待的他只好先趴下,抱着何红梅一顿乱亲。

嘭嘭嘭——房门被拍得震天响。

"妈的,哪个畜生!"何天霸还抱着挣扎的何红梅,扭头冲门外破口大骂。

何湘焦急地站在新房门外叫道:"阿爸,有急事,你赶快开门。"

何天霸听到是儿子的声音,而且如此焦急,担心出了什么大事,只好站起身来提起裤子。

035

何红梅的嘴唇已经被自己咬出了血,血流入了嘴里,牙上都沾着血,头发凌乱,衣裳破烂,一副悲惨模样。

何天霸转身从床上拽过一条毯子扔在何红梅身上,盖住了她因被扯破衣裳而裸露的身体,这才转身去开门。

何天霸走出房间,背手将门关上,冲着何湘问:"出什么事了,你不是躲出去了吗,怎么又跑回来了?是不是在外面输了钱?"

何湘一听,哭笑不得,说:"我是躲出去了,但没赌钱,没有输钱。"

何天霸一听没有输钱,稍微放心了,便说:"你耽误我洞房了。"

何湘望着何天霸那个样子,心里嘀咕:"你就是个老色鬼!"

"没有输钱你急什么?就会坏你老子的好事。先回房去歇着,让我办完事再说!"何天霸说完,也不等何湘回答,反身就推门想进房间。

何湘心里急得很,一把拽住何天霸的手,急切地说:"阿爸,你只知道赌博赢钱,只知道快活,咱们的脑袋说不定都要搬家了!"

"你说什么?脑袋搬家?什么狗屁!"何天霸一脸疑惑,大声说道,"何三公自己赌输了,将女儿抵债,他个滥赌鬼能奈我何?"

何湘一听,这都什么跟什么啊,阿爸真是老了蠢了,都不晓得生死了,于是抱怨地说:

"阿爸,你老糊涂了不是,谁说赌馆呀?早跟你说过共军进道县,咱们都要先躲开。共军打土豪分田地,还要有钱人的命。我都躲出去了,听说你还在县城,就知道你糊涂。你这是只管贪恋赌场,玩女人,不晓得厉害啊,会把命丢掉的,所以我赶紧悄悄溜回来通知你,一切还是保命要紧。爸,你得快点离开县城,去何家寨的老宅里躲躲……"

"共军真还要瓜分我们的财产?那我们的赌场怎么办?"

"赌场?你还管赌场干什么?没有人,赌场还有用吗?"何湘大声说。

"不,那可是我的命根子,我不能没有它。"何天霸说道,"你可要好好保护着,别让他们砸场子。"

何湘一听,心里有火,却不好发作,说:"在道县,谁敢砸我们的场子,不想要他的狗命了?"

何天霸听了儿子的话,这才安下心来。

何湘的话音未落,突然就听到几声枪响从远处传来。

父子两个顿时慌成了一堆。"打起来了,我们马上走!回何家寨!"何天霸现在可没心情洞房了。

何湘反而冷静了下来,道:"现在不能走,太显眼了。你赶紧收拾东西,明天天不亮出发,我护送你离开!"

"不行,得带上她!"何天霸拿手朝身后的房子里指了一指,他可舍不得放过何红梅,肯定得把她带上,"唉,早知道这样,我就回何家寨好了,在那里娶还更方便……"话说了一半,何天霸没再说了。

何湘在心里吐槽了他爹一句:"你还不是想在县城里显摆显摆呗!"

何青松带着两块大洋离开红军队伍后,独自进了县城。他记得张明达的叮嘱,独自行动,不暴露身份,也不跟其他红军接触相认,只管以当地人的身份活动,打听更多的与敌人有关的消息。

　　走在大街上,何青松饿了,看到旁边有个糖油粑粑的灶台,炸出来的糖油粑粑油汪汪的,他的口水都流出来了。他摸了摸口袋里的两块大洋。但他没有用来买吃的,这是红军的钱,不能乱用。

　　这时,他看到康美凤带着红军战士也在那里买糖油粑粑,感到很激动,心里想着,现在我跟你们一样也是红军。他真的很想走过去搭讪。但再一想,目前他只认识那两个骑大马的首长,还有张明达连长。嗯,对了,张连长说了,不许暴露自己的身份。

　　何青松想了想,该如何执行自己的任务呢?他以前没这样的经验,可他满心想立刻完成任务,让同志们都觉得他是真心要当红军,他是最厉害的战士。正想着呢,耳旁突然听到了枪声。

　　抬眼一看,康美凤已经带着战士们离开了。何青松知道枪的可怕,且他手上也没枪,于是赶紧转身离开了。

　　何青松没有回到张明达给他指定的接头地点,既然张明达让他到处转转,打听一些消息,他就要全力以赴完成第一个任务。现在他还没有打探到半点有用的消息,这时候回去没有用,再说,张明达给了他两块大洋,难道不是给他花的吗?

　　实在是饿了,实在是忍不住了,何青松向四周看了看,便在一家叫"韩记米粉店"的店里坐下来,想吃一碗鱼粉。听说道县城的鱼粉特别有名。

韩记米粉店的旁边,就是道县有名的何记娱乐城。

刚坐下来,就有几个青年走进来,也点了鱼粉。

韩记米粉店的老板娘虽然人到中年,但皮肤还算白嫩,像白米粉一样,一头黑发披在肩上,很有几分姿色。

老板娘见了他们几个,就走过去,热情地向他们打招呼。

有个年纪略长、脸上有一粒黑痣的人,是老板娘的叔叔,叫韩天长,在何湘家里当差。他一坐下来就说:

"今天是何老板讨婆娘!"

老板娘恍然大悟地说道:"难怪听到大街上吹吹打打。何老板五十多岁了,家里有三房太太了,还要讨婆娘?"

"哈哈哈,不是说婆娘越多越好吗,我们何老板功夫深!"

这一说,大家都笑起来。

何青松也笑起来。

"这个婆娘又年轻又漂亮,是我们何老板赌博赢来的。"

"赢来的?从哪里赢来的?"

"你不知道呀,何家寨!"

"何家寨?"

"是呀,何三公你认识吗,他的女儿叫何红梅。"

"呵,听说了。"

"何三公是个滥赌鬼,输光了家产,借了何老板的钱还不起,只有拿女儿抵债。"

"什么世道,还有这样的父亲!"

……

"现在红军进了城,还办喜酒?"何青松突然说。

"谁敢不让他办?!"那人回答说,"他儿子何湘是县保安团的营长,有权有势。虽然现在何湘躲出去了,但等红军走了,他再回来,这里还是他们为王啊!"

"何天霸没走?难道不怕红军抄他的家?"何青松说。

"你们看,何记娱乐城也关门了,他躲起来了。"米粉店老板娘说。

"肯定怕,何营长走的时候就说了,让何老板回乡下何家寨去住几天,避避风头。"韩天长说,"这年头,有谁不怕?听说,红军专门打劫有钱人。"

"何老板靠何记娱乐城,每年赢的银子白花花地堆成山!"

康美凤和刘茜将所需的医药物资购置完,一包包扎好,警卫班的同志每个人身上背着、手上提着,高高兴兴地准备返回驻地。

康美凤在34师是护士长,年龄稍长一点,是这些小红军的大姐姐,战士们习惯叫她康姐。叫多了,年纪大的红军战士也跟着叫她康姐。她只管答应。

这时候,她当然不忘到那边去买一些糖油粑粑慰劳大家。

康美凤带着大家走到炸糖油粑粑的灶台边,炸糖油粑粑的老人一见来了一群当兵的,赶紧说:"你们……我一个老人,我没赚到钱……"

康美凤一听,就知道这个老人平时没少被欺负,立即说:"老人家,我们买糖油粑粑!"康美凤说着,从身上掏出钱。

那老人一见马上就松了一口气,换了个笑脸说:"好,好!红军太好了!"

康美凤当即说:"每人两个,我请客。"

战士们一听,都高兴地说:"谢谢康姐!"

大家吃着香甜的糖油粑粑,特别开心。康美凤和刘茜用一个油纸袋装了一袋,烫手得很,只好折了根树枝掰成几段垫着,捧着往回走,把旁边卖货的摊贩们都看乐了。

"太好吃了!"

"好久没有吃这么好的糖油粑粑了。"

"我还是第一次吃这东西呢!"

"我也是……"

康美凤捧着袋子,听到大家这么说,就像看着自家一群弟弟妹妹在聊天,能让他们开心一阵子,自己心里也美滋滋的。

突然,远方传来一声清脆的枪响!

康美凤赶紧大声喊道:"快,同志们,跑步前进!"

十多名战士跑步向34师驻扎的营地而去。

在潇水边的军营里,陈树湘听到了更清晰的枪声,他用望远镜向对岸的山林看,枪声就是从那边传过来的。

特务连连长张明达跑过来,大声向陈树湘报告:

"有人放冷枪,在对河的山上。"

陈树湘用望远镜看了看,除了看到山上的大树、草丛,并没看到敌人的身影。

这时,陈树湘大声说:"向对面山上开几枪,试探一下敌人的情况!"

站在一旁的侦察排排长郑亮华一听,举起冲锋枪,向对面的山上打出一梭子子弹。可枪响过后,除了打得树叶簌簌落了一阵,飞出几只惊鸟,并没有见到敌人的动静,无人开枪回击。

陈树湘放下望远镜,说:"你们继续侦察,发现敌情立即报告!"

郑亮华放下枪,大声说:"是,请师长放心!"

陈树湘从战壕回到指挥部,正在看地图。这时,康美凤、刘茜带着警卫班的战士回来了。战士们将医药物资放在救护所,然后回到自己的岗位。

康美凤和刘茜捧着糖油粑粑走到师部,一股香味传过来。

大水和海子一闻,就知道康姐买来好吃的了,赶紧跑过来,大声说:"我要吃!"

陈树湘闻到了香味,也走过来大声说:"你们这些小馋猫啊,买糖油粑粑了!"

康美凤将油纸袋往桌子上一放,笑着说:"师长猜对了!快来吃,还是热的呢!"

这时,程翠林和王光道谈笑着,也走进了师部。

康美凤一见他们,笑起来,说:"你们来得正好!"

程翠林一闻,笑起来,说:"我就知道康姐买了好吃的,闻香而至啊,哈哈!"

康美凤笑着说:"你们快来吃!"

王光道笑着说:"有我们的吗?"

刘茜笑着说:"有,有,每人两个,我算好了人数!"

大水和海子已开始吃起来,说:"好吃好吃!"

陈树湘用竹签子插好一个,放进嘴里咬了一小口,也说:"真香!我以前在长沙的时候,小吴门就有卖糖油粑粑的。"

程翠林接过话说:"那你买了吃了吗?"

陈树湘说:"吃了吃了。我在清水塘,开慧姐买的。……好久不见姐夫,我好想念他,也不知道他情况怎么样了。"

程翠林说:"是呀,我也很想念!"

陈树湘望着程翠林说:"今天我们沾康姐的光啊!"

康美凤一听,都要不好意思了,忙说:"现在先打个牙祭吧,等将来打完了仗,我亲自下厨做给大家吃!我家乡的美食可多了,你们想吃啥我就做啥,我保证!"

"好啊,太好了!"几个年纪小的战士欢呼起来!

刘茜笑着说:"师长,这算不算打牙祭呀!"

大水和海子赶忙说:"这不算,这不算!师长说过了,等打了胜仗,请我们吃好吃的。"

陈树湘笑着大声说:"好,等打了胜仗,一定请大家吃好吃的!"

大家都高兴地欢呼起来。


何青松在韩记米粉店吃了一碗米粉,倍加谨慎地回到34师的驻地,找到张明达。

何青松将剩下的钱交还给张明达,说:"我吃了一碗米粉,其余的钱都在这里!"

张明达笑笑说:"这些钱,你放在身上,你还得继续侦察。"

何青松明白了,他还得继续化装成老百姓,上街打听情况。何青松点点头,表示愿意。

看到何青松比自己预想的回得早,而且表情有点紧张,张明达估摸着他可能打听到了有用的消息,忙问何青松是不是发现了什么情况。

两人正在说着打探到的事呢,何青松盯着张明达,问这消息有没有用,一抬眼,就看见陈树湘走了过来。

何青松赶紧敬礼,口里说:"师长好!"

陈树湘向何青松还礼,笑着说:"第一次执行任务啊,有收获吗?"

何青松便又如此这般地说了一遍,并强调说:"何三公将他的女儿何红梅抵给了何天霸,今天何家抢了人回来,正在办喜事。"

张明达一听,握紧拳头,说:"这个何天霸,欺人太甚!"

陈树湘听了很愤怒,但他也觉得有点奇怪,县城有钱人几乎都跑了,怎么何天霸就没跑?他示意何青松接着讲。

"何天霸的儿子是何湘,道县保安团第一营营长。还有,他们说等红军走了,他们再回来……"何青松说着,突然不知道接下来该怎么说了。

陈树湘气愤地说:"难怪,倚仗权势!"

何青松接着说:"我还听何家的长工说,何湘让何天霸带上家里的金银财宝回何家寨躲一躲。他们还是挺怕红军的。"

陈树湘和张明达一听,又笑起来。

陈树湘立即说:"何湘有兵有枪,何家防守很严,目前咱们的重点是防国民党的兵过江,不要在县城里动何家。你通知韩伟,去何家寨的路正是他们扎营的地方,只要何天霸经过,就要抓他一个正着。"

张明达大声说:"是!"

陈树湘对何青松说:"不错,继续侦察!"

何青松也学着张明达的样子,大声说:"是!"

陈树湘一走,何青松便赖着张明达教他怎么打枪。

张明达从腰间掏出手枪,让何青松摸了摸,告诉他哪个是保险盖、扳机,怎么瞄准。

何青松左看看,右看看,爱不释手。

突然一颗炮弹在红军设在潇水边的战壕里炸响。

原来,敌人到底还是沉不住气了,利用树枝遮掩的大炮向红军阵地轰炸。战士们立即投入战斗之中,同样遮掩起来的大炮也调好了位置,向河对岸轰出了炮弹。

陈树湘立即带着警卫员走出指挥部。

康美凤和刘茜背起药箱,立即跟着跑了出去。

程翠林、王光道大声叫道:"老陈,等等我们。"

陈树湘骑上马,大声说:"我去看看。"

陈树湘一口气跑到潇水边的战壕,程翠林和王光道也跟着跑过来。

张明达见陈树湘到了,赶紧跑过来报告:"对岸发现国民党中央军的先头部队。"

陈树湘用望远镜看着,然后说:"没错,周浑元的中央军先头部队已经到了道县。"

程翠林用望远镜看了看,说:"只要他们敢来,我们就对他们不客气!"

正说着,敌人的炮火又开始了新一轮的轰炸。

陈树湘大声说:"炮火还击!"

**蒋介石的中央军以及湘军、桂军等国民党军队,对中央红军形成合围之势。25日17时,在湖南道县寿雁豪福村,朱德以"万万火急"电,发布途经广西抢渡湘江的命令,湘江战役正式打响。陈树湘带领34师在潇水河边阻击来犯之敌。**

昨夜,34师的全体战士一个晚上都没有合眼。

周浑元的先头部队来到道县,来到潇水河对岸。他们刚扎下营,想立马杀过河来,开始用炮火轰炸,接着又用机枪扫射,后来又想用船渡河。

陈树湘整夜地守在前线指挥部里指挥战斗。大河奔流,雨小天阴,无月无星,河面一片黑暗。凌晨4点,敌人找来了两条木船,想借着夜色偷渡,却被火眼金睛的红军战士们发现了。

陈树湘沉着冷静,让战士们别着急,一直等到敌人的船离河岸很近时才命令开火。

敌人满以为可以瞒天过海,借着夜色顺利登岸,可是木船刚刚到岸边,脚刚踩到沙滩上,就遇到了迎头痛击。

陈树湘一声令下:"打!"

红军战士们猛烈开火,两条小船装的十多个敌人还没有做好准备,一个一个中弹倒下了。对岸的敌人见偷渡没有成功,气得要命，又没有其他办法，便又向红军的阵地开炮，一直打到天亮才停下来。

天亮了，两边的炮火都停了下来，红军战士们开始清理战场。

战争无情，枪炮无眼。许多战士受伤了，还有一些战士英勇牺牲了。受伤的需要马上救治，牺牲的只能就着不远处的山坡匆匆掩埋。战士们来不及悲伤，抓紧时间重新布防，抓紧时间做好战斗准备，迎接残酷的新的战斗。

各团的通信员快马加鞭地往指挥部送消息，除了101团坚守的阵地没有遭到敌人的袭击，昨天夜里，其他阵地都与敌人发生了大大小小的战斗，也都有伤亡。

康美凤和刘茜一个晚上没有合眼，在战壕里来回地跑，救治伤员，到了早晨更加忙碌起来。

晨曦中，轻伤的战士们互相靠着或者躺在战壕里，重伤的战士们已被送进搭建的临时帐篷准备手术，有些重伤的战士还来不及做手术便牺牲在了这薄寒的秋晨，永远地睡着了，再也回不到他们的故乡，再也回不到他们亲人的身旁。

轻伤的战士们被卫生队队员们简单地清创包扎伤口，稍微休息了一下，就重新下到战壕。

看到一个个鲜活的生命被战斗终结，年轻的遗体摆放在一起，康美凤忍不住哭泣起来。她默默地走到年轻的战士身边，将他们的衣服整理整齐，将他们的脸清洗干净。

刘茜坐在一边也哭泣着，她那柔软黑亮的短发被泪水沾在年轻美丽的脸上。

渐渐起了些风,略有些凉意,但战士们埋伏在战壕里,眼睛盯着对面的山上一动不动。陈树湘来到战壕看望战士们,同时鼓励大家说:"同志们,辛苦了!中革军委命令我们再坚持,我们一定要坚守阵地,将敌人打回去,绝不能让他们过江!"

战士们看到师长过来,正要站起来敬礼,陈树湘马上制止道:"不要动,执行战斗任务!"

听到师长的命令,战士们都没有再动,只是都侧过头看着陈树湘从他们身后经过,到一条一条的战壕去探视战士们。一名战士脚上穿着一双草鞋,鞋帮子那根草绳散开了,陈树湘一眼看见,半弯下腰帮他把草绳系好。

潇水南流,烟波浩渺。

一整天的忙碌和坚守,战士们连中饭也没有时间吃,转眼又到了下午,又到了黄昏。

黄昏在硝烟弥漫中,更让人忧伤,让人恐惧。

白天如此安静,这到底意味着什么呢?

历史悠久的道县城池,在淡红色的光辉中,在归鸟的鸣叫中,渐渐地沉入了夜色,进入了黑暗。

红军战士们埋伏在战壕里,眼睛紧盯着对岸,不敢有半点懈怠。

对岸的树木中,叽叽喳喳的栖鸟在夜色中渐渐安静下来,突然有一只鸟惊飞。

侦察排排长郑亮华小声地对丁四海说:"有情况!"

丁四海伏在战壕里一动不动地盯着前方,转过脸问道:"排长,要报告团长吗?"

郑亮华压低声音说:"再看看吧!"

就在这时,一群鸟仿佛受了惊吓,突然一下子飞起来。

丁四海立即说:"排长,你看,有情况!"

丁四海赶紧起身,想将情况报告给团长韩伟,郑亮华抓着他说:"情况是肯定有情况,再侦察侦察,看看是什么情况!"

他们伏在战壕里一动不动,手上的枪上了膛,随时准备射击。

另一名在别处侦察的战士伏低爬过来,小声地说:"排长,我们要不要开枪侦察?"

郑亮华让他别出声,他用手一指,眼睛死死地盯着对面的树林。

又有小鸟惊飞,换了树枝落下去,淡淡的黑影从黑黑的树丛顶上掠过,像一只只蜘蛛挂在蛛丝上,晃荡出一点幻影。

同一个地方,又有几只鸟惊飞。在河水静静流淌的夜色里,有小动物撕咬、挣扎的声音。

丁四海小声地说:"可能是一只山猫!"

郑亮华响应道:"有可能,这边野兽是很多的。开始我还以为是敌人呢!"

丁四海笑了一下,说:"要是敌人,我一枪毙了他!"

"不要掉以轻心,警惕!"

"嗯,收到!"

正说话间,果然一只大山猫现出了身影。

1934年10月底,蒋介石才得悉中央红军从江西的瑞金、长汀、宁化出发,集结在于都,实施战略转移。

面对中央红军的战略转移,蒋介石一时也不知道该采取何种有效的措施。在第五次"围剿"中,幕僚杨永泰建言,采取"三分军事,七分政治"的战略,仿佛起了作用。

红军在第五次反"围剿"中的失败,让蒋介石对杨永泰高看一眼。

在一间宽大的办公室里,蒋介石正坐在椅子上看文件,这时杨永泰悄悄地走进来:"报告!"

蒋介石抬起头看了一眼杨永泰,拿起水杯喝了一口白开水,示意他过来。

杨永泰轻步走到蒋介石身边,向他报告红军的行动路线。

"共军从东往西,已进入湖南境内。"

"他们的企图很明确,要与湘西贺龙和萧克的红2军团、红6军团会合!永泰,你认为该如何对付?"

杨永泰递给蒋介石一份文件,说:"我有个想法,请委员长定夺。"

蒋介石接过文件,一边看,一边说:"好好,这个办法好。"

……

谁来当这个"追剿"军总司令?

蒋介石这些天在琢磨,心里有几个人选,最后认为何键最合适。这几年,何键"剿共",花了大本钱大力气。在长沙,何键将毛泽东的妻子杨开慧抓获并杀害,蒋介石认为,何键无比忠诚。

虽然薛岳是军事上的奇才,但是红军已经进入了湖南,强龙压不过地头蛇,还是应该由何键来牵头。

在国民党的高级军事会议上,蒋介石宣布命令:何键为"追剿"军总司令。薛岳的6路军、周浑元的纵队共十六个师,担任"追剿"军,由何键指挥,重点从红军的北面和后面紧追。

何键被任命为"追剿"军总司令,那可不只是有一点点得意,要知道现在中央军由他调配,桂军、粤军也由他指挥了。何键心里得意,脸上一点都不显,只是马上站起身向蒋介石表决心,表示一定要将共军一举歼灭。

蒋介石问何键:"那你准备用什么办法歼灭共军?"

何键一时不知道怎么回答,忙说:"委座,您一定有最好的办法,我完全服从委座的命令和指挥。"

蒋介石倒不觉得何健没用,反而阴笑着说:"共军进入了湖南,向西行动,意图与贺龙、萧克的红2、红6军团会合。第一,就是要阻止。他们会合了,力量强大了,更难歼灭了。"

何键立即说:"属下记住了!"

蒋介石接着说:"第二,周浑元在后面追,利用潇水和湘江的天险,将共军消灭在湘江以西!"

何键一听,顿时茅塞顿开,赶忙说:"委座说得太对了,属下回去就按委座说的部署,让共军插翅难逃。"

从江西南昌回到长沙,何键心里想着如何调配军队对红军进行前堵后追。

但何键心里也很清楚,中央军怎么肯听从他何键的指挥呢?那就按蒋介石的安排,让他们跟在红军的屁股后面紧追吧。桂军也是不好对付的,不说李宗仁,就说人称"三个半军事家"的白崇禧,要能听他何键的指挥才是怪事了。

事实如此,此际,桂军并不想蒋介石的中央军入桂,也不想与红军发生火力冲突,遭受损失,当然,更不想得罪蒋介石,导致失去军费支持。

得意归得意,事实还是事实,当了"剿总"的何键还是颇为头痛的,他在零陵黄沙河、东安的湘江边走了一圈,还与桂军签订了一份防务协议,然后将指挥部设在了衡阳。全部安排好后,他又在衡阳召开了有刘建绪、吴奇伟、周浑元、李云杰、李韫珩等各军军长和各路军参谋长参加的会议,会商"追剿"计划。

会议结束后,何健立即下达了兵分五路的"追剿"计划,企图在全州湘江边堵截,由零陵经黄沙河侧击,后由道县尾追,衔接南线的国民党桂军,将红军围追堵截于湘江以东地区而聚歼。

部署好后,何键指示刘建绪带着追剿军第1纵队的四个师立即动身,前往全州,在前面堵住红军,不让他们向北走,将红军困于潇水和湘江的狭小地带。

世事难料,虽有这样"周密"的安排,各军之间的配合度,或者说共进退的心却远远达不到用兵需求。北线何键"追剿"军尚未到位,南线的国民党桂军害怕单独与红军相争失利,最终让蒋介石坐收渔人之利。于是桂军立即将设在全州、兴安、灌县的守备部队收缩到了恭城的机动位置上。

原守军已撤,新守军未到。这看起来倒像是故意给红军开了一道渡江的口子。

在中革军委的作战室,朱德、周恩来等正在研究战局。这

时,情报员拿着一份截获的电报走进来,大声报告:

"报告,有重要情报!"

中央红军情报部门二局,及时侦收并破译了何键11月23日申时部署命令电。

周恩来亲切地说:"请进!"

朱德就近接过电报一看,将桌子一拍,气愤地说:"何键的心很恶毒!想一举歼灭红军,做梦!"

朱德顺手将文件递给周恩来。

周恩来看到文件,沉思着,与朱德聚在一起商量。这一重要情报侦破得太及时了,一定要将情报告诉所有的红军指战员。

周恩来拿着电报,坚定地说:"我们一定要识破何键的阴谋诡计,将这个情报赶紧通报给我们的指战员!"

朱德也肯定地说:"快,赶紧发电!"

中革军委立即指示,将侦收破译何键23日申时的部署命令电,以敌情的形式通报全军,让全军官兵都知道敌人的诡计。

此刻,红军领导人博古、李德正忙于西渡潇水,直到25日午后才看到了这份电文。这时他们才开始感到危在旦夕,这仗不打恐怕是走不掉的。

11月25日,中共中央机关、中革军委纵队从禾塘出发,傍晚到达道县寿雁镇豪福村一带宿营。

道县的豪福村,距离广西灌县境内只有十五公里。

为了跳出何键的布控,甩掉敌人部队的围追堵截,17时,中革军委主席朱德给各战斗部队发出"万万火急"抢渡湘江第一令:《我野战军前出全州、兴安西北之黄山地域的作战部署》。

当晚,中共中央和红军总政治部在豪福村发布《野战军突破敌人第四道封锁线抢渡湘江的政治命令》。这两道命令的发布,标志着红军长征史上最壮烈的湘江战役正式打响。

命令下达后,中共中央机关、中革军委纵队火速行动,于11月26日22时从豪福村出发,经高明桥、蒋家岭、永安关,于27日凌晨进入广西。

就在这两道命令下发不久,11月25日21时30分,军委主席朱德给董振堂等发布命令,明确指示红34师及红1师以坚决的突击将渡河之敌压往水中,无论如何26日不能放弃潇水西岸……

可是,由于博古、李德等人的命令,中央红军带着辎重一道踏上了长征路,战士们负重前行,翻山越岭,行军速度实在难以提高,因而在下达湘江战役命令时,中央红军主力还在潇水以西湘桂边界上都庞岭的东麓,一部还在湖南永明境内,距湘江还有三百多里路呢。

与何青松分开后,张明达火速赶到100团的驻地,将何青松侦察到的情况向团长韩伟和政委侯中辉做了汇报。同时,张明达也暂时留在100团侦察,参加截击何天霸的行动。

果然不久,一清早何湘就陪着他父亲何天霸偷偷离开了县城,出城很远了才脱了伪装,这会子,一大队人马正大摇大摆地要回何家寨呢。

张明达侦察到这一情况,向韩伟和侯中辉报告:

"报告,前面果然出现了一群保安团,向我们这边过来了。"

这一路上,红军战士还没碰上过道县保安团。保安团是国民党的地方武装,人熟地熟,像水田里的蚂蟥会听水响,运动速度快,特别难以对付。

韩伟一听,马上问道:"保安团?多少人?"

"拿了枪的保安团和家丁一起有二三十个人。"张明达停了一下,继续报告,"队伍中间有家眷,还有个女人被捆在滑竿上,估计就是被抢的女人。"

想到了这里,张明达有些确定地说:"这应该就是何湘在送他父亲回何家寨。"

韩伟正好也在想这个呢,按这人数和走法,大概率是何湘与何天霸一行。对于100团来说,瓮中捉鳖地对付二三十个暴露在山道上的保安团,那真是小菜一碟啊。当然,那也不能轻敌。韩伟想到这里,便和侯中辉对了一个眼色,将战斗任务布置了下去:"同志们,准备战斗。"

说着,几条命令马上就传达了下去,注意继续侦察,布置伏击点,准备"包饺子",歼灭保安团。

"记住,不伤及老人、妇女和孩子。"

"是!"

战士们响亮应答,迅速分散开来。战士们隐藏进了密密实实的灌木丛中,黑洞洞的枪口对准了山路上,就等着何湘带领的保安团靠近。

道县保安团怎么也没想到,红军对他们的地盘如此熟悉,这样偏僻的山道都能够设下埋伏,自己竟然赤裸裸地走进红军枪口底下。要知道保安团主要的任务是坚壁清野,还没跟红军正面作过战，向来都是他们欺压别人，并没有尝过被碾压的滋味呢。

身为保安团一营营长的何湘，好不容易劝服了父亲，打点好金银细软让家丁们抬着、挑着，他亲自护送老爷子去何家寨。

道县县城已经失守了。不过，等红军被国民党军消灭之后，道县还是他们保安团的，也就还是他何湘的，红军占领这么几天，搜不走刮不走啥。

这一路朝何家寨走，何湘带的十几名团丁和十几名家丁端着枪守卫着前后，中间骑马的是何天霸，小轿里抬着的是何湘的老婆胖姑。何红梅也在队伍里，她被绑在一架滑竿上。

逃过了昨夜一劫，等于老天给了何红梅一条生路。她还是想逃，想活下去。人生无常，昨天早晨她刚从何家寨被绑着抬过来，现在又要绑着抬回去，而且是何湘亲自持枪护送，她要想个什么办法才能逃走呢。

想来想去，何红梅非常绝望。

"你过来！"何天霸将一名家丁叫了过去，附在他耳边说了几句。

家丁一路小跑，跑到队伍前头，附到何湘耳朵边问道：

"老爷问，在乡下的房子安排得怎么样了。"

"安排好了，都打扫了卫生。怎么？"何湘不明白他爹怎么突然问这个。

"呃，这个，今儿不是老爷办喜事嘛……"家丁朝绑在滑竿上的何红梅努了努嘴。

"这老头子，都什么时候了，还惦记着这一口。"何湘哭笑不得地摇摇头。家丁可不敢传这话，只管回到何天霸身边去汇报。

何天霸扭头朝身后绑着的何红梅看了看，吸了一口大烟，咽了咽口水。

李副营长在何湘的耳边说了几句话，何湘站着不敢往前走了。

李副营长一说，何湘顿时觉得四周的气氛不对。他抬头朝四周看，才发现已经领着队伍走到了两山夹道的位置，这种地段在兵家来说是非常适合夹攻的。

"大家注意点，我们先往后撤！"何湘急忙提醒，但话还没说完，山路两边就响起了枪声，猝不及防的保安团和家丁转眼就倒下了好几个。

李副营长大声说："快，隐蔽！"

"敌人对地形特别熟悉，又太狡猾了，这还没进包围圈呢，别让他们跑了。"韩伟下令，"打！"

"注意隐蔽，顶住。撤，往回撤。"何湘急忙下达指令，然后骑着马跑到惊慌失措的何天霸身边，对着父亲说，"阿爸，有埋伏，赶紧往回撤。"

家丁根本不用等吩咐，抬着何天霸和家眷们转头就向来路逃去。

红军战士早就埋伏妥当了，想不到保安团会如此敏感，居然没进到伏击圈就往后撤，只好提前开战了。

排长郑亮华马上带了十几名战士，从树林里朝他们撤退的方向追过去，打算来一个小包抄。

树林子里都是灌木、溪沟、乱石，没个章法，打算去包抄的战士们速度有限,倒是山路上的家丁们抬着轿子还跑得飞快。

何红梅还不知道是怎么回事呢,就感觉有子弹从耳边飞过。这是打保安团,还是打家丁?是不是所有人都会被打死?

何红梅惊恐地瞪大了眼睛朝两边看,想看清是什么人在开枪。她想趁乱逃离何天霸的魔掌,不想死在乱枪之中。

"排长,这条沟咱们越不过去了!"跑在前头的一名战士停下来。

"那咱们冲出去,横过去从侧面拦截,能打几个算几个。"郑亮华当机立断,领着十几名红军战士就从树林里冲出来,刚刚接近射程范围就举枪射击。

何天霸的轿子跑在何红梅之前,战士们一看就觉得何天霸是个为首的地主老爷,几支枪不约而同地朝何天霸射击,何天霸被子弹射中,一下子从轿子上栽了下来。何红梅心里一惊,接着就是一喜。

抬何红梅的家丁也被打中了,一颗子弹击中何红梅轿子前头的家丁,轿子失去平衡,滑竿一下子戳在地上,后头的家丁一看,马上扔下滑竿撒腿就跑。

何红梅连人带滑竿重重地摔在地上,摔得一身都痛,她顾不上疼痛,急忙挣扎着起身。如果能弄开捆绑的绳子多好,她就可以逃跑了。

麻绳捆得很结实,何红梅像只被捆在竿子上的虾似的弓身倒在地上,动弹不得。

六七名团丁赶紧停下脚步,就地趴下来,朝红军战士冲过来的方向射击,砰砰的枪声响个不停。

何湘看到何天霸中枪倒在地上,弓着身子跑过来查看,看到何天霸受伤严重,胸部全是鲜血,抱住何天霸就连声呼喊,喊了几声,发现何天霸已经咽气了。

何湘想想自己分神没注意到地形危险,都是他爸不停问东问西引起的,因此一眼瞅到倒在地上的何红梅就怒火万丈,大声叫道:"他妈的,我阿爸死了,你得给他陪葬。"

说着,何湘掏出手枪就朝不能动弹的何红梅开了一枪。

何红梅惊恐万分,捆在滑竿上的身子往一侧滚过去,这一枪刚好就打在了粗实的竹竿上,何湘刚想抬手补一枪。正包抄过来的红军战士,早看清了何湘的枪是朝被捆住的何红梅开的,几名战士同时朝何湘开枪,何湘想躲,人一动,自己的肩膀中了一枪。

"哎哟!"何湘痛得不自觉地叫了一声。

这会儿,郑亮华排长带着十几名红军战士,已经借着巨石和大树的掩护冲了过来。

何湘的老婆胖姑从来没有见过这场面,枪一响,她就趴在地上开始哭爹喊娘。

胖姑在地上打滚,手脚软得根本爬不起身来,在保安团和红军战士的枪战中,也不知道她被谁给击中了,倒在血泊中,哭声也停止了。

何湘顾不上父亲何天霸,也顾不上老婆胖姑,逃命要紧,急忙带着剩余的人朝另一边的树林里逃去。

"地形不熟悉,不要往林子里追了。"郑亮华大声说。

"打得不错,虽然没全歼保安团,但也打掉了十几个。"韩伟与侯中辉带着警卫过来了,对反应灵敏、能及时调整战斗策略的郑亮华进行了口头表扬。

郑亮华带着战士们开始清理战场。几名受伤的保安团队员和家丁被捆了过来,张明达把何红梅从滑竿上解下来,带了过来。

何红梅吓得小鸡崽子一样哆嗦着,手脚发抖。

张明达知道,这可能就是何红梅了。

郑亮华才不管那么多,一把将何红梅推过来,向刚过来的韩伟报告道:"报告团长,家丁说,这个女人是何天霸的小老婆。"

何红梅看了一眼远处一堆被打死的保安团队员和家丁,心里万分惊恐。她看了看身边,似乎没有枪指着她,于是鼓起勇气站起身来,猛地撞开一名战士夺路便逃。

这名战士马上抬枪要朝她射击。

韩伟赶紧将战士的枪杆朝上抬,制止道:"不许开枪。"

这名战士一听不许开枪,于是拔腿就追,并大声警告:"不准跑,再跑就开枪了。"

何红梅才不管呢,跑也是死,不跑也是死,但跑还有那么一点儿活下去的希望啊。不过十几秒时间,何红梅在草丛里上蹿下跳,飞快地进了树林。她毕竟是山里娃,地形熟悉,连滚带爬地顺着山坡滑下去,消失在树林之中。

韩伟已经知道了,何红梅就是何三公用来抵债的女儿,那也是个苦命的女人,于是朝追出去的战士喊道:"别追了,让她去。"

"可她是何天霸的小老婆!"郑亮华说道。

"何天霸的小老婆?你刚才没看到她被绑住了?"韩伟问道。

侯中辉马上表示认同这个说法,也道:"一定是刚抢来的穷人家的姑娘,咱们也算是救了她一命。"

张明达赶紧解释说:"是何三公的女儿何红梅,被何天霸抢来抵债的小妾。"

战士们一时没听懂,也不管那么多,赶紧从那副滑竿上拆下几个皮箱子抬了过来,还有女人们随身携带着的包裹。

韩伟的警卫员吴林东走过去,伸手随便打开了一个包裹,眼前一亮,都是金银首饰。

吴林东乐了,大声报告说:"团长、政委,你们看,我们发财了!"

韩伟说道:"我们的队伍到了县城,这个地主老财是从县城逃去乡下避难的。就这么一支老弱病残的队伍,咱们都让何湘带人逃了,大家要好好反省一下。"

战士们听了这话,都羞愧地低下了头,直恨刚刚没有跟着追进树林去,把何湘和保安团消灭干净。

空气凝固了几秒,侯中辉为了缓和气氛,冲韩伟说:"老韩,保安团太精明,地形又比战士们熟悉,要完全消灭的确不容易。现在我们得抓紧赶路,争取时间。"

"好,全速前进!"韩伟下令道。

何湘带着人逃进了树林,只恨爹妈少生了两条腿,那是拼了命地狂奔,一路头都不敢回,一口气翻了两个山岭,确认没有追兵,这才停下来喘口气。

何红梅也冲进了树林子,她就没那么莽撞了。一是她不知道何湘是逃走了还是躲着,自己往哪里跑才不会与何湘相遇。二是她不知道红军是否会追杀她,如果跑慢了就逃不掉了。

何红梅是个聪明姑娘,她一边跑一边留心身后有没有枪声和追兵。感觉到似乎什么动静都没有,因此她一进树林就猫腰躲进灌木丛,回头观察树林子外头,结果她看到远处那些红军该干啥就干啥,根本放弃了搜寻她这个目标。

何红梅心里疑惑,但她这会儿没时间多想,赶紧打量自己的藏身处是否安全,顺便寻思何湘奔逃的路线和藏匿的地点。

何湘带着十几个人,想随便藏住是不可能的。这片树林子何红梅来过多次,熟悉得很,她必须小心谨慎,宁可在这林子里趴一天不动,也得避开何湘那个畜生。

过了一会儿,看到红军的确没有进树林子的计划,何湘也应该顺着山道逃得很远了,何红梅这才绕过那些可能藏匿人的山窝子,猫着腰顺着山脊朝家的方向跑。下了山脊,穿过大片树林子,就到了她熟悉的开阔地带——何红梅和小伙伴在这里放过牛,也进树林子打过柴,拾过蘑菇。

小时候多好啊,虽然穷点,但……何红梅甩了甩头,不愿意再想从前,一口气朝何家寨跑去。

红军战略大转移出发时,陈树湘带领的34师是负责后卫阻击的部队,所以到了道县县城,师部的指挥部便是打前锋的部队留下的。

红一军团2师4团打前锋,团长耿飚、团政委杨成武于11月18日首先到达道县境内,大部队于11月22日攻克道县县城。现在,34师指挥部就是原先4团的指挥部。

房子破旧,不算宽,里面摆放一张桌子、几张木凳,墙上挂有两张作战地图。

师长陈树湘、师政委程翠林、师参谋长王光道三人站在墙边看着地图比画。陈树湘拿着一根小木棍,指着红军主力所在的位置,说:"中革军委在豪福村,敌人马不停蹄地向这里追过来了。"

程翠林双手放在身后,踱了几步,说:"红军主力现在出发,到达湘江渡口至少需要三天的时间。"

王光道望着陈树湘和程翠林说:"时间就是生命。早一点渡江,早一点安全。"

程翠林踱回来说:"总是要走的,再耽误下去,敌人都追过来了。"

陈树湘望着他们说:"中革军委的渡江命令已经下达,红军分四路进入广西,从广西渡江。我们的任务是阻击敌人,给红军主力足够的过江时间。"

王光道焦急地说:"是呀,我们都在潇水边坚守三天了,再等下去,周浑元的中央军大部队一到,我们会阻挡不住的。"

陈树湘看了一眼王光道,说:"老程呀,光道说得对,我们守的这个渡河点是敌人的主攻点,防线有六十里地,万一敌人的大部队到来,光靠我们一个师是无法挡住的。我也很担心呀。"

程翠林拿起桌子上的水杯,喝了一口,说:"我也担心呀。

可是,第八、九军团,还在后面呢。"

王光道说:"我们在永州这个地方待的时间太长了,太危险了!"

陈树湘挥着手上的小木棍说:"那些笨重的设备都是战士们抬着走,如果舍不得扔掉,以这样的速度恐怕都赶不到江边,敌军防守就到位了,要过湘江……很危险。"

陈树湘说着,停顿了一下,到底还是把"不可能"三个字咽了回去,他害怕一语成谶。

陈树湘看着地图,眉头皱了一个"川"字。

蒋介石已提前在湘江防线布下了口袋阵地,湘军何键的四个师集结在黄沙河一带,薛岳的四个师正在零陵集结。桂军的第七军在全州、兴安布防,第十五军在灌阳、恭城一带。而国民党中央军周浑元、李云杰部已尾追而来。

"据可靠情报,李宗仁和白崇禧部已将兵力南移到了恭城和富川一带,而何键的刘建绪部到了全州接防,在湘江的四个渡口没有桂军把守,正是渡江的好时机,可不能失掉呀!"程翠林说。

陈树湘将木棍掷到桌子上,大声说:"必须加快速度,晚了真不好渡江呀!"

中共中央和中革军委提出分四路从广西过江。会议一结束,部队很快启程。在豪福村,朱德以"万万火急"电,向各军团发布渡江作战命令。

正在这时,机要员跑进来,说:"中革军委来电!"

程翠林就近拿在手上,大声读道:"我野战军前至全州、兴安西北之黄山地域作战命令……"

大家看着程翠林,听他读着电文。

程翠林继续读道:"红军第一、五军团和中央第1纵队从永安关进入灌阳文市;红军三、八、九军团和中央第2纵队从雷口关进入灌县水车。然后向全州、兴安挺进,抢渡湘江。……"

陈树湘接过电报,口里说:"好,太好了!"

程翠林望着地图,将眼睛盯着永安关和雷口关,这是湖南与广西交界的两个关口,从湖南进入广西、进入湘江渡口,必须通过这两个关口才行,这太重要了。

陈树湘拿着电报走过来,也看着地图上的永安关和雷口关,心想,这两个关口是进入广西的必经之地。作为红军的总后卫师,必须将这两个关口作为战略要地,死死地守住,绝不让国民党的大部队通过,这样红军主力才有时间渡河。

夜色来临,依稀听到主力红军跑步行军的声音。

零星的枪声划破夜空。

陈树湘边看地图边说:"老程呀,中革军委已下达渡江的命令,从现在开始,中央主力红军开始向广西前进,我们是打阻击战的后卫师,必须站好最后一班岗。"

程翠林也说:"要做好战士们的思想工作,决不能松懈大意。"

"越是关键时刻,越要提高警惕!"陈树湘说,"我想召集各团团长、团政委开个会,将中革军委的电报精神进行传达,部署今晚到明天的工作。"

王光道马上说："这个主意好,大家要统一思想。"

程翠林接上说："那好,就在今晚。"

陈树湘大声说："通信员!"

通信员跑进来。

陈树湘大声说道："通知各团团长和政委,今晚8点在师部开会。"

通信员大声答应着说："是!"

晚上8点大会准时开始,100团团长韩伟、政委侯中辉,101团团长严凤才、政委范世英,102团团长梅林、政委蔡中全部到场。

大家围着桌子而坐,表情都很严肃。

程翠林主持会议。

首先,听取了各团的情况。

100团团长韩伟首先发言："战士们在潇水边的战壕里守了两天两夜,开始敌人不敢动,我们也没有动。现在敌人动起来,我们跟着动。"

韩伟一说,大家笑起来了。

韩伟接着说："什么时候动,向哪里动,我们随时准备着。"

101团团长严凤才扯着大嗓门说："我们守在潇水边,只要发现敌人我们就开火。但是,今天白天,敌人像个缩头乌龟不敢出来。"

他一说,大家也笑起来。

陈树湘插话说："大家一定要提高警惕,敌人白天不动,晚上不一定不动。昨天凌晨4点多钟,不还在打吗?"

紧接着,陈树湘宣读了中革军委的电报。

程翠林让大家讨论。

102团团长梅林首先发言:"中革军委的电报为我们指明了方向。为什么让我们在这里守两天两夜?为什么红军在这里一待就是这么久?我想,肯定是我们红军前进的方向不明……"

梅林这样一说,大家都议论开了。

有人说:"听说,中央红军就从广西过湘江,还是从湖南过湘江发生了争执。"

有人问:"究竟是从广西渡江好,还是从湖南渡江好?"

陈树湘清清喉咙,说:"从今天开始,中央红军主力开始向广西前进。目前,敌人大部队离我们也只有二十多里地。敌人尾追,并不是他们等着我们走了,他们才追。他们的大部队已经向我们这边开过来了,我们很快就会接上火。我们守着长达六十里的潇水,守着这里的渡口,目的就是阻止敌人向我们追赶。现在,我们的大部队都渡过了潇水,为了阻止敌人,我们今晚到明天,必须坚守在这里,站好最后一班岗……"

大家都认真听着,认真记着。

陈树湘强调说:"不管是从广西渡江,还是从湖南渡江,我们都必须无条件地执行。现在,中革军委已明确从广西渡江,我们必须打好阻击战,掩护主力、掩护中央机关,绝不能让敌人得逞!"

程翠林在大会上也讲了话,强调了军事纪律:"一切为了苏维埃,一切保卫苏维埃,一切服从大局!"

散会了,韩伟找到陈树湘,报告说:"情报十分准确,我们击毙了何湘保安队十多人,缴获了何湘他们想带走的一大包金银细软。"

陈树湘高兴地说:"干得好,你们团发财了。"

## 红34师的阻击战:
## 英勇顽强,为苏维埃流尽最后一滴血

> 根据中革军委指示，红五军团军团长董振堂和参谋长刘伯承在仙子脚蒋家岭村召开了34师师团干部会议，明确红34师是全军的总后卫，主要任务是阻击尾追的敌人，保卫红军主力过湘江。

天刚蒙蒙亮，晨雾笼罩着整个大地。

潇水河对面的山林在一片蒙眬中醒来，小鸟从这棵树飞到那棵树，已经开始快乐地鸣叫。

陈树湘一早便来到阵地上。昨夜巡逻时，他注意到对面山林里的敌人又在活动了，是不是敌人也掌握了中央红军要紧急行军、突击过江的情报？如果国民党大部队得到了消息，那绝对会紧急布防，将对红军大部队西进造成极大影响。

陈树湘忧心忡忡，他必须了解对面到底有何异动。

陈树湘骑着马，带着警卫员到达100团守地停下来。大水将望远镜递给陈树湘。

陈树湘站在一个高地，举起望远镜张望着。

韩伟早就猜到陈树湘会来，正等着呢，得到消息便马上赶了过来，站在陈树湘的身边，也是一脸焦虑的样子。

陈树湘格外认真地问道："昨夜发现新情况了吗？"

韩伟将望着对面的眼光收回来，说："我一个晚上没睡，一直都在观察,但并没有发现对面有什么新情况。"

陈树湘听了觉得不解,说:"真奇怪,敌人之前还疯狂地轰炸我们的阵地,怎么突然停火了?"

韩伟大声说:"我也感到奇怪,一定是有情况。"

中央红军于 1934 年 10 月 10 日开始战略转移。

11 月 25 日,红军全部通过湖南道县境内的潇水,向西行进。

红军从出发到现在,一共走了四十六天,才走出约一千七百里路,平均每天行军不到四十里地。

漫长的四十六天时间,足够有飞机大炮的蒋介石和"追剿"军总司令何键调动机械化部队,足够他们慢慢制订围追堵截计划,再调动"追剿"部队展开各种包抄围堵。所以,原本可以避免的不利局面和牺牲,由于战略指挥错误造成转移行动迟缓而变得不可避免。

正当陈树湘的 34 师坚守在潇水之滨时,远在广西的白崇禧部在上峰一道道命令紧逼下,遂下令收缩集结于恭城地域的第七军、十五军一部向灌阳、兴安运动,在实际上协同北线"追剿"军对红军围追堵截。

这样,南北两线国民党军共二十五万重兵,已经实际上死守以湘江为屏障的第四道封锁线。

张明达听闻陈树湘到了,也赶了过来。

陈树湘转过身问张明达:"那个何青松呢?他还是很有用

啊,情报准确,人也机灵,他去哪里了?"

张明达告诉陈树湘和程翠林:"何青松还在县城里继续侦察,没有回来。"

得一良才,陈树湘笑了笑,夸赞道:"这个何青松不错,给我们提供了有价值的情报。"

下到100团的师政委程翠林走过来,也说:"瑶家农村的孩子,朴实可靠啊,哈哈。"

说曹操,曹操就到了。

几人正在说着何青松呢,何青松不知道从哪里"拱"了出来,站在警卫身后就来了一个立正,大声道:"报告!我回来了!"

陈树湘笑着说:"哟,我们正在说你呢!"

张明达拉过何青松,拍拍他的肩膀,小声地说:"师长和政委都表扬你了!"

何青松不好意思地摸摸头。

程翠林见状,就问:"这次出去,又搞到了什么好情报吗?"

一说到情报,何青松激动了,很快回答:"有,有!"

"别激动,仔细说!"张明达赶紧问,"是什么?又发现敌人混进城了?"

何青松将半夜打听到的情报说出来:"在何天霸的家里,还有一个地窖……"说着,何青松望了大家一眼,停了下来。

陈树湘接着问:"怎么不说了?有个地窖怎么了?"

张明达也在追问着,让他快说。

何青松赶紧话锋一转,直冲张明达说:"你说了,要给我一支枪,你说话要算数呀。"

"你在这里算计我呢,先说情报啊!这才是正事!"张明达催道,"我说话当然算数!"

何青松厚着脸皮又补充了一句,说:"那你还要教会我打枪!"

原来只是地窖,想必也不是个紧要的情报,程翠林也放松了下来,打趣道:"就这,你们还有君子协定呀!"

陈树湘觉得何青松机灵,是棵好苗子,也说:"你放心,每个红军战士都有枪!张明达是个神枪手,回头让他把你也教成神枪手!"

"神枪手是子弹喂出来的,那可是枪林……林……"张明达说着,声音越来越小,后面的话到底还是没说。

懂的都懂,不懂的说了也不懂。

何青松才当兵几天啊,他就是没懂的那个,只管继续高兴地讨价还价:"我就想要一把手枪!"

"这……手枪,"陈树湘郑重地说,"手枪,好,手枪一定会有的!"

何青松见陈树湘说一定会有,便高兴地说:"地窖里,有……"

"粮食!"陈树湘接口说。

"咦,你怎么知道?"何青松见陈树湘说出来了,赶紧强调,"是的,有粮食,而且是很多粮食。"

程翠林一听,猛拍了何青松两下,说:"这太好了!这个情报太重要了!"

陈树湘也满脸欣赏,微笑地看着何青松说:"不错啊,打探到的消息又快又准,你是一个优秀侦察员!"

这几天,何青松的人生实现了大逆转,得到的信息填满了大脑,都是他见所未见、闻所未闻的,他急迫地学习和消化。刚刚替父母报了仇,刚刚找到了组织,有了归属感,又刚刚学会"讨价还价",现在他还不知道赶紧追问一下,部队首长对"优秀侦察员"会有什么奖励。当然,"优秀"这个词,对于没有读过书的何青松来说,也是陌生的。

何青松现在就开始缠着张明达教他放枪了。

韩伟站在一边根本插不上嘴,光听陈树湘和何青松说话,知道了这个爽直性格的陌生面孔是刚参加红军的瑶族青年何青松,再得知何天霸家的地窖里还藏有粮食,他马上想,粮食问题可以解决一部分,太好了!

晨雾还没散去,空气的能见度不高,对面的山林模模糊糊的,也没显出本来面目。

这时,天空下起了细雨。

雨丝在空中飘飞着,能见度更小了。

陈树湘、程翠林策马回到指挥部。

王光道走进来,他们三人坐在作战室看着地图,彼此没有交谈,其实都在心里估算着中央红军主力行军的方向和路程。

军委下达发起湘江战役命令时,全军刚渡过潇水。

红军主力集中在道县境内潇水以西都庞岭东麓。从潇水到湘江约三百里,中间还隔了个湘桂边界上的都庞岭,数万人的队伍又带着辎重,要前出到湘江地域可不是一两天内能实现的事。但情况紧急,部队还是冒雨行动了。

这时,中革军委发来电报,通报各主力红军的行军路线:红一军团主力翻过都庞岭进到广西灌阳北部文市,继而过灌江向湘江边前进;红三军团进到灌阳东北部水车地域;军委第1纵队到达道县蒋家岭,第2纵队到蒋家岭以东高明桥地域;红五军团主力和红一军团1师则在高明桥地域东边向后警戒;红五军团34师进至道县上坪,策应红八、九军团;红八、九军团则还在永明境内,企图攻下三峰山隘口进入灌阳。

北边的敌"追剿"军第一路军向全州疾进,紧跟的第二路军向黄沙河湘江东岸前进,第三、四路军已追入道县境内;南边的敌桂军十五军主力北进灌阳城,一部指向兴安。

陈树湘看完,将电报递给程翠林,无奈地说:"大部队已经离我们较远。我们策应红八、九军团,要做好准备,随时出发。"

正说着,通信员跑进来,喘着粗气大声说:"报告!"

陈树湘大声说:"进来!"

通信员将一张文稿交给陈树湘,口里说:"紧急通知!"

陈树湘接过来,大声读道:

"军团通知,34师团以上干部,立即赶到仙子脚蒋家岭村开会。"

程翠林看了一眼大家,对通信员说:"立即通知各团。"

"是,我马上去通知!"

26日,红军各部按照中革军委的命令展开行动,进入广西境内。

中央纵队居中,红一、三、五、八、九军团等战斗部队在四周,先行展开作战。经过激烈战斗,右翼红1军团先头第2师顺利渡过湘江,在广西全州以南界首至屏山渡之间的渡江点架设起浮桥。

这时,中央纵队距离湘江渡口只有一百六十多里,如果快速行军,一日即可抵达江边,迅速完成渡江任务。但红军正在实施的是"大搬家式"行军,军委纵队的非战斗人员将印刷机、印钞机、医疗设备等大量笨重物资拆卸装箱,笨重巨大的箱子由同志们挑着扛着背着抬着前进,一路日晒雨淋,在蜿蜒的山道上翻山越岭,甚至可以说是几步一跌、几步一滑……队伍绵延数十里,每天最多只能行进四五十里。而在战事瞬息万变的敌人"围剿"中,前线那十万火急的电报一道道接踵而来。

红军渡江拖延,为国民党部队留下了开进和集结的时间,战场情况发生重大变化。各路军阀见有机可乘,纷纷赶到湘江东西两岸追击红军,形成了前后堵截、南北夹击的局面,并屡次从空中和地面对红军展开规模空前的进攻,一场恶战正在酝酿,一触即发。

远远看到的何家寨,半空里飘着散开的浓烟。

从浓烟升起的情形看,附近几个村落都在冒烟,何家寨还能看到燃烧的火苗。

听家丁说过,这就叫"坚壁清野"。

何红梅被绑在滑竿上出村时,就看到郊外有一些在燃烧的房子,村村都相差不多,都在冒烟。

何红梅想起了她阿爸何三公。在何天霸抢她做妾的时候,阿爸都没有带她逃走,甚至没有告诉她要赶紧逃走。想到这些,何红梅心里有太多的恨。

现在呢,何三公是不是又到哪个赌场去了?他现在拿的可是将她"嫁"出去的彩礼钱,就是卖女儿的钱啊!

何三公染上了赌瘾之后,不是去城里的何记娱乐城,就是在村里的小赌场赌博,反正都是何家开设的。家底输光了,只有将女儿卖掉。可是,恨归恨,他却是她在这世上唯一的血脉相连的亲人。

何红梅顺着缓坡一直跑进还在冒着残烟的村里,这时村里没什么活人了,尸体却不少,陈家四婶和她的三个儿子、刘家老太太和媳妇、朱家爷爷都被爆了头。这些都是何红梅熟悉的人,且是平时待她很好的善良的乡邻。

何红梅捂着胸口,滚着泪水,径直向家里跑去。

何红梅的家在村头,说是家,其实也就是几间茅草屋。从前攒下的一点家底都被何三公变卖了,后来连农具、凳子、床都被输光,家徒四壁,仅剩一个土灶台。

何三公现在是何天霸的"岳父",团丁点火的时候便没烧他的房子,却往堆在村头的草垛上放了一把火。入秋下过几场猛雨,草垛湿得透,后来阴了几天,草垛表面的草晾干了,其实并没有干透,火埋着烧,不旺也不熄,一点点儿被闷干,一点点被闷成灰烬,因此烟倒是冒得很足。

何红梅跑到家,就看见那挨草垛近的一间房子刚被热辣辣的风烘得干脆,又被吹过来的火星烧得塌了架,两间房子被烧得没了顶,只几根梁子剩了半截,像炭笔似的斜戳着。

"阿爸,阿爸,你在里面吗?"何红梅哭着朝屋里喊,她希望阿爸逃出去了,希望他还活着,又恨恨地希望他还在屋子里——如果他逃出去了,何红梅都不知道该上哪里去找他。

似乎是何红梅的哭喊惊起了风,风灌过来,火星儿又被吹着,就着那半截房梁开始烧,一会儿房梁就失去了最后支撑,半面墙倒下来,啪,啪,哗啦——里屋再次开始过明火了。

何红梅慌慌张张跑进了石头垒起半腰高的院子,看着眼前的一切她绝望了,双脚一软就瘫坐在了地上。

何红梅凄厉地喊:"阿爸,阿爸,你在不在屋子里啊?"

一连喊了十几声,何红梅觉得没希望了,她阿爸要么是逃走了,要么就死在已经烧垮了的屋子里。

现在何红梅在这世间可谓无亲无故了,她该怎么办?她该去哪里?

"咳咳咳!"突然,从坍塌的房间里传出咳嗽的声音,何红梅大吃一惊,马上翻身从地上爬起来,朝剩下的那间屋子冲过去。

大门早就烧没了。

何红梅冲进屋子,只见她阿爸何三公斜躺在地上,一身泥巴、灰尘。

何三公眼里没有生死,不是他不怕死,他今天去了县城一个地下赌场,输光了"嫁"女儿获得的所有彩礼钱,跌跌撞撞跑回来,看见村子里到处都是火灾后的惨状。这是他出生和长大的地方,所有的寨民无一不识,怎么突然就变成一个地狱了呢?何三公像个游魂似的觉得自己只是在做梦,他又想,到底要怎么着才能扳本?烧过的残墙是温热的,使这深秋略有了些暖意。何三公满眼里再没有院子里未尽的火,也听不到毕剥的燃烧声,更感觉不到温度越来越高。

此刻,何三公半疯半痴半傻半死,他设想的幻境都是将所有输的钱赢回来,赢回来是金山银山,是荣华富贵,是金银珠玉满仓,是肥沃田畴万顷。他什么都没有了,他不肯清醒过来,他对自己说:"我在做梦,这就是个美梦!"

何红梅不懂何三公的混沌,她恨极了阿爸,可在这人世间,她却只有阿爸了。他将她抵了债,她愤怒、伤心、绝望。可是,阿爸死了她同样痛苦,因此,她是不可能撇下他独自离开的。

"你快起来,房子要倒了。"何红梅愤怒地拽住她阿爸的胳膊往门外使劲拉。

何三公倚在墙角边像堆软泥一样瘫着,根本不想动,他嘟囔着:"红梅,不,四姨太,你咋来了?"

何红梅一听,顿时哭起来,边拖边骂:"阿爸,快起来,房子要倒塌了。"

"谁说房子塌了,谁说的?"何三公糊里糊涂地说。

"你要想死在这儿没人管你。"

"你现在是何天霸的姨太太,不用你回来管、管我。乖女儿,你现在是有钱人了,有钱给阿爸几个就好了。"何三公说完,挣开何红梅的手。

何红梅见跟她阿爸怎么说都没用,只好拼命地拽着他往门外拖。何三公呢,索性伸出一只手抠住土砖墙的一条缝,就是不肯离开。

红五军团军团长董振堂、政治委员李卓然、参谋长刘伯承在潇水边的仙子脚蒋家岭村召集红34师的师、团干部开紧急会议,下达战斗任务。

陈树湘与师政委程翠林、参谋长王光道以及各团团长、政委按时赶到了蒋家岭村。

董振堂看了一眼大家,说:"人到齐了,现在开会。"

红五军团参谋长刘伯承介绍了敌情:

"何键第一路军已由东安进至全州、咸水一线,第二路军一部进至零陵、黄沙河一线,第三路军尾随我直追,第四、五路军向东安集结。敌人的企图是前堵后追,南北夹击,围歼红军于湘江之侧。"

讲到这里,刘参谋长向大家宣布:"红34师目前的任务是,坚决阻止尾追之敌,掩护红八军团通过苏江、泡江,而后为全军后卫。万一被敌截断,红34师返回湘南开展游击战。"

刘伯承以极其坚定的语调说:"红34师是有着光荣传统的部队,朱德总司令、周(恩来)总政委要我告诉你们,军委相信红34师能够完成这一伟大而艰巨的任务。"

军团长董振堂随之也强调道:"红34师一定要顶住周浑元部队的追击,掩护红八军团入永安关,渡过苏江、泡江。34师就是全军总后卫,但是,万一你们不能通过湘江,就返回湘南开展游击战!"

"阻击战多坚持一分钟,党中央和中央红军在渡江中就少一分危险,请首长放心,我们34师一定会像颗钉子一样扼守在阵地上。"陈树湘斩钉截铁地回答道。

刘伯承随之也点了点头,拍着陈树湘的肩头说:"在敌人重兵压境的情况下,把整个殿后的任务交给你们,这个担子很重啊!"

陈树湘当然知道34师现在所承担的重任,立即代表全师向军团表示决心:"请军团首长放心,并请转告朱总司令和周总政委,红34师决心完成军委交给的任务!誓死保卫党中央,为苏维埃流尽最后一滴血!"

34师所有的师团干部都坚决地说:

"誓死保卫党中央,为苏维埃流尽最后一滴血!"

陈树湘知道红军总后卫对于红34师意味着什么。无论接下来的仗该怎么打,党和红军的路该怎么走,陈树湘指出,红34师只会有一种结果,即便全军覆没,也一定要保证党中央安全渡过湘江。

程翠林大声说:"红34师在一年多的时间里,虽然隶属关系几次变更,但始终服从命令听指挥,党中央指到哪里打到哪里。在第四、第五次反'围剿'中,屡建战功,现在是大家为人民立新功的时候了……"

返回部队时,陈树湘与政委程翠林,利用走路的时间,边走边向各团干部布置作战任务。

此时,中央第1纵队即将到达文市。

陈树湘决定,34师在距离文市三十公里的仙子脚构筑阵地阻击敌人,绝不让敌人越过。根据陈树湘计算的中央第1纵队所需要的渡过湘江的时间,红34师必须坚守四天,于是陈树湘分别命令韩伟带领100团打头阵,迅速进至道县以南葫芦岩。严凤才、蔡中带领101团在左翼接应。程翠林跟随梅林的102团作为预备团,殿后跟进。

战争就是硬碰硬,谁也不含糊。

这时,红八、九军团从永明进广西,攻打龙虎关,可是打了一天也没打进去,只好向北,转到永安关和雷口关。

陈树湘的34师还得继续跟在后面阻击敌人,必须等红八、九军团进到雷口关后,34师才能跟在后面进关。

陈树湘、程翠林、王光道来到师部,立即召开简短的会议,内容只有一个,火速离开,前往新的阵地——仙子脚蒋家岭村。

当然,部队早已做好了出发的准备。

大水很快将挂在墙上的地图取下来,折放在自己背的包里,将陈树湘的生活用品都收拾好。被子刚打好包,集结军号就吹响了。

战友们纷纷从阵地走出来,在一块空地集合。

各部门清点人数,向陈树湘报告。

陈树湘看人都齐了,手一挥,大声说:"同志们,出发!"

各团部也在集结队伍,同一时间向同一地点出发。

韩伟的100团刚集结好,对面的山林里就响起了枪声。韩伟知道,敌人在对面山林里等了两天,就等这一天的到来。

韩伟马上指派一个班留守掩护,等待大队人马离开后才能撤离。

2营3排4班班长王开武,举手主动要求留下来。

韩伟郑重地拍拍4班同志的肩："注意寻找掩体,保护好自己,及时追赶上部队。"

说着,韩伟跟上队伍就开拔了。

34师跑步向仙子脚方向前进。

陈树湘、程翠林、王光道骑着马跟在队伍旁。

韩伟也骑着马追赶了上来,拢马凑过去跟陈树湘耳语了几句,汇报了刚才对面山林的情况。

陈树湘点点头,命令100团打前站,迅速占领葫芦岩,102团走在行军的后面,以防万一。

大部队一离开,100团的阵地对面山林中响起了枪声。

4班班长王开武带领全班的战士,与对面山林中的敌人交火。敌人从山林中走出来,认为34师全部离开了,想过河追上去。谁知正好遇上王开武的埋伏。

王开武一声令下,十多支枪同时响起来。

敌人听到枪声,赶紧躲,可是来不及了,有八九个敌人当即毙命。带头的看到还有红军,赶忙大声叫喊着：

"有埋伏,有埋伏！隐蔽,隐蔽！"

王开武见敌人躲着不敢出来,又向天放了几枪,这才带着4班的战士们猫着腰偷偷离开追赶大部队了。

到了仙子脚蒋家岭村,陈树湘带着严凤才、梅林两名团长,迅速去看阵地。

蒋家岭的地势两边高中间低,中间有一条山路。两边的高山上都是郁郁葱葱的松树、灌木和茅草地,适合打埋伏。

敌人要去广西境内,必须经过雷口关和永安关。而进这两个关口,必须经过仙子脚,经过蒋家岭。

陈树湘将102团安扎在两边的山上,将101团部署在离仙子脚较远的另一座山上。

从34师正面追过来的敌人不是桂系也不是湘军,而是美式装备、打起仗来不含糊的国民党中央军。34师刚离开道县县城,周浑元带领着全副武装的中央军,很快就占领了县城。

周浑元,1926年任国民革命军第十四军第1师参谋长,参加过北伐战争,1933年任陆军第三十六军军长兼第5师师长,是蒋介石的嫡系部队,也是蒋介石"围剿"红军的主力部队之一。

红军走了,现在国民党军来了。老百姓看到,国民党军倒是个个穿着很讲究,一身军服有棱有角,威风极了,好看极了,可是看着也让人害怕极了。

红军人人和蔼可亲,帮老百姓打扫卫生、干活,还能买卖公平。

这些国民党军,上街都是开抢一般。喝酒不给钱,要钱就干架,搞不好就拿枪伤人。原来国民党军比保安团坏多了啊!老百姓人人自危,干脆将大门关上了,生怕惹上麻烦。

周浑元的指挥部设在县衙里,县长逃走了还没回来,保安司令唐季候便在县城最好的酒店设宴招待周浑元一行。

刚刚丧父丧妻失财的何湘接到通知,无比悲伤和愤恨地回到县城,看到周浑元的中央军大部队已经到达县城,心里也着实后悔。现在还害怕什么呢?早知道红军走得这样快,他何必多此一举让何天霸回乡下？白白丢了性命，家底也基本被清空了。

但何湘也是个狠人，回到县城就让何记娱乐城赶紧开门迎客，不管是国民党军还是县城百姓的银钱，他都想搜刮一层，把失去的家财弥补一点回来。

周浑元在县城最好的饭庄吃了顿接风宴，在城里转了转，说是检查部队的防务，然后打着酒嗝，很快又进了何记娱乐城。

算命先生对周浑元说，这个月有意外财运。

周浑元自己都觉得好笑，现在"剿共"，天天追着红军跑，一不做生意，二没有人送，哪来发财之说？可是，刚吃了饭，唐季候硬是拖着他到何记娱乐城试试手气。周浑元在想，人生无非是吃喝嫖赌抽几件事，在人间走一趟，哪一件事不试试算是白来了一趟，便笑着答应了。

他们一起走进了何记娱乐城。

见上司带着国民党的大官来了，何湘赶紧支了一些筹码双手捧给周浑元。周浑元一看，摇着手拒绝了。这是何湘没有想到的。

周浑元自己掏钱买了一些筹码，便开始下注。

身边围着许多人，都说押这里押那里。周浑元有主见，别人押大时，他押小，别人押小时，他押大。神了，每次都能押中，没想到，一会儿工夫，他就赢了一大堆钱。

何湘在一旁看呆了，赌馆刚重新开张就赔成这样，他还想赚钱呢，赚个什么鬼，他今天干吗要开门迎客啊。这国军的长官太能赢了。

何湘的父亲何天霸是远近闻名的赌棍，也是万里挑一的老千,要是他还活着的话,看到周浑元这样赢他家的钱,一定会心疼死的。

这时,赌场围观的人越来越多,不少军官也进了赌馆,看到周浑元手气旺,都挤过来凑热闹。眼见何记娱乐城越输越多,何湘心里不是滋味,但也没有办法。

站在一边的唐季候看到了何湘几乎发绿的脸色,想想还是不要紧着刚倒了大霉的何湘"剥皮"了,看他这脸色,指不定会弄出什么祸事来呢,于是便等着周浑元赢完一宝,赶紧大声说:

"周军长,咱们还有紧急公务,回头再来玩。"

唐季候将玩得正过瘾的周浑元连推带哄地叫走了。

周浑元手里拿着一大把钱,高兴地说:"算命先生说得没错,我手气真的好,有财运!"

陪同人员都笑着离开了何记娱乐城。

出了何记娱乐城,周浑元想起他来道县的目的是什么了,这才让唐季候陪着,到潇水边走走看看。

在潇水边他们走到了一间破房子处。唐季候指给他看,告诉他这就是红34师的指挥部。周浑元一听,赶紧仔细看了看,却只是一间狭小的民房,里头除了一张桌子,只有几双被抛弃的破得不能再补的草鞋。周浑元志得意满地将一只脚搭在凳子上,昂起脸环视四周,却发现实在没什么可看的。同行的下属们也挤进了这间小屋,同样想从中看出点什么来。

终于,周浑元眼角一挑,看到宝贝似的蹲到了一名下属身边,将他一把推开,弯腰想捡起地上的一张小纸条。

从何记娱乐城一路跟过来的何湘眼明手快,先弯下腰捡起来，微笑着双手捧给周浑元。

何湘一直跟着，唐季候是知道的，他倒想看看何湘越过他拍哪门子马屁。

"这应该是共军留下的纸条。"唐季候有点紧张。

周浑元展开踩了几个泥脚印的纸条一看，上面只写着一句话："打到湘西去！"

站在周浑元身边的何湘也看到了纸条上用炭笔写的字，马上殷勤地说："共军下一步要打到湘西去。"

"嗯，他们到广西，过湘江，然后去湘西。"旁边的一个参谋插嘴道。

周浑元没有说话，只是看了两眼，又将纸条掷在地上，然后踩上一脚蹑了蹑。

"他们到处流窜，不然早就被消灭了。唐司令，走，我们去放松放松。"也不知道周浑元想的是什么，反正不是军务。

在道县县城里，何湘只是一个保安团的小营长，但他胆大心细脸皮厚，惯会捧上踩下攀高枝。周浑元是大官，他何湘要是能沾上一星半点，必然是会发财的。何湘压下了刚刚的心痛，现在替周浑元设想起来——周军长刚刚赢了那么多钱，现在一定是想去找个水灵灵的小姑娘，我何不将他带到杏花楼去呢？杏花楼同样是他何家开的。

何湘看了一眼唐季候，赶紧说："我来安排，我来安排！"

在道县吃喝嫖赌抽，没有哪样不是何湘家管着的。能让何湘"出血"，唐季候当然不会拦着，拦着干吗，难道自己出银子？再说了，何湘是他唐季候的手下，赢他点吃他点能怎么着？

唐季候对何湘笑道:"好呀,那你在前面带路。我知道你们杏花楼的姑娘是最漂亮温柔的,手段高得很。"

何湘笑着说:"司令放心,担保周军长满意!"

何湘在前面带路,将一干人马带到了自己家开的杏花楼,叫出了最年轻漂亮的头牌姑娘金花来陪周浑元,又给唐季候找了一个叫莲香的姑娘,进了另一个房间。

连天没几件好事,人精似的何湘再好色也没在这关节上恣意。他没有找姑娘鬼混,而是就在外间坐着喝茶,等下人来报信,看周浑元等人啥时候出来。

天色渐暗,饥肠辘辘的周浑元和唐季候才从包间里出来,看上去两人还挺满意的,既有点兴奋又有些疲惫。

周浑元下楼,脚有点发软,点燃一支烟,吐出一口。

何湘心想,周浑元刚刚从他家赌馆赢了一百多大洋呢,现在会给姑娘们多少打赏呢?

杏花楼的妈妈看客人是东家带来的,自然也不敢出头要钱,只管看着何湘的眼色,却不知道东家比她还为难。何湘又想赚点现银回来,又想不收钱更好,巴结上了周浑元,那可是一块大肥肉啊。

周浑元根本就没想过要打赏这回事,他装作什么也不知道,只是心上还念着金花姑娘刚带给他的那点劲头放不下。

周浑元吸了一口烟,扭头望了唐季候一眼,然后说:"县长安排了夜宵,现在我们过去,让金花收拾一下过来陪我!"

唐季候马上说:"好,我安排!"

周浑元说完,转过身离开了。

唐季候回头看了何湘一眼,示意他赶紧安排,然后一转身跟上周浑元,也离开了。

何湘望着他们的背影,张着嘴想说什么,却只是对杏花楼的老鸨说:"让金花收拾一下,过去陪周军长吧!"

**韩伟带着 100 团在何家寨发现了何天霸藏在地窖里的粮食。**

**陈树湘率 34 师经蒋家岭、过雷口关，疾速进入灌阳。在水车至文市一线部署全师兵力，阻击追敌。**

红军迅速离开了道县县城，大街上到处都可以看到国民党的部队。

唐季候还想留着周浑元在道县多逍遥两天，然后从国军手中搞点军费，再不济也能给点枪支弹药，万一周军长心情好，说不定还能给自己一些美式装备啊！但周浑元没那么上道，蒋介石又发来了电报，要求中央军尽快尾追，将红军赶到湘江边去，一举歼灭。

周浑元召开军事会议，唐季候也在座，主要研究"剿共"的事，要求保安团配合，部队马上出发，直追红军而去。

周浑元心里知道唐季候想说什么，但周浑元不是傻子，仅凭在道县赌馆赢点小钱，在杏花楼玩玩金花姑娘，就要从他身上拿走大把大把的军费，那是不可能的。美式装备？汉阳造都不会给他留一支。

周浑元给唐季候留下一句话："兄弟，后会有期！"

唐季候正想说什么,周浑元挥挥手,立即率部向红34师的行军方向追过去。

唐季候这时候才真正懂得了,什么叫中央军"厉害"。

韩伟带着部队在向导的带领下火速前进,他的任务当中还包括绕道何家寨。一个多小时后,韩伟带着部队抵达了何家寨,远远发现整个寨子里被烧得七零八落,黑烟四起,没几间好房子了。

韩伟想了想何青松提供的情报,何天霸是何湘的父亲,何家寨就是何湘的老巢,那何家的房子肯定不会被烧,但也必须马上行动起来。

何家寨此刻被烧得乱七八糟,先点着的房子被烧得只剩下残垣断壁,后点火的房子还有三墙两缝,村子里弥漫着尸体被烧焦的味道。

100团的战士们有部署地进寨了。

只见一座座房子塌了架,粗大的梁椽烧了两天还在冒着残火,到处是瓦砾崩土,惨不忍睹。战士们心想,这地方别说征粮食,就是借住一宿都没几间整屋了。进村的战士马上开始动手灭火。

韩伟和侯中辉跟着进了村,一看何家寨的惨状,韩伟怒气冲天,吼道:"狗日的,他们怎么还屠杀乡亲了?"转身向战士们喊道,"快,看有没有活着的老乡。"

侯中辉赶紧嘱咐战士们:"过火的房子随时会倒塌,大家一定要注意安全!"

战士们马上分散开来,自动变身成救火部队。

大伙儿试着用各种工具去扑打火苗。有的战士从井里提了水上来,倒进各种找得到的盛水工具,拿去灭火。所谓杯水车薪正是如此吧,但大家也没有别的好办法了。

有的战士把老乡们的尸体从废墟中抬出来,归拢到一起。村头的大樟树下,一会儿就堆了二十多具尸体了。

韩伟发狠骂道:"狗日的,太不是东西了!老侯,咱们要把这些白狗子全部消灭干净。"

侯中辉沉重地点了点头,握紧拳头道:"消灭一切欺压乡亲们的坏人,有多少收拾多少。"

何红梅没听到村子里头有新的动静,咬着牙关,将何三公抠着土墙砖缝的手指掰开,拖着往门外走。何三公挣扎得没力气了,只能死狗一般地由着女儿将他一路拖出去。

何红梅几天没吃没喝,在焦急和逃亡中,早已精疲力竭,此刻她还是用力地拖着父亲往外走,还有几步路她就能成功地将阿爸拽出危险区了,但倒在土墙上的那半截椽子烧坏了,失去平衡,顺着墙就滚了下来,砸在正弓着身子使劲的何红梅身上。

"啊!"何红梅惨叫了一声,晕倒在地上。

椽子掉下来的时候蹭着了何红梅的左肩,直接扑倒了她,接着屋顶上本就烧得碳化了的几根横木被震动,掉了下来,火热的炭碎砖碎崩落,尘灰漫天,将何三公与何红梅困在了房间里。

一段还滚烫的横木落在何三公的腿上,烫得他杀猪似的号叫起来,痛,痛得彻骨。

何三公仿佛一辈子从没如此深切地清醒过。

"救命,救命啊!"何三公哀号起来。

郑亮华听到这头有号叫声,带着几名红军战士就跑了过来,循着声音冲向了废墟。

"赶紧,赶紧抬开梁子。"郑亮华和李云山一路检查了几处烧毁的房子,为方便翻动冒烟的残墙烂屋,他们手中都抄着粗木棍子,但要救人,这几根棍子还真用不上。

韩伟站的地方在村头,离何三公家不过上百米距离,一听这边倒塌的房子里还有老乡,马上带领十几名战士跑了过来。

"快,赶紧先把人弄出来。"

"你们几个,快把梁子抬起一头。"

"你们几个,去,拿铁锹顶住后墙,让它向外倒。"韩伟一连下了三条命令。

听说这边还有老乡在房子里,侯中辉也赶了过来,边跑边喊:"老韩,这边还有活着的老乡吗?"

韩伟转身冲侯中辉应道:"对,这边房间刚垮了,我们听到有老乡叫救命。老侯,你赶紧安排医疗队过来,需要马上救治。"

说完,韩伟身先士卒地跑到了何红梅旁边,用双手扒拉砸在她身上的土砖碎片。

几双手不停扒拉,不免碰到滚烫的碎片,许多战士的手都烫起了血泡,这才将父女二人身边的破罐、烂砖等杂物清理掉。

"椽子端头还是滚烫的,同志们,多来几个人,撑起椽子就行。"侯中辉大声说。

郑亮华马上就领着大家准备动手抬起椽子。

"老乡,别害怕,坚持住,椽子一抬起来,就能把你们移出来了,再坚持一下。"韩伟冲何三公叮嘱。

何红梅这时略有点清醒,挪了挪身子,感到全身都痛。

"难道我死了?"何红梅努力地睁开眼睛,看到她阿爸像个花面猴似的倒在她眼前,是活的。何红梅听到许多人声,抬眼看了看,都是她见过的红军战士。

"他们追着我来的吗?他们是在救我们吗?"一串疑惑上了心头,却又被无边的痛楚压制下去。

很快,战士们清理出一个大缝隙。

韩伟朝何三公伸出了手:"来,老乡。"

接到侯中辉通知的医疗队正好赶到了,赶紧制止道:"韩团长,我们来了。"

韩伟扭头看了看,是康美凤和护士刘茜赶到了,于是点了点头让开两步,说:"治病救人你们专业,你看要怎么弄,快。"

"来,你们几个,轻一点把这位老乡抬起来,挪到担架上,先抬到坪里去,我得先给他检查一下,看是受了什么伤,严不严重。"康美凤指挥几名战士轻轻托住何三公的头颈、腰背和腿部,将他挪到了担架上,然后才处理看上去伤得更严重的何红梅。

何红梅长到这么大,还从来没有受过这样温柔细致的检查和照料,心里隐隐约约升腾起些微的感动,觉得自己是遇到了观音菩萨来救她了。

"你叫什么名字?"康美凤问。

"我?何红梅。"何红梅用极细微的声音清晰地说了名字。

"刚抬出去的是谁?"康美凤又问。

"我阿爸。"何红梅说完,感觉费尽了所有的力气。

康美凤伸手慢慢地检查何红梅的身体,然后说:"姑娘头部和肩部都受到了撞击,但思维清晰,肩头可能有骨裂的情况,其他部位没有太大问题。大家抬她的时候要更加小心些。"

说完,她就让战士们把担架放平,轻轻地把何红梅抬到担架上去。

何红梅连番受苦,水米无进,一路奔逃回家,又折腾了半晌,现在受的伤不一定要命,她的心略微松下来,便觉得肩膀骨裂般的痛:"别,别……"

话还没有说完,何红梅就又晕了过去。

"康姐!"郑亮华惊呼。

"轻点,先抬出去。"康美凤一直盯着呢。

把何红梅与何三公救出来,剩下的事就是康美凤带着医疗队的同志们进行救治了。

韩伟带着战士们还在搜索其他老乡。

看到被抬到身边放下的何红梅声息全无,何三公突然觉得心慌,他从担架上滚下来,一把抱住女儿就喊:

"红梅……红梅……你醒醒,我是阿爸啊。"

"老乡,你别晃她,她有伤呢,刚晕过去了,麻烦你让一下。"刘茜赶紧把何三公拽开。

父女俩的命都是这些人救出来的,何三公自然知道这些都是好人,哆嗦着往旁边让了让。

康美凤又给何红梅简单地做了检查,确定肋骨没什么损伤,这才开始给何红梅做人工呼吸。

不一会儿,何红梅又幽幽地醒转来,扭头看见了何三公正坐在地上两眼盯着她的脸。"这是阿爸,阿爸还活着!"何红梅全身都痛,痛得她想恨阿爸,又害怕失去阿爸。赌博害人啊,那是什么样的东西,能让人如此痴迷,以致亲情都可以抛弃。她被阿爸抛弃了,可她还是离不开阿爸。

何三公并不知道女儿想了些什么,看到她醒来就喜极而泣。

天下之大,在这乱世里他一无所有,现在连房子和乡邻也都没有了,与他有关系的只剩这个女儿了,如果女儿都没有了,那他活着还有什么意思呢?

韩伟身为团长,也积极地投身到灭火与救人的工作中,一道矮墙突然倒下来,韩伟的胳膊也受了伤,警卫员吴林东强行把韩伟带到了村头,坚持要让刘茜给他包扎。

韩伟毫不在意地说:"擦破点皮,没事没事。"说着,又低头问何三公,"老乡,你和闺女都没事吧?"

"我没事,红梅伤得有点重。"何三公心疼地说。

"老乡,没事的,这都算小伤。姑娘主要是又累又饿,肩上的伤包扎起来休息一段时间就好了。"

韩伟说着,示意刘茜去给何红梅弄点吃的来。

何三公家起火先是从院子旁的草垛子烧到灶屋墙,然后又烧到何红梅的房间,最后烧到何三公的房间,因此何红梅藏在她半截破罐子里的那几捧粮食也早就烧没了。何三公更是一点办法都没有。

部队需要补充物资,现在国民党烧杀抢劫,房子没几间了不说,粮食也没几粒。韩伟突然想到此行的主要任务之一——师长陈树湘交代他来落实何青松说到的那个情报,如果有粮食……

韩伟将杨参谋叫过来,对他耳语几句,杨参谋赶紧走了。

何天霸乡下的大院完好,只是猪圈过了火。

何天霸在县城有独门的何家大院,在何家寨的房子是他的大老婆带着女儿和几个家丁、用人居住。县城被红军占了,他的儿子何湘便想着将何天霸送到何家寨来避难。

知道是何天霸的房子,白狗子就往猪圈顶上扔了一个火把算是交差就离开了。至于火会怎么烧,他们就懒得计较了。万一将来何家得势,论起此事来,他们多少还落个人情啊。

猪圈和正屋不相连,烧的时候没起风,到起风的时候猪圈那点地方也烧完了,红军战士们赶过来,就用院子中间水缸里的雨水就把残火扑灭了。水不够多,烧垮的房子没浇透水,里面余烟袅袅。

杨参谋从韩伟那里得到情报,何天霸家的地窖里有粮食,赶紧叫战士们四处寻找。

院墙角落里堆着一堆柴火,这堆柴倒是没被点着,但离厨房挺近,杨参谋看了一眼,马上安排战士们将柴火搬到另一个角落去堆放,避免起风以后吹过来火星子将柴堆又点着了。

人多力量大,不过几分钟,那堆柴火就被搬开了一半,有战士发现脚下踩着的地方发出空洞的响声。柴堆下居然有一块青石板,像盖着一口古井。

"古井为什么要藏在柴堆下面?"有战士问。

"废井呗!"

"可能死过人不吉利吧!"

"就是搁着块石板吧!"

"搬开,把柴火全部搬开。"

搬开所有的柴火,搬开青石板,果然这井围子里别有洞天。

井下没有水,却有一架木梯,留神看可以看到井底的洞壁上有侧洞,两名小战士下到井底瞅了一眼,里面有很多包粮食。

"团长,团长!"杨参谋兴奋地跑了过来。

"是找到了吗?"韩伟略带兴奋地看着疾步走来的杨参谋。

"报告,找到了!我们在大院里找到一个枯井,井里藏有不少粮食。"

"哈哈哈,这真是好消息!"

韩伟跟杨参谋来到何天霸家的大院,战士们正在井边张望。

"你进去摸了,能确定是粮食?"韩伟问。

小战士摸了摸头,说:"我进去没摸,但看得见地面上散落了不少粮食,哇,里面全是粮食的气味……"

杨参谋自信满满地保证道:"藏得这么严实,肯定是粮食了。"

"是啊,金银细软不可能藏在室外,农庄里最宝贝的就是粮食,不藏点粮食遇到饥荒时候怎么办?没什么东西需要这样收藏了。"其他战士也这样说。

韩伟一听,也觉得在理,兴奋地笑道:"老天有眼,快,进去看看。"

"井口往下看还有亮,但进了侧洞,里面就乌漆麻黑了,得拿个火把下去。"

"火把不行！拿马灯来！"

立刻有战士奔里屋提出来一盏带玻璃罩儿的油灯。小战士立刻自告奋勇地站到了前头,伸手提过刚点燃的油灯,带头下了木梯。

杨参谋紧跟着下到洞底,从小战士手中接过油灯高举,借着灯光扫了一眼洞里的情形——地洞有近百平方米,被分割成了几小间,每一间都堆着很多大袋子,而且一看就知道是粮食。

就这么一会子,韩伟带着吴林东和几名战士下来了。

"杨参谋,你带人清点一下,看总共有多少粮食,估算一下。"韩伟交代说。

吴林东与几名战士也举着一盏油灯朝地窖深处走去,只见每个隔间里都密密麻麻整整齐齐地码着麻袋,百分百是粮食。

大伙儿真是高兴得数麻袋都数不清了。

"我们可以扛几袋粮食上去,今天正好尝尝地主老财给咱们收藏的粮食。"

"哈哈哈哈,太好了！"

战士们开心地笑起来。

一名战士走进一间库洞,摸了摸装粮食的袋子,便从顶部拽住一包往下拉,刚好扛到肩上。就在这同时,一个酒瓶似的硬邦邦的东西掉在了这名战士的脚背上,砸得他一痛一愣。

"趴下,手榴弹！"杨参谋领着韩团长正跟过来看呢,一眼就发现了危险,杨参谋赶紧大喝一声,同时伸手推了韩伟一把,把他往侧面一间库洞里推去。

扛着麻袋的战士被这变故吓呆了……

"轰——"一声巨响。

随着沉闷的响声,站在院墙附近的两名战士也随着突然下沉的地面掉了下去。

地窖塌了,塌了,塌了!

下到地窖的红军战士都被埋在了里面。

院子里里外外的战士都赶紧冲了过来,将刚落入土坑的战友拽上来,同时响起的还有一片惊叫声:

"韩团长,韩团长!"

"杨参谋,杨参谋!"

"林东哥,林东哥!"

……

战士们迅速清理塌陷部分的泥土,正清理着呢,侯中辉就赶到了。他也是听说找到了粮食才赶过来的,没想到还没赶到就听到轰然闷响,他以百米冲刺的速度赶了过来,发现先来的韩伟居然不在,心里一痛:"糟糕,这可是出了大事!"

"什么,韩团长也在地窖里?老韩!老韩!"侯中辉大声喊道。

"唉,是侯政委吧,我没事。"一个微弱的声音从地底下传上来,但还是听得出是韩伟的声音。

"快,清理,注意别伤到底下的人。"侯中辉马上布置抢救任务。

谁也顾不上太多了,从听到声音的位置朝下挖,不过三五下就发现土一松,掉下去了,出现一个脸盆大的黑洞,光线投下去,能看到灰尘之中一只在挥动的手。那是韩伟的手。

"我在这里,这边没塌,不急。先清理沉积的土,埋了人,要快。"韩伟在地窖里发布救援指令。

藏粮食需要地方干燥,地窖做过特殊处理,离地距离也足够厚,每一洞之间还有半米厚的支撑墙,宅院附近挖了排水沟,这都是经过千算万算的。但又不是自家的地窖,工人们在干活的时候全靠顺手挖出一个个空间,谁算计得那样准呢,这不,居然被手榴弹给轰塌陷了。

一个多小时后,地窖里总算清出了一条通道。

韩伟被救了上来,又救上来几名战士。

"杨参谋受伤了,你们带工具下去继续清理沉土。"韩伟赶紧吩咐。

侯中辉围着韩伟转了个圈,说:"你自己也受伤了啊,赶紧叫医疗队来人包扎!"

"我是先前弄伤了胳膊,没事的!"韩伟两眼盯着塌陷区,恨不得自己亲自动手。

"不是,韩团长,你额头受伤了,后背的衣服都破了,看得见背上的伤。"一名战士补充道。

"哦,那都是小事。杨参谋推了我一把,我才没被埋进去,只是被气浪冲倒了。这是小伤,不碍事。赶紧救他们!"韩伟心里懊恼起来,居然没想到这该死的何天霸会在粮食里设下埋伏。

"哎,都怪我!"韩伟猛地一拍自己的额头,正巧拍在伤口上,痛得他身子一震。

侯中辉制止了他："你受伤了，先别管这个，康姐一到，赶紧治伤。"

正说着呢，就看到康美凤与刘茜跑得满脸是汗赶到了。

"康姐，你赶紧给韩团长包扎一下！"

康美凤愣了一下，看看韩团长，发现他果然又添了新伤。

村子里，明火已经熄灭，有的木头还冒着青烟。

有的战士开始修房子，有的战士扛着木板或木头在村子里奔来奔去，也有的战士在墙体上刷标语。

101团、102团陆续在蒋家岭扎营，修筑工事。

"100团现在在何家寨。"大水报告说，"何家寨被白狗子洗劫烧毁了。"

"我知道了，你们看看这半空里的黑烟，还不知道白狗子烧了多少村庄。"陈树湘痛心地说。

村村被驱赶，不少家还被劫掠，死伤无数，多数房屋都被放了一把火，人们从村子里被轰出来，妻离子散，又投靠无处，湘南大山里隐藏着多少人悲惨的命运。

天阴沉沉的，却不像要下雨。

河流低泣，山林憔悴，百兽无声，百鸟惊慌。

"嘭——"一阵微风，将山对面某处的一声闷爆送了过来。

陈树湘的身子猛地一震，一指远处浓烟升腾的地方："那边是何家寨吧？"

"是，是何家寨。"警卫员大水答道。

"师长，师长！"看着陈树湘策马就朝何家寨奔去，大水连喊了两声,策马跟上。

"快,你们跟上师长!"程翠林冲几名战士下令。

陈树湘与韩伟从秋收起义开始就在一起战斗,互为臂膀,感情深厚,现在陈树湘是34师师长,韩伟仍是他特别信赖的战友。韩伟带着100团进村了,这不是大炮轰击的声音,但何家寨肯定出事了。陈树湘心感不安,策马就往队伍前头奔去。

山道不宽,士兵们有秩序地朝何家寨前进,101团的队伍不进何家寨,但要经过村外去下一个村,那个村是什么情形,谁也不知道,但肯定没有热水馒头暖被窝。这一路都是追兵、战斗、伤亡,战士们几乎都习惯了奔波、疲累、饥饿和死亡,但所有的战士都怀着一个信念,只要还存着一口气,便誓死要多消灭几个白狗子,为这些被残害的父老乡亲报仇雪恨。

身后马蹄声疾,战士们见陈树湘策马经过,纷纷靠边让出一条道让师长与警卫员通过。

"前面的村子出事了?"一名战士问道。

"哪个村子没出事?都被火烧了。"旁边的战士丢过来一句。

虽然是骑马,可在这山路上的速度也快不到哪里去。陈树湘带着警卫员大水赶到了村口。

"严团长,师长来了!"警卫员提醒严凤才。

101团刚抵达村口十几分钟,本来是要直接往下一个村子走,听到爆炸的声音,严凤才就停了下来,让人去探听发生了什么情况。101团的其余士兵还是沿着山道继续前进,去往下一个村子。

"师长,村子里没有埋伏的敌人。"严凤才将刚得到的消息报告给陈树湘。

"嗯,我来何家寨看看。"陈树湘朝四周看了看,看到了100团的战士们正忙着救火,医疗队正在救治受伤的村民。但他没看到韩伟的身影。

严凤才笑了笑:"师长,你是看不到韩伟的,你又不是不知道他的性格,哪里忙他就往哪里跑。"

陈树湘听了,刚想笑笑表示认同,见严凤才派出的一个士兵跑了过来报告,于是赶紧盯着士兵,想知道发生了什么事。

101团的士兵看到了跟严凤才站在一起的是师长,于是双腿一并,先朝陈树湘和严凤才敬了个军礼,这才急切地说:"报告,100团找到了地主老财何天霸藏的粮食,但粮食里藏了手榴弹。"

"有人受伤没有?"严凤才马上问道。

"韩团长带人进地窖去看粮食,被埋在了下面。"

"什么?!"陈树湘惊道。

"他被埋了?!"严凤才问道。

"现在怎么样了?"陈树湘和严凤才异口同声地问道。

士兵被吼得哆嗦了一下,说:"我急着来报告,他们还在清除塌陷的土,想抢救……"

他的确不知道刚才发生的事,也不敢胡乱预测。

"走,我们去看看!"陈树湘果断地说,策马就往村子里跑。"快,你领师长去。"严凤才要在村头镇守,赶紧吩咐来汇报的士兵领着陈树湘前去。

韩伟是100团的团长,如果出了事,那可是大事。

陈树湘和警卫员赶到何家大院的时候,韩伟刚从地窖里被救出来不到一分钟,正一身泥土,裹得面人似的,有人在给他检查伤势,看看并没有伤筋动骨,就顺手帮他把身上的浮土拍掉。

陈树湘远远看到韩伟的身影,一口气松了下来。他飞身下马,把缰绳扔给了旁边的战士,朝韩伟吼道:

"老韩,你看你,有个团长的样没有?!"

韩伟听到马蹄声响,正打算转过身来呢,就先被吼上了。

带兵打仗是门技术活儿,这个带兵的人自然很重要,要不胜仗从哪里来?一个当团长的人是整个团的核心,虽然同样需要不怕死不怕苦,但他的职责首先是指挥部队打胜仗,哪里有见个地窖就头一个去瞧的?是不是粮食战士们会看不出来?再说了,去检查粮食要不要交代战士们小心机关?你韩伟还头一个冲下去,居然被活埋了,这怎么得了?!

韩团长自然明白陈树湘现在火冒三丈的原因,知道这一吼的言下之意。

"师长,我这不是没事嘛。"韩伟笑了笑,不无忧心地瞅了一眼还在挖的塌陷处。

"下面还有多少战士?"陈树湘问。

"三四个,喊了有两个能应,被泥堵在地窖里了,应该还能救上来。"侯中辉答道。

在韩伟的指点下,被炸的库洞最先被清理开,那名战士已经牺牲了,但杨参谋被救出来了,他伤得比较重。杨参谋在转身推韩伟的时候,自己反而惯性向后,本来没有生还希望,但被炸弹掀翻的战士撞到了杨参谋身上,等于推了他一把。杨参谋被埋了半截,还被断裂的木板剜去了臀部一块肉。

侯中辉赶紧让战士把杨参谋抬进地主家的屋子里去,康美凤带上几名战士进去给杨参谋治伤。

韩伟的头垂下来,焦急地等待对其他战士的救援,同时开始反省和自责。

战场上一个念头就可能决定胜败,战场下何尝不是?一个念头不周就影响着生死。

可是,谁能想到,该死的何天霸会让人在粮食包下压个手榴弹呢。这狗财主的心太黑了!

就这样又过了十多分钟,下地窖的战士们才全部被清理出来:两名战士牺牲了,另外两名战士轻伤,其他几名战士被斜支的木板挡在了粮食包旁边,身上连泥都没沾上,也没受伤。

陈树湘稍稍地松了口气,他一度以为被埋的战士都没救了,这么长时间哪里能活?还能救上来几个活着的,这是大家没想到的。

吴林东是轻伤,他给大家解释:放粮食的地方要干燥,所以地窖挖得比较深,在上面堆柴也是想减少湿气进入地窖。因为怕地窖空间大会垮顶,所以分隔成几间库房了,中间壁比较厚,可承受重量。最重要的是相对较大的主洞顶一部分用木板支撑,爆炸发生时,洞顶的落土将木板压断了,木板落下来又被四围靠墙放的麻袋顶住了一部分,这也是他们没有全部牺牲的原因。

"是的,靠手榴弹近的两位战士牺牲了。但我们几个不是被炸伤的,也不是被泥土埋伤的,是被那些断裂的木板砸伤的……"

韩伟自责道:"听说地窖里都是粮食,我也是心急了点。咳,大意了,太大意了,不该啊!"

陈树湘也忍不住批评韩伟:"老韩啊,工作一定要仔细,不能这样毛毛躁躁的,不能这样随随便便地就折损了我们的战士啊!"

听了批评,韩伟认真地点了点头,说道:"师长,这一地窖粮食够我们省着吃半个月。要是再有点武器弹药就更好了。"

陈树湘一听,又好气又好笑:"老韩哪,你呀……这土财主家,哪里可能有武器。你想得倒是美!"

自己的疏忽造成了战士的牺牲,韩伟心情沉重,但接下来的各项工作还得照常进行。

韩伟吸取教训,让下坑搬粮食的战士多加小心,每一包粮食挪开之前都要先仔细检查是否关联着手榴弹等爆炸装置。侯中辉则守在大院里亲自监督。

一枚枚手榴弹被清理出来,一包包粮食被搬出来,码进了何天霸家的屋子里。

粮食怕受潮,就是天不下雨,被晨露打湿了也会很快变质的。当然,如果其他团征收不到粮食,那也只能从这儿分一部分。

陈树湘一看,心中的生气散了几分,叹了口气说:"我们有粮食了,来之不易啊!"

总的来说,所有人还是为部队能有这份意外的收获而高兴。

大家正在高兴之际,何红梅和何三公走过来,向着陈树湘、韩伟深深地一鞠躬,大声说:"谢谢你们的救命之恩!"

陈树湘问韩伟:"这是……"

韩伟告诉陈树湘说,这是何红梅和她的父亲,又说了搭救了这对父女的经过。

陈树湘走过去,对何红梅和何三公说:"不用谢,我们红军就是老百姓自己的队伍!"

何红梅重复着陈树湘的话说:"红军,就是老百姓自己的队伍!"

陈树湘笑着说:"对,红军,就是我们老百姓自己的队伍!"

韩伟对陈树湘说:"她叫何红梅,是我们在道县救下的。不过她不信任我们,飞快地逃走了。"

陈树湘微笑地点点头说:"这证明她是个聪明姑娘嘛,很好!"

何红梅望着陈树湘,说:"长官好!"

陈树湘笑着说:"不用叫我长官。我也是一名红军战士!"

韩伟对何红梅介绍说:"这是我们陈师长!"

何红梅改口说:"师长好!"

韩伟大声叫道:"康姐,康姐,你们照顾一下他们父女!"

康美凤跑过来,说:"你们跟我过来,还得给伤口敷药咧。"

陈树湘看到康美凤将何红梅父女接过去了,没有作声。

陈树湘安排好后,立即发出命令:"迅速赶到仙子脚!"

在何天霸家里找到了粮食,这让张明达对何青松更有了好感。张明达找到何青松,特意给了他一支缴获的新步枪。何青松特别高兴,终于有自己的枪了,而且是新的呢。何青松摸着心爱的步枪,但心里还是特别渴望有一支手枪。

张明达告诉他:"手枪,只有连长以上的干部才会有。"

何青松才不管那么多,说:"要是能从敌人手里多缴获一支手枪,我可以留着自己用吗?"

张明达不想打击何青松的积极性,又想到如果经常执行侦察任务,当然是带手枪更方便和安全,于是干脆地说:"那当然可以。"

何青松听了,高兴地说:"那好!"

张明达这会子来找何青松,绝不是为了给何青松一支枪,而是想打听一下,他是怎么知道何天霸家里有一个地窖,而且地窖里有粮食的。

何青松看到红军战士在何天霸家的地窖里找到了粮食,自然心里高兴,但为此牺牲了两名战士,他心里又特别难过。

张明达安慰他说:"打仗就会有牺牲。"

何青松告诉张明达,他在何记娱乐城旁边的韩记米粉店吃米粉,还遇见一个人……

上次,何青松在韩记米粉店吃米粉,遇到一个脸上有颗大痣的男人,从他们的聊天中得知了何天霸娶小妾的秘密,也知道了何湘要将何天霸接到何家寨去躲避的消息。

汇报之后,张明达鼓励他干得好,让他继续侦察。

就这样,何青松又一次去了韩记米粉店吃米粉。

韩记米粉店的米粉是道县做得最好的,不管是早餐还是中餐、晚餐时,都人来人往,生意兴隆。

上次何青松就了解到,那个脸上长了一颗大痣的人是米粉店老板娘的叔叔,叫韩天长,目前在何天霸家当家丁。

何青松到了韩记米粉店,往那里一坐,照旧点了自己爱吃的米粉。这时,韩天长仍带着上次来的几个年轻人过来了。他们坐在何青松的旁边,也点了米粉。

当差,拿钱干活,东家再好,不给钱也得拉倒。何天霸死了,何湘发钱就行,韩天长才不在乎何家那些人怎么死伤,他伤心的只是几个关系不错的家丁被红军击毙了。几个家丁吃着米粉,聊的无非又是何记娱乐城如何、杏花楼如何、何湘现在如何。赌场现在没了何天霸的手段,估计有点麻烦了。

何青松一听,插话说:"昨天我也去了赌场。"

韩天长一听,就顺嘴问:"那你手气怎么样?"

何青松将口袋里的两个大洋拿出来,说:"你们看,都是赢的。"

韩天长伸长脖子看,其他人也跟着往钱眼里看,说:"赢这么多,要请客!"

何青松要的就是这句话,大方地说:"钱财身外物,反正是赢的,今天的米粉我请了!"

几个家丁一听都高兴起来,说:"这位兄弟够义气!"

韩天长与何青松越谈越投机,何青松便央求他给自己找个事干,就在何天霸家当个家丁。韩天长很干脆地答应说:"这个不是问题,何家损失了不少人,肯定要补!"

为了"讨好"韩天长,何青松又约了晚上请韩天长喝酒。一碟花生米,二两小酒,韩天长也不是个能喝的,不多时就把牛皮越吹越大了。

"听说何家的钱都被红军抢了,何家没钱了,不会影响发钱给兄弟们吧?"何青松表示担心。

"哪里哪里!兄弟你从乡下来不知道,这县城里很多买卖都是何家的,要变银子容易得很。再说何湘可狠了,他有枪,带上兄弟们……"韩天长说着,又往嘴里倒了一口酒。

何青松觉得这点消息没什么用,只好继续套话,直到韩天长把酒杯往桌上一顿,骂道:"娘的,何天霸在何家寨的地窖里藏了好几万斤粮食,我日他老子,他怎么吃得完?嘿,我呸,吃个屁,还不是就死了!"

……

"不错啊,你真有一套!太能套了!"张明达听完,拍拍何青松的肩膀说,"好样的,有计有谋,回头要提出来,特别表扬!"

何青松听了特别高兴,要知道他长这么大,遇到那么多人那么多事,从来没有感觉像现在这样有价值,这样被人尊重和欣赏。

陈树湘带领34师迅速赶到了蒋家岭,在仙子脚扎下营来。

通信员随后就将一份电报送了过来。

陈树湘一看,是中革军委发来的,通报敌情:北两向敌军抢占全州、兴安要地,正阻止红军西渡湘江。

红一军团2师已向全州方向疾进,红一军团15师跟进。

红五军团13师在蒋家岭、雷口关地域占领防御阵地,警戒道县尾追之敌。

陈树湘、程翠林、王光道看到电报,坐下来商定下一步的战斗计划。

这时,张明达跑进师部,喘着气说:"蒋家岭发现敌情!"

说得没错,李云杰和周浑元的部队已向蒋家岭追来。他们的目的是将红军赶到湘江边围堵起来,一举歼灭。

昨晚,陈树湘对各团团长进行了战斗部署,预计敌人今天一定会到,没想到来得这么快。

陈树湘立即命令道:"继续侦察,看看有多少人马。"

张明达接到命令,转身走出了师部。

陈树湘、程翠林、王光道商量,立即下到各个部队去指挥战斗。

陈树湘叫道:"通信员!"

通信员跑进来应道:"到!"

陈树湘说:"你赶紧通知100团,敌人来了,准备战斗!"

通信员大声应道:"是!"

这时,张明达又跑进来说:"报告,蒋家岭前方发现敌人!"

陈树湘问道:"有多少人?"

张明达说道:"有几万人,黑压压的一大片。"

程翠林惊讶地说:"周浑元的四个师的大部队来了。"

陈树湘握紧拳头,坚定地说:"大部队来了,我们也不怕,为苏维埃流尽最后一滴血!"

115

按照师部的部署,陈树湘到达101团和102团所在的位置。

陈树湘刚刚到达,敌人就来到了山下。

敌人挥动着旗子,在山下蠕动。

101团团长严凤才来到陈树湘的跟前,说:"敌人已经到了我们跟前,我们开打吧!"

陈树湘放下望远镜,点点头说:"打!"

一声令下,枪炮声齐鸣。

居高临下,两边山上的红军杀声震天,敌人被压制在山下,一会儿就成了哑巴。战士们的战斗状态特别好,有战士喊着要冲到山下去杀敌。

陈树湘指示,不能冲下山,必须坚守阵地。

严凤才命令所有的战士:"坚守阵地,不能下山。"

战士们见敌人成了哑巴,又不能冲下山杀敌,一个个在阵地上休息。

严凤才走过来看望大家,说:"敌人的大部队就要到了,大家要提高警惕。"

一会儿,敌人的大批人马从山下攻上来了。敌人用大炮向山上轰炸,飞机也飞来了,向山上掷下一颗颗炸弹。

山上发出震天动地的声音,树木和泥土被震得四处飞扬。一些红军战士也被炸飞了,有的当场牺牲,有的在呻吟着。

一颗炸弹就在陈树湘的身边炸响,一块弹片钻进了陈树湘的手臂,顿时鲜血直流。

警卫员跑过来,大声说:"师长,你负伤了。"

陈树湘看到自己的手臂上流着血,但他没有停下手中的枪,大声地喊道:"给我狠狠地打!"

严凤才跑过来,让陈树湘到安全的地方养伤,但陈树湘大声说:"不要管我!"

护士长康美凤冲过来,要给陈树湘包扎:"师长,我给你包扎一下!"

陈树湘看到受伤的战士在地上爬着,哭喊着,鲜血洒满了一地,焦急地说:"不要管我,快给伤员们包扎!"

陈树湘说着,端起冲锋枪,突突突地向敌人冲过去。

战斗打一阵,停一阵。

李云杰和周浑元的部队不知道山上有多少红军,不敢擅自冲上去,怕损失太大。

这时,战斗暂时停了下来,空气中弥漫着浓浓的火药味。

陈树湘带着严凤才走过来,看望大家,给大家鼓劲。

许多战士受了伤,他们或躺在陡坡上,或背靠在树干上。休息的战士背靠背坐着。

陈树湘走过来,向大家挥手致意。

一些战士看到陈树湘走过来,要站起来,被陈树湘按住,说:"你们不要动!"

康美凤带着护士,一个个给受伤战士包扎。

就在这时,通信员送来电报,陈树湘拿着,一看:

红三军团4师进占新圩并向兴安方向前进。

5师跟进新圩,在有利地形上构筑防御工事,向灌阳警戒。

3团占领永明至灌阳及道县到灌阳的枢纽孔家地域,策应后续部队……

陈树湘一份电报还没看完,通信员又送来一份:

红八军团未能攻下三峰山隘口进到孔家地域。

红一军团先头部队4师已过湘江,控制了全州以南脚山铺至咸水地段的渡江点,工兵开始架桥。

陈树湘知道,中央红军分四路向广西前进。

红八、九军团从江永出发,向三峰山关口进入灌阳境内。如果三峰山关口没攻下,八军团还得折回来从雷口关和永安关进入广西,这就意味着要多花两天的时间。

陈树湘将电报递给严凤才。

严凤才看完,说:"师长,下命令吧!"

陈树湘要立即做出决策,不能在这里与敌人纠缠,要尽快赶到雷口关和永安关,在那里阻击敌人,掩护大部队过关,接应红八、九军团……

正在陈树湘准备下命令时,机要员送来中革军委的电报:

34师尽快赶到雷口关和永安关附近的水车和文市一带阻击敌人……

陈树湘一看,正好与他想的一致,他立即命令掩埋好牺牲战士的遗体,集合部队,向雷口关和永安关进发。

虽然每次战斗都会有人牺牲,但看到牺牲的战友,陈树湘还是抑制不住流下难过的泪水。

这些朝夕相处的战士啊,都太年轻、太年轻了!他们还来不及享受生活,来不及看看这个世界,便为了拯救国家和民族而牺牲。

将牺牲的战士都集中在一起了,他们静静地躺着,年轻的脸上满是汗渍与泥尘。医疗队的女同志们跟着部队行军,早见惯了生死,却同样痛彻心扉。康美凤带着几个护士将战士们的脸擦干净,将他们的衣服整理好。她们眼眶湿漉,却不敢落泪,怕泪水蒙住眼睛,更怕泪水会落在牺牲战友们身上。

在整理战士们衣服时,谁的口袋里若还有点什么物件,都需要拿出来,或者是一张照片,或者是一块大洋,或者是一支笔,或者是一个宣传小册子,或者是……这都是战士们随身带着的心爱物件,都有着不寻常的功能或特殊的意义。

一位年轻战士的口袋里装着一封家书,虽然用油纸包着,但里面的纸张还是被鲜血染红了。康美凤缓缓站起身,双手将打开了一半的油纸包递到了陈树湘手中。

陈树湘接过来,他已经猜到这可能是什么了,心情因此更加沉重。他将叠着的纸张打开,上面歪歪扭扭地写着:

亲爱的爸爸妈妈:

你们好!

今天是我18岁生日。以往在家里过生日,你们总是会想方设法给我吃一个煮鸡蛋。可是今天,我是战斗在硝烟弥漫的战场……

部队已转移到了道县。这是一座古城,妈妈教我背过《爱莲说》,给我说过濂溪先生的故事,到了道县之后我才知道濂溪原来就在这里,道县是周敦颐先生的故乡。

爸爸妈妈,我们坚守在潇水边三天三晚了,每天都在战斗。昨天，师部开会，让我们34师作为全军的总后卫，战友们都在私下讨论，这可能就意味着有更多的流血和牺牲，但我们并不怕牺牲。虽然我们想好好地活着，但蒋介石要消灭共产党，我们就决不能答应。师长表决心要为苏维埃流尽最后一滴血。这样的决心，我们也一样有！

爸爸妈妈，如果我牺牲了，这就是我给你们写的最后一封信。但你们也别太悲伤了，因为我们是为国家和民族而牺牲的……

陈树湘读着这封名叫童闽生的红军战士写的信，心痛得捏着纸张的手都微微颤抖起来。多么好的红军战士，多么年轻的红军战士！他们最好的青春年华，本该坐在学堂里念书，本该在父母的身边幸福快乐地生活，可他们现在却拿起了枪，在战场上流血牺牲。

严凤才走过去，将童闽生的身子拥在怀里，说："小童，对不起，你不能跟着我们一起打回家乡了。你就安息在这里，将来革命成功了，我们再来接你回家。"

原来，童闽生与严凤才都来自福建永定，是同一个村里的乡亲。童闽生家境贫寒，家里有兄弟姐妹七人。童闽生16岁那年，严凤才回到家乡扩红，他就跟着严凤才出来当了红军干革命。童闽生从小就聪明，工作特别负责，参军没多久就练就了一手好枪法，曾在反"围剿"中荣立过二等功。

严凤才抱着童闽生的身体，泪水不断地滴落在童闽生的军装上，浸润进衣裳里，像是要留下一些气息来陪伴他。旁边站着的康美凤更是泣不成声,只好用手抓住严凤才的肩摇了摇,示意他节哀,还有更多的牺牲战士需要整理遗容。严凤才轻轻放下童闽生的身子,用手臂擦了擦泪水,这才从陈树湘手里拿过童闽生留下的遗书放进了自己的口袋,说:"小童,这封信我会代你寄回去!"

山林无声,只有许多战士压抑的低泣声,整个山林都陷在了深深的悲伤之中。

陈树湘流着眼泪,摘下帽子,悲伤地说:"同志们,我们一起向牺牲的战友们告别吧!革命总有牺牲,但革命也一定会胜利,我们现在告别,就是要去赢得最终的胜利!"听了陈树湘的话,战士默默地站直了身子,面朝着牺牲的同志摘下了军帽——敬礼!告别!出发!

掩埋牺牲的同志需要尽快,撤离时间紧迫,不容许浪费太多宝贵的时间。留下两个班的战士善后,陈树湘已经恢复了镇静与坚毅:"出发!"

就在这时,敌人发起了一轮新的进攻。

陈树湘大声地说:"边打边撤,把火力引开!"

敌人从山下爬上来,弯着腰,一个接着一个。

战士们端起冲锋枪一梭子打过去,几个敌人应声倒下。蜂拥而上的敌人瞬间停下了冲锋的脚步。子弹在飞,战士们边打边撤,敌人在还击,更多的敌人一群群往山上拥,像一团团黑蚂蚁。

严凤才打完一梭子子弹,换上弹夹,正准备开枪,突然一颗子弹打到他的手上,鲜血直流。

"团长,你负伤了!"

陈树湘看到严凤才受伤了,对医护人员说:"快给团长包扎!"

陈树湘打了一梭子子弹,见敌人越来越多,命令道:"快,撤!"

随着一声令下,战士们果断放弃了阵地,以最快的速度转移。

陈树湘、严凤才带着战士们甩开了尾追的敌人,一直撤到山顶,从另一边下山。然后又爬到另一座山,消失在大山深处。

通信员赶到100团所在的位置,100团已经开始战斗了。

韩伟指挥着战斗,借助着山势,将敌人的一次次冲锋压下去。

当通信员再一次来到100团所在地时,战士们还顽强地坚守在阵地上,是程翠林在指挥。

韩伟接到师长陈树湘的命令后,报告给程翠林。

敌人一次次往前冲,红军战士顽强阻击。敌人一个个倒下,红军战士也一个个牺牲,整个战场都是尸体和鲜血。

程翠林大声说:"老韩,我们也边打边撤!"

韩伟传令下去:"边打边撤!"

战士们奋力掷下一排手榴弹,敌人的阵地发出轰隆隆的爆炸声,一时间哭爹喊娘,马上停止了冲锋。

程翠林和韩伟带着部队,迅速转移。

>朱德总司令致电红军各军团首长,命令:"红军应自 28 日起至 30 日止,必须全部渡过湘水,并坚决击溃敌人各方的进攻。"
>
>34 师在水车一带磨盘山阻击周浑元的中央军四个师,掩护红八、九军团……

凌晨,中革军委得悉:

北边的敌"追剿"军第一路军刘建绪的四个师进到全州。

第二路军跟进黄沙河。

第四路军全部过潇水向都庞岭上永安关地域追击。

南边的敌桂军约四个师,拟经灌阳城前出到苏江、新圩、石塘地域,阻击红军西渡……

敌人行动的方向都很明确,这让红军的指挥员有些紧张,但他们又很快镇静下来。

中革军委立即电令:

一军团主力坚决阻击由全州向南攻击的敌一路军,保持已取得的湘江渡点。

三军团 4 师经青龙山过湘江,向光华铺地域前进,阻击由兴安城北上之敌。

123

5师的一个团向泡江地域前进,该师主力在新圩马渡桥地域阻击由灌阳城而来的敌桂军。

五军团主力13师在蒋家岭、永安关地域阻击敌之第四路军追击。

九军团改经道县小坪,由34师接应,从蒋家岭进入灌阳……

26日、27日,中央两个纵队的行军速度是最慢的,每天只走了几公里的路程。桂军自22日至27日,将全州、兴安、灌县的部队撤出,在湘江上留下几天的口子,只可惜没有被决策层知道和利用。

终于,博古、李德意识到了中央红军面临的危险局势,如果不能赶在最后关头及时过湘江,中央红军将会被拥有先进装备的数十万国民党军合围,那么中央红军恐怕会全军覆灭。

15时,他们二人以朱德总司令的名义下达命令:"红军应自28日起至30日止,必须全部渡过湘水,并坚决击溃敌人各方的进攻。"

此时,桂军回撤击尾,湘军到达指定位置拦截,中央军尾追不放,中央红军被赶着向湘江东岸走,正是严峻考验中央红军渡江之时。

陈树湘刚指挥34师迅速在湘江东岸、广西水车一带山上建立起阵地,周浑元的四个师就如潮水般尾随而至。

周浑元部是蒋介石嫡系,装备的都是美式先进武器,更是34师的老对手。一上来,双方就打起了硬仗。

灌阳县水车地区的磨盘山阵地上,一枚枚炮弹在壕沟前后炸响。硝烟升腾,有的战士剧烈地咳嗽着,有的战士负伤牺牲。

康美凤带着护士就地抢救,让战士们把负伤的战士顺着壕沟抬到安全的地方去。

韩伟、侯中辉带着战士们坚守在阵地上。

山坡下,敌人端着枪,以排山倒海之势向战壕冲来。

郑亮华做好了战斗准备,但炮弹炸开的碎石落了他一身。

炮弹的杀伤力太大了,掩护着敌人不断靠近。战士们哗啦哗啦拉动枪栓,但敌人远在射程之外。

韩伟一把将头上刚包扎好的绷带给拽了下来,往旁边一扔,狂吼道:"听我的号令,放近了再打。"

敌人猫着腰,越来越近,200米、150米、120米……终于脱离隐蔽物,出现在相对开阔的地带。

战士们伏在战壕里,冒火的眼睛死死盯着不断靠近的敌人,都在等着韩团长的号令。

红军阵地沉默无声。敌人希望刚刚的一轮炮火已拔掉了红军的阵地,又不敢掉以轻心,前进缓慢。

"打!"韩伟一声吼。

机枪、步枪、冲锋枪一起开火。郑亮华咬着牙发出怒吼,将冲上来的敌人一片片地放倒在坡地上。

红军战士也有不少伤亡。

陈树湘在无线电里交代过,让韩伟必须再撑半个小时才能撤退……差不多了,韩伟一看时间已到,马上传令道:"撤出阵地!"

侯中辉带着张明达、郑亮华等战士抬起马克沁,战士们顺着预先挖好的壕沟向山顶的壕沟阵地撤退。韩伟、李云山、唐荣顺等人把预先准备好的炸药包顺着壕沟扔在里面。有战士点起了准备好的劈柴,有战士把捆好的手榴弹放在壕沟里,韩伟等人布置好后撤出了壕沟。

红军抵挡不住了,这是要逃?

敌人看得分明——眼下就这最后一点距离,也就是一瞬间的战机。敌人"掌握"到了,马上放开了胆子猛追,并且无比庆幸地顺利占领了壕沟,准备将新占领下来的战壕布置成自己的防线。如果红军战士再反攻上来,那些暴露在战壕外的人都会是挨打的对象。谁不惜命啊?一群群敌人开始往壕沟里跳,拥挤在壕沟里,没有跳进壕沟里的敌人就近找掩体,准备听号令向山顶的红军射击。

主峰壕沟里,韩伟、侯中辉看到敌人中了计,马上指挥战士向第一壕沟里的敌人射击。

韩伟从一名战士手里接过长枪,瞄准了在第一壕沟沿上藏好的一个炸药包。枪响,炸药包被引爆了。韩伟一连串点射,几个炸药包都被击爆。瞬间,壕沟里爆炸声四起,狼烟一片,不少被炸慌了神的士兵马上爬出战壕,准备重新寻找掩体。

"打!"韩伟又下令。

战士们学着韩伟的样子点射,争取一颗子弹消灭一个敌人。

磨盘山对面的山岭上,几十门山炮一字排开,敌人开始往炮膛里装弹。

差不多同一时间,一个拿着望远镜的国民党军指挥官喊着口令:"角度39.5,距离547米,目标半山腰。开炮!"

数十枚山炮发出惊天动地的声音穿空而来,落到了磨盘山红军的阵地上。

烟雾浓重的第一壕沟顿时被炸得焦土横飞,鬼哭狼嚎。

一名军官躲在一块石头后大骂:"妈的,瞎眼的炮兵,往哪儿打呢。通信兵,赶紧告诉他们打错了……"

话还没说完,一枚炮弹落在他的跟前,将他掀上了天。

主峰上的壕沟里,战士们猛烈地向靠近的敌人开火。

韩伟笑了:"轰得好,轰得敌人哇哇叫,这回周浑元该把鼻子气歪了。龟儿子的山炮藏得够隐蔽的,现在总算暴露了,这回就看师长他们的了。"

侯中辉也笑道:"这群王八蛋,天天咬着咱们的屁股跑,一天都要打上好几仗,还自以为捡到个大便宜。咱们红军能是好欺负的?"

引出敌人的山炮位置是陈树湘的主意,现在就看红军如何将这些威力巨大的山炮给摧毁了。

一条条绳子顺着陡坡向下扔去。对于山区来说,这道山崖还真不算太陡峭。

陈树湘将官兵分成几队,各守几个要点,只要发现国民党的炮兵露头,便悄悄上去挖掉这个祸害。现在发现炮兵部队的正是陈树湘和程翠林亲自带的一队人马,他们马上按照原定计划,领着红军战士顺着绳子向下滑去。

战士们隐蔽潜行,一路摸到了炮兵阵地。

陈树湘拿起望远镜观察一番。

远远的山炮阵地上,一名国民党军军官刚被另一名军官给

127

揍了,但他很委屈:"谁知道能这么快就夺取了'共匪'的战壕,就那么一会子,也不见有人通知我们一声啊。"

显然刚才的炮弹打到自己人,上司把责任推到了他的头上。

"别说屁话了,赶紧瞄住磨盘山顶,重新调试山炮。再打错了人,你我的脑袋可都保不住了。"正说着呢,就听到身后枪声大作,突然拥出来一大批红军战士。

陈树湘亲自上阵了,只见他二话不说就先开了第一枪,然后战士们的机枪、步枪一齐开火,全方位地"问候"猝不及防的敌军。国民党军阵地地势险要,易守难攻,就眼皮子底下一条显眼的山路,因此布置的防卫力量并不强大。红军从险崖而来,他们还没有来得及抄起枪抵御,就被消灭得七七八八了。

陈树湘、程翠林等带领红军战士来到山炮前看了看,这些山炮很难带走,那就炸毁吧。陈、程二人很快就达成了共识,指挥战士们将炮弹堆到炮座下,等红军撤退到安全地带,才点燃了引线。几分钟之后,炮弹被引爆了,山炮被炸得七零八落,零部件在空中乱飞。

等声音渐歇,同志们那被爆炸声震得麻木的听觉才恢复了一点儿,大家不约而同地扭头看去,那漫天烟尘在逐渐散去,而安置山炮的阵地已经消失了。

这是红军在一天之内打赢的第三个小胜仗了,对国民党数十万追击大军来说,这是九牛一毛,但对于红军主力部队来说,却少了几条特别能咬人的毒蛇。

胜败乃兵家常事,但胜败往往决定着生死和战局,打了胜仗当然能赢得更多的喘息之机或布局之机。

拂晓,中央第1纵队离开了文市镇向西进发,摆在红军面前的是另一道天堑——湘江。

中央第1纵队还不清楚此行的后果,正在踌躇满志地用安然渡过潇水的计划来设计渡过湘江。然而,情况早已经发生了翻天覆地的变化。

接下来,红军要面对的不是民团,不是乌合之众,而是国民党的精锐部队和湘桂联军的精锐部队。

何键做了五路大军的总指挥,所以他的湘军特别卖力地追击红军。因为薛岳等人素来直接听命于蒋介石,所以他们对何键根本爱答不理。何键对于薛岳等蒋介石嫡系部队的节制只在表面上,可开会的时候他坐的是头把交椅,有发号施令的权威啊。就这一点感觉,已经足够何键的湘军十分卖力了。

过了潇水的中央第1纵队速度缓慢,还没有到湘江边,就被夹在了两江之间,此刻红军部队已经完全没有了退路,这就是毛泽东之前提醒的"绝不要进入如此危险的境地",但此刻已经没有了回旋的余地。

从文市镇的桂岩到最近的湘江渡口全程八十公里,如果采取轻装急行军,一天多时间便可到达,仍可能以最小的损失抢渡湘江。但是"左"倾冒险主义的领导们却不愿意听从大众的意见,没能利用上这一最有利的时机渡江,而是坚决让同志们拿着那些从根据地带来的各种机器、坛坛罐罐、农具负重前行,按常规行军,每天只走得了二十公里,足足走了四天才到达湘江东岸。

灌阳县凤凰渡口虽然被红军抢占,但国民党军却用飞机大炮碾压似的轰炸,湘江水因爆炸的冲击溅起了朵朵巨大的水花,浮桥在水浪里上下浮动,显得无比惊险。

湍急的湘江滚滚向北,在铺满竹排和木板的浮桥之上,晃晃悠悠挤满了着急过江的红军战士以及家眷、挑夫和逃生的百姓。男女老少,人喊马嘶,乱成了一片。一名小战士用力地拽着一匹驮着辎重的马在人流中过江。突然马匹受惊,一下子掉了下去,小战士也被带进了江中,旋即淹没在激流中。混乱中,不断有战士或者逃难的人从浮桥上被挤得跌落江中。

敌机连番轰炸,岸边的百姓害怕浮桥被炸毁就无法渡江了,更加不顾一切地往浮桥上冲去。战士们本来是按秩序排成两路纵队跑步过桥,现在也被挤散了。浮桥载不起这样的重量,晃得更加厉害了。几名指挥渡江的团长不得不下达命令:"不要乱,不要乱!快,扔掉物资,轻装过河。"同时,指挥战士守住浮桥渡口,减少百姓的狂拥乱挤,尽量争取有序地通过浮桥。

浮桥上的红军战士得到命令,把枪支弹药和背包粮食之外的物资往湘江里扔,而岸边准备过河的红军则动手扔掉部分笨重的物资,争取轻装渡河。

他们把粮食扛上肩,丢掉小推车,向浮桥走去。

"报告,得到命令,全员扔掉全部辎重,马上轻装过江。"通信员传达军团命令。

"全部扔掉?怎么舍得!要扔不早就扔了?"

"我们扛着这些重型武器跑了上千公里路,到了湘江渡口却必须扔掉,扔掉了武器拿什么东西打敌人?"战士们一时都愣住了。

"行军速度缓慢,再扛着武器,就不能保障部队过江的速度。人才是战斗力,是革命的资本,留得青山在还怕没柴烧吗?扔,重型武器全部扔掉。机枪手,重机枪卸了!"指挥员继续大声吼道,"一切行动听指挥,迅速扔下重武器,跑步过浮桥。"

命令一道一道传出去,战士们不得不遵守,将抬着的重型武器扔进了湘江,跑步快速通过浮桥。

敌机又来了,穿云破雾蜂拥而来,朝浮桥俯冲。

各级指战员同时下达命令:"敌机!快,隐蔽!"

"浮桥上的战士迅速通过,快!"

生长在江边的水性好的战士也不管什么浮桥了,直接跳下水朝对岸游去,一个,两个,三个,四个……

浮桥上掉下来的战士也开始朝对岸游,但更多的战士是从来没下过水的,被挤落入江中,或者被爆炸的气流掀进江中,瞬即消失在江波里。

有些战士即使会游泳,水性也一般,游到江中间,实在没劲了,开始缓缓下沉。

旁边有水性好的战士伸出手将他带上一把,两人重新浮出水面泅渡。

"来,枪给我。"

"你都扛两支枪了,太重。"

"我水性好,再扛两支枪也不是问题,给我。"

但是,只有极少数的战士平安游到了湘江西岸,不少的战士就这样沉了下去。

先抵达西岸的战士自动寻找掩体向空中的敌机射击,试图赶走敌机,保护近水区域和浅水里那些精疲力竭的战友。

敌机朝浮桥俯冲,扔炸弹。

敌机向浮桥和岸上的红军射击。

一时间,浮桥上的红军和百姓都成了活靶子,有的被扫射身亡,有的被炸弹炸飞。

跌落江中的红军尸体把江水都染红了,水浪挟着战士、百姓们的尸体以及其他物什荡漾北去。

一名刚扔下重机枪准备冲上浮桥的战士突然返身冲回了岸上,他一把抱住一名战士正准备扔下的机枪,对着他吼道:"帮我把机枪撑起来,快,撑高点。"

浮桥上还没来得及扔重机枪下水的机枪手,也都抬起了枪头:"集中火力,对准俯冲的敌机,打!"

"我们拼了!"

嗒嗒嗒嗒嗒嗒——

机枪吐着火舌,将靠近浮桥的敌机逼得拉高飞开,以保住浮桥和战友的生命。

嗒嗒嗒嗒嗒——

敌机上的机枪手也瞄准了浮桥上的红军机枪手射击。

轰——

敌机借着能高飞的优势,躲开机枪射程,从更高处将炮弹朝浮桥扔过来,命中率当然有限。但即使是扔不中,炸弹在靠近浮桥的水中爆炸也足以掀起巨浪,将浮桥上的人晃入水中。

嗒嗒嗒——

一架敌机终于被机枪击中,拖着燃烧的尾巴一头扎在岸边的大山上,爆炸形成一团巨大的火花。

一轮投弹结束,敌机群终于消失在群山之后。

指挥员站起身来,他也挂了彩,可他摸了一下沾满血污的脸,便马上开始指挥抢修浮桥,继续抢渡湘江。

十多名战士扛着竹排和木板冲向浮桥。

浮桥上有多处搭好的竹排和木板被炸飞,已经不能通行,战士们冒着掉下水去的危险,攀着铁链继续抢修浮桥。

木板迅速延伸,但随着抢修浮桥,一名名战士在铺设木板时不小心滑落江中,激起了一朵朵小小的浪花,便被江水吞噬了宝贵的生命。

抢修浮桥的战士连低头朝河水里看一眼的时间都没有,连落一滴泪、心痛一秒钟的时间都没有,只是扛着木板或竹排继续向前铺架。

"快,赶紧修好浮桥,快快快!"

"快,赶紧通过,速度要快,快快快!"

……

何红梅和何三公被34师救了后,对红军有了新的认识。

何湘的保安团做了许多反动宣传,说红军抢老百姓的粮食和老婆,还杀人、放火、强奸,无恶不作。但在何家寨,何红梅父女不仅得到了陈树湘部队的救治,还亲眼看到红军战士用手扒开碎砖乱石救援百姓,为老百姓医治,并将死去的乡亲掩埋。

133

何红梅认为,红军是天底下最好的人了。她从没见过,甚至都没听说过世界上还有红军这么好的部队、这么好的人。

何红梅知道,何湘是不会放过她的,也不会放过她的父亲。

在从县城逃往何家寨的路上,何湘的保安团遭到红军的袭击,何天霸被红军打死了,何湘的老婆胖姑也见了阎王,这笔账,何湘一定会算到她的头上。

何红梅清楚地记得,何湘看到何天霸被红军击毙后,举起枪向自己开了一枪,还好没有打中。何湘又开了第二枪,是被红军打中了他的手臂,才没有打中自己。要是被打中了,自己不知道还有没有命了。她看了看父亲何三公,又是恨又是气,不知道如何说他。

为了赌博,他将自己的亲生女儿也押上了,这是何等的悲哀呀!这样想着,何红梅流下了伤心的泪水。

这时康美凤走过来,给她父女二人上了药,还给了她一些吃的。

何红梅手里拿着吃的东西,心里更觉得红军对她,比父亲对她还要亲。

何红梅望着康美凤,突然说:"我要参加红军,跟着红军走!"

康美凤一听,笑起来,说:"打仗,很危险的!"

何三公一听打仗很危险,用手拉着何红梅的衣角说:"红梅呀,我们还是……"

何红梅知道何三公要说什么,赶紧说:"我们就跟红军走!"

何三公赶紧说:"我这把老骨头,红军也不要我呀!"

康美凤笑起来,说:"跟红军走,必须师长同意才行。"

何红梅要去找陈树湘,何三公拉着她不让去。

何红梅告诉何三公说:"何湘用枪打我,差点把我打死。他的父亲何天霸被红军打死了,他是不会放过我的,也不会放过你。"

何三公一听,顿时双腿一软,说:"何天霸死了?"

何红梅望着父亲点点头说:"何湘的老婆胖姑也死了。"

何三公想到,现在家里的茅草房被保安团烧了,没有房子住了,粮食也烧了,没有吃的了,如果不跟着红军走,他只有等死了。与其等死,还不如跟着红军走。可是,红军要走到哪里去呢?

何红梅见何三公在犹豫,大声说:"你不跟红军走,你自己走。我可要跟红军走的。"

何三公一听,马上说:"跟红军走,跟红军走。"

何红梅见何三公答应跟红军走,便去找陈树湘。

陈树湘的警卫员大水拦住她,问道:"你跟红军走可以,可是你父亲愿意吗?"

大水看到跟在何红梅身后的何三公,脸上分明写着一万个不情愿。

何红梅立即答道:"愿意!"

何红梅转头看着父亲何三公。

何三公赶紧说:"我愿意,我跟着女儿走,她去哪里,我就去哪里!"

正说话间,陈树湘走了过来。

何红梅一看,赶紧向地上一跪,就给陈树湘磕头。

陈树湘一见赶紧将她扶起来,说:"小何,你这是干什么呢?"

何红梅抬起头看着陈树湘说:"我要参加红军,跟着红军走!"

陈树湘一听,笑起来,说:"你想参加红军,还是跟红军走?"

何红梅都没搞清楚跟红军走与参加红军有什么区别,她望着陈树湘,又望了一眼大水,然后说:"都可以,只要有口饭吃就可以了。何湘不会放过我的!"

何三公见何红梅是铁了心要跟红军走了,他干咳一声,摸着自己的头大声说:"我头痛,头痛!"

何三公说着,蹲下身来。

陈树湘一见赶紧叫道:"康姐,你快过来!"

康美凤看到何三公蹲在地上叫头痛,认为他是受的伤又发作了,便将他扶起来,去临时救护所检查一下。

何红梅见了,也是认为何三公真的病了,赶紧扶着他,一起去了临时救护所。

何红梅再回来时,却没有找到陈树湘。

34师从何家寨到达水车,何三公一路跟着,走得脚软身苦,一路都不情愿。何红梅却兴致十足,已经把自己当成红军中的一员了。红军队伍中有女人,这让她特别开心,也特别放心,人家女同志能干的活,她也能干,不会干的也能学,她有的是力气。

何红梅一路上抢着干活,身上背着药箱和行李,帮助临时救护所干活,帮助红军缝缝洗洗,何三公看了也不高兴。

何三公年纪大了,也经不起折腾。而且,红军急行军,哪是何三公能承受的?晚上,没有床睡觉,只能在树林里睡在地上……而且,红军吃的是一些粗粮杂粮,何三公更加难以接受了。因此,何三公几次都想着离开,但何红梅不走,他一个孤寡老人能去哪里呢?

何三公还是想找机会带何红梅离开。有女儿在,他就还有希望,随便把漂亮的女儿嫁给哪个大户人家,他都可以下半生无忧。

在水车阵地,34师安营扎寨,要对付国民党的周浑元部队,这一打不知什么时候才撤离呢。

红军打仗,何三公坐在那里看着,红军还要担心他的安全。

何红梅一边忙,一边留心何三公,看他去了哪、在不在。

陈树湘看到何红梅在战场上帮助红军扛沙袋,帮助红军挖战壕,帮助红军伤员清理伤口,这一切,都让他感到何红梅是个好姑娘。

何红梅看到陈树湘从那边走过来,她笑着走过去,再次表态说:"师长,我要跟红军走!"

大水在一边抿着嘴笑起来,说:"你不是跟着红军来了吗?"

何红梅听大水一说,这才搞清楚了二者的区别,马上改口说:"我想当红军!"

康美凤看到何红梅这样勤快,很是喜欢。现在临时救护所正需要人手,何红梅能当红军太好了,可以来临时救护所当护士。护理知识康美凤负责教她。

刘茜看到何红梅,比什么都高兴。

137

刘茜与何红梅一般年纪,正好有个伴,晚上睡在一起说说话,白天在一起干活,多好呀!她一个小女孩,连个说话的人都没有。

康美凤得知何红梅想当红军,高兴地给她讲起自己的情况,还说起她报名参加红军的经过。

何红梅听康美凤说完,更加鼓足勇气,要请陈树湘批准她当红军。

康美凤也走过来,替何红梅争取:"小何不错,我们救护所缺人手,正需要她这样的人呢!"

刘茜也在说情,笑着对陈树湘说:"师长,何红梅真是一个很优秀的好姑娘!"

陈树湘见她们通过这两天对何红梅的考察都有好印象,心里很是高兴,决定批准何红梅参加红军。

可就在这时,海子跑过来,焦急地说:"红梅姐,你阿爸不见了!"

何红梅一听,朝着刚才他阿爸坐的地方看去,果然空荡荡的。她心里一急,赶紧跑过去,大声叫道:"阿爸,阿爸!"

陈树湘对康美凤和刘茜说:"你们帮着找找!"

康美凤和刘茜一听,赶快走过去。

陈树湘和警卫员大水随即离开了。

何三公去了哪里?

何红梅找了一大圈,也没看到人,口都喊干了,也没人答应。

就在这个时候,有个红军战士跑了过来,告诉何红梅:"你父亲刚才下了山坡,跟着山路上的一群人走了!"那个红军战士指着山路上那群逃荒的队伍。

何红梅突然感觉,何三公可能还是想回何家寨去。何红梅背着包裹,焦急地朝逃荒的人群跑去,去追赶何三公。她心想,何三公回到家里是要吃的没吃的要喝的没喝的,还可能被何湘报仇打死呢。

在逃荒的人群中,何红梅左顾右盼,好像看到何三公走到队伍前面去了。她加快脚步追了上去。

这些逃荒的队伍是被桂军赶走的。桂军为了阻止红军,设立了一个无人区,在无人区里的老百姓都必须离开。许多人的家就在无人区,也只好去逃荒。

何红梅跑过去,从背后看到一个像何三公的老人,走近叫一声"阿爸",可那人并不是何三公。她一时不知道该怎么办,见人就问:"你看到一个光头的老年男人吗?他去哪里了?"

何三公脑袋光秃秃的,很容易被人们记住。

有个路人说,他看到了一个光头老人。

何红梅问:"他去哪里了?"

那人向相反的方向一指,说:"往那边走了!"

何红梅一听,赶紧往前跑,并大声喊:"阿爸!阿爸!"

何红梅焦灼地在人群中寻找父亲,但没有发现何三公的影子。

为保证党中央的安全转移,位于中央第 1 纵队身后的红 34 师,英勇抵抗周浑元、李云杰二部联手向水车阵地发起的猛烈攻击。

139

敌军指挥部内,周浑元在房间里焦急地来回踱步,这时一名少将师长被士兵搀扶着进来。他的头上缠满绷带。

少将师长立正、敬礼,有些怯懦地叫了一声:"军座……"

周浑元转身,用讽刺的语调说:"打了两天,两个师的兵力也没拿下一个山头。不是'赤匪'长了铁头,就是你们这群酒囊饭袋没使上吃奶的劲。"

少将师长沮丧地说:"军座息怒,这不能怪兄弟们无能,策应我们的湘军176师和桂军114师,迟迟没能到达预定位置,所以我们孤军奋战……"

周浑元自然知道这些原因,但他也无可奈何,只好愤怒地吼道:"不要说了!何键、白崇禧这两个老浑蛋,暗自保存实力,贻误党国战机,让我们陷入了拉锯战。可我周浑元也不是吃素的。再调两个师,明天必须拿下磨盘山的山头。再这样拖拖拉拉,红军主力可就跑光了。"

磨盘山顶,几名战士挤在一团取暖,但大家还是觉得冷。

"今天可是打了三场仗,是个铁人也撑不住了。"丁四海小声说。

"就算咱们不是铁人,也得撑下去。"张明达狠声说,"四海,这一路走来,你还不是都撑住了?"

"是啊,虽然我当红军时间不长,但沙县县城十五天激战我撑下来了,团村七天我撑下来了,梅口的七天六夜我也撑下来了……可是明达哥,我感觉这次要撑不下来了。"

"不,你能撑下来的。"张明达说着,眼睛一下子就红了。

丁四海才十五六岁,严格点说,他还算是个半大孩子呢。这一路被国民党军围追堵截,多少年轻的生命都留在了征途上。

天黑以后敌人停止了进攻,战士们加紧修理工事,整理枪械,轮流靠在壕沟边上休息。

丁四海蜷缩在张明达旁边,浑身战栗着说道:"明达哥,我……冷。"

身旁的张明达便把他揽在了臂弯里,丁四海露出一丝丝笑容。

丁四海觉得眼睛都睁不开了,好想休息一下,便小声说:"我……我能在你怀里睡一觉就好了。"

张明达干脆侧过身子抱住丁四海,说:"那你就睡一阵子吧。"

丁四海闭上了眼马上就睡着了,但没睡上几分钟,又咳醒了。

韩伟和康美凤正往这头走,听到丁四海咳嗽,便走了过去。

"四海……四海……"韩伟轻拍丁四海的肩,觉得有些不对,转身对康美凤说,"康姐,你看看四海,他好像有点不对。"

康美凤摸了摸四海的额头,小声说:"他发烧了,得赶紧想办法给他退烧,可是我们没有退烧药了啊,怎么办呢?"

康美凤站在一旁正发愁。

丁四海勉强睁开眼睛,反过来安慰道:"韩团长,康姐,我没事,我只要睡一觉就好了。"

听了丁四海的话,康美凤也忍不住抱怨道:"没想到湘南的山里是这样的鬼天气,人很容易感冒发烧。我刚检查了一下,有不少战士在打摆子。"

没有药,能有什么办法,就是山里有中草药,大家也没机会去采呀。"

韩伟想了想,问:"康姐,让炊事班想办法给战士们熬些热汤,至少能祛寒。要是战士们都被这鬼天气撂倒,这仗就没法打了。"

"这也是个办法。"康美凤,"我这就去。"

韩伟和吴林东又向前方壕沟走去,侯中辉也跟了过来。

通信员拿着一封信跑了过来:"报告团长、政委,师长的信。"

韩伟接过细看了一下,沉思起来。

侯中辉问:"什么情况?"

韩伟忧虑地望着黑黝黝的大山,说:"师长和程政委带着101团、102团和我们的情况差不多,部队伤亡惨重。师长、政委要求我团死守阵地,寸步不让。我们必须坚持,明天更是一场血战。"

陈树湘面对数十几倍于己的敌人,毫无惧色,镇定自若地指挥红34师将士沉着应战,奋力抵抗。

水车阻击战空前激烈,陈树湘打退了周浑元部一次又一次的冲锋。

周浑元知道何键的湘军和李宗仁、白崇禧的桂军没有按时到达指定位置,中央军一次次被打下阵来,他心里全是火。接连几次的失败,他虽然口头上骂着,但心里也在盘算。

陈树湘看到敌人的炮火停下来,马上到战壕里看望战士们,鼓舞士气。警卫员大水赶紧跟上。

夜幕降临,一阵冷风吹来。

陈树湘走过战壕,脸上像被刀刮一般。看到战士们都半躺在战壕里,他也就地半躺着。他的双手冰凉,赶忙插进口袋。这时,他的手摸到了那包烟丝,一下子兴奋起来。这包烟丝从道县一直带着,他要亲手交给毛主席。可是,不知中央纵队现在在什么地方,什么时候渡过湘江,毛主席他还好吗?

陈树湘想到在清水塘时,毛泽东烟瘾特别重,有时候一根接着一根抽。现在打仗,这种看似平常的烟丝也很难找到。烟瘾重的,只好将树叶当作烟丝,卷着抽。不管怎样,他一定要将这一袋烟丝亲手交给毛主席。

> 34师从水车转战到了文市。新圩阻击战、光华铺阻击战和脚山铺阻击战打得火热。陈树湘率领34师一次次击退周浑元的中央军,掩护红八、九军团向湘江东岸靠近……

这一天,中革军委通报军情:

中央第1纵队进到石塘。

第2纵队向王家地域前进。

红八军团翻过都庞岭进到灌阳水车。

红九军团跟进到何家冲。

入夜,红五军团撤出在蒋家岭的警戒,军团部和13师转移到文市。

34师仍走在最后,向后方警戒。

全军过了潇水后,因当地地域狭小又是山区,并且时间紧迫,不能筹到足够数量的粮食,此时各部已近于断炊。

中央第1纵队由周岩至石坝后方前进,后梯队向上营开进。

前一天,新圩阻击战、光华铺阻击战和脚山铺阻击战相继打响。

广西国民党军阀白崇禧制定的军事方针是只追不堵,但见何键的部队从北面压了下来,并且已在全州方向开打,又见红军经灌阳向江边运动的部队机关庞大,还带着辎重,行动缓慢,马上下令一部前出兴安堵住渡口,把重兵放在新圩方向,截断红军向江边运动的队伍。

拂晓,灌阳方向的桂军44师向新圩方向大举攻击。

红三军团红5师率14、15团两个团和军委炮兵营共3900多名战士,在26日突破敌人第三道封锁线,从雷口关进入广西,在灌阳文市附近驻扎。

战士们经过半天的休整,正准备趁夜色抢占湘江渡口。这时,机要员小舒接到红三军团彭德怀的电令,立即将电令交给师长李天佑、师政委钟赤兵。

电令上写着钢铁般的语言:

不惜一切代价,全力坚守三天至四天!

李天佑看到电令,感到红5师的责任重大。他借着手电筒的亮光,打开地图快速找到枫树脚和马渡桥。与钟赤兵简单地商量后,立即令两个团的兵力急行军赶赴新圩附近的枫树脚、马渡桥一带阻击点,阻击经灌阳县城沿新圩北上的桂军,确保红军主力安全过江。

新圩距离灌县县城15公里,并不在湘江边,但灌阳通往全州的公路必须从新圩通过,是桂军逼近湘江的必经之地。

李宗仁、白崇禧不愿让自己的三万多桂军与红军去拼,拼完了老底就什么也没有了。他将部队退守至恭城,在湘江沿线留出一条无人坚守的走廊,干脆让红军赶紧离开,但何键很快便将这个情况报告给了蒋介石。

蒋介石听后,大为光火,亲自打电话责令两人。

李宗仁、白崇禧不得不将部队急速调回灌阳,派出七个团企图抢占新圩,北去文市,驻扎水车,截击从永安关和雷口关进入广西的红军向湘江方向前进。因而在两天前,桂军便已穿过灌阳县城到达新圩马渡桥驻扎下来,并派出特务连向新圩方向警戒。

接到彭德怀的加急电令,李天佑和钟赤兵带着部队昼夜急行军,先头部队在桂军前面赶到新圩指定地点,占领新圩通往灌阳公路两边的高山,进行警戒。

初冬季节,公路两边稻田的庄稼已经收割,田野裸露。但两边的高山上,松树林葱郁,灌木丛丛,可以隐蔽部队。

李天佑将14团安排在右侧,15团布置在左侧,形成左右交叉火力,并将师指挥部设在距阵地前沿不到一公里的地方,军委炮兵营放在师部附近的山头上。

傍晚,红军先头部队与桂军的特务连发生枪战。

红军善于夜战,很快将桂军特务连打得狼狈不堪,并沿线追击桂军至枫树脚。因前面的马渡桥已被桂军占领,并修筑工事,红军便在枫树脚停下来,构筑工事。

桂军训练有素、装备优良,被称为"猴子军",以打山地战而著名,不会甘心被红军击退。李天佑预估,一场恶战即将展开。

天刚蒙蒙亮,桂军一阵密集的炮火向红5师阵地砸来,炮声隆隆,地动山摇,火光冲天。一刹那间,红军阵地一片火海,硝烟弥漫,尘土飞扬,不见天日。

炮火一停,桂军蚂蚁一般向红军发起猛攻。

敌人没有预料到,当他们冲锋到山腰时,红军战士们掷下一颗颗手榴弹,一声声巨响将他们炸得晕头转向,两挺机枪在半山腰开火,敌人狼狈不堪地退下山。

红军战士们看到敌人败下阵,一阵高兴。红14团团长马上意识到,桂军不会罢休,很快就会反攻,要求战士们做好准备,不要轻敌。果然,一会儿,敌人又进行疯狂反扑。

李宗仁、白崇禧派出飞机,对红5师所在的阵地进行一轮又一轮轰炸。而后,桂军的大炮又发射几百枚炮弹。红军修筑的工事被全部摧垮了,伤亡人数越来越多。紧接着,步兵冲上来,战斗进入白热化。

红14团参谋长、政治部主任、两个营长牺牲在战场上,500多名战士牺牲。战斗一直进行到下午4点,战士们宁愿战死也不后退,阵地坚不可摧。敌人正面攻不下,派兵向背面攻击。

红军腹背受敌,战士们一个个倒在血泊之中,阵地上全是尸体。但红军在极其艰苦的条件下,仍然坚持与敌人拼命,战斗持续到天黑。

红军与敌人殊死搏斗,没有后退一步。桂军在自己的地盘上打仗,也没有前进半步,他们不禁恼羞成怒。

敌人的火力更加猛烈,见红军伤亡重大,大喊着向前冲,一口气打到红5师师部附近,15团团长受伤了。李天佑派出师参谋长胡震接替15团团长。但敌人的火力太强,师参谋长和14团团长都牺牲在战场上。

冰冷的夜,凝重的寒霜,李天佑心如刀绞。

李天佑看到红军战士牺牲的场面,看到阵地要失守的形势,急电军团,悲伤地问:"渡过湘江没有?还要坚守多久?"

首长回答他:"正在过江,继续坚守,不惜代价!"

李天佑将无线电话一放,大声说:"跟我上!"

李天佑出生在广西,对桂军的作战方式虽然非常熟悉,但限于敌强我弱,只有与敌人一拼到底。

李天佑继续组织力量,对敌人进行反扑。

夜晚,天空像被炸弹炸出一个个窟窿,时而发出一团团的火光。

又一个战斗不止的夜,又一个跟敌人拼命的夜。

第二天天一亮,敌人便组织了更大规模的进攻,天上的飞机掷下一颗颗炸弹,地上的大炮飞去一发发炮弹,红军的阵地被炸开了,红军的伤亡更大了。

红34师仍坚守在水车、文市一带的阵地上。

他们面临的依然是十几倍于己的国民党中央军。

周浑元这两天吃了败仗,心里窝着一团火。

进入广西之后,周浑元的心情远没有在道县好。道县有好吃好喝好玩的,有大把的银圆让他赢,还有姑娘陪他。可是到了广西,这一切都没有了,等待他的是满天的战火。

何键在一边督促、监督着他,更主要的是,李宗仁、白崇禧不喜欢中央军进入广西,他又打了几次败仗,真是面子、里子都没了。

周浑元听到新圩桂军打了胜仗,对部下大发脾气,真是丢中央军的脸。因此,他不停地请求蒋介石派飞机给予空中支持。

陈树湘、程翠林、王光道走到了一起。他们讨论着如何击退周浑元的部队,拖延时间,确保红八军团通过苏江和泡江,向湘江靠近。

34师师部设在山腰上一个山洞里,陈树湘将一张地图放在一块平整的石头上展开。三个人将头伸到了一起,陈树湘用手在地图上点着,说:"如果敌人从侧面上,101团必须坚守。如果敌人从山后上,100团要阻止。"

程翠林点点头,说:"周浑元这两天吃了败仗,一定想猛攻,我们务必做好准备!"

王光道说:"桂军在新圩重创了红5师。如果桂军再北上,我们的任务会更加艰巨。"

陈树湘望着他们两位说:"我现在最担心的是蒋介石的飞机大炮。"

程翠林直起身子,说:"如果他们像昨天一样又来炸一轮,我们可受不起呀。"

陈树湘坚定地说:"听到飞机的轰鸣声,我们让战士们躲进山洞,等炸完了,我们再出来,这样,就可以避免伤害。"

程翠林笑起来说:"我看这个法子好。"

陈树湘马上说:"那就通知下去,101团听到空中有飞机的轰鸣声,战士们就进山洞里躲起来,等轰炸完了再出来作战。"

王光道也觉得这个办法好,便说:"我去通知!"

上午时分,天空渐渐明朗。

突然,远处传过来飞机的轰鸣声。

战士们大声喊叫道:"敌机来了,快进山洞!"

广西的山大多是石灰石岩,多山洞。有的山洞可以容纳几千人马。

飞机还在几里路远的地方轰鸣,战士们都躲进了山洞。

十几架飞机从天空飞来,三架一组,对34师阵地进行轰炸。

上百颗炸弹扔在34师的阵地上,发出震天动地的爆炸声,顿时地动山摇,石子满山飞扬。一棵棵大树在爆炸声中被拦腰折断,轰然倒在地上。

34师的红军战士都躲进了一个大山洞。

爆炸声一声声传过来,震动着空气,山洞里产生晃动,松动的石头一块块滑落下来。

陈树湘也躲在山洞里,他让大家好好地保护自己,不要急着外出杀敌,一切服从命令。

飞机一轮一轮轰炸过后,又是一轮一轮的大炮轰炸。感觉整个山林都被抬起来了,人们的耳朵被震得嗡嗡地响个不停。

轰炸过后,山林一阵安静。

这时,陈树湘下令,准备迎战。

战士们一个个生龙活虎,从山洞里跑出来,将枪上了膛,准备与敌人血战。

周浑元这次是亲自督战,在飞机、大炮轮番轰炸之后,他心里一阵得意,心想,这次轰炸,不炸死你,也会炸伤你,不炸伤你,也会炸聋你。

周浑元站在山下的临时指挥部,用望远镜向山上看,没有看到一个红军战士。他认为这一番轰炸,红军全部被炸死了,心里得意,手一挥,喊叫道:"兄弟们,给我冲!"

敌人都弓着身子往前冲,冲到了半山腰,也没有听到一声枪响。

敌人以密集的队形发起冲锋,黑压压的,像蚂蚁一样往山上爬。

刚从山洞里爬出来的战士们,感到光线刺眼,稍稍缓了一会,才看清楚山上的一草一木。

战士们像一座沉默的大山,不管敌人怎样吼叫着往山上爬,依然沉住气等待着敌人靠近。

101团在山的侧面坚守着,看到敌人从山下往上爬,都将手放在扳机上,等待着团长严凤才的命令。

100团在后山埋伏着,看到敌人正扬扬得意地往山上爬,手榴弹都挂在跟前,随时准备拉响。

102团在正面,他们面对的敌人最多,是周浑元亲自指挥的。

敌人靠近,再靠近。

陈树湘一声令下,枪声、爆炸声突然响起来。

周浑元在山下的指挥部突然听到枪炮声从山的四面八方同时响起,有点搞不明白。他走出指挥部,用望远镜向山上望。这一望,他吓坏了。他看到自己的士兵正一个个滚萝卜一样从山上滚下来。他受到惊吓,打了个趔趄,一屁股坐在地上。

身边的警卫员将他扶起来,问道:"军座,你怎么了?"

周浑元甩开警卫员,大声骂道:"他娘的,见鬼了。"

周浑元再用望远镜看时,更让他大惊失色。

中央军在34师的打击下,纷纷往山下逃跑。

难道说我们的飞机大炮掷了那么多的炸弹,白掷了?难道陈树湘的34师真像大家所说的,是"铁流后卫",炸弹都炸不死?真是奇怪了!

周浑元放下望远镜的那一刻,李云杰打来电话。

周浑元跑到指挥部接电话。

电话里,李云杰骂道:"你们怎么搞的,败下阵来了?"

周浑元结巴着说:"这些'共匪',飞机、大炮这样轰炸都没有炸死,又从山上拱出来了。"

李云杰责怪说:"老兄,你的部队不行呀!"

周浑元一听李云杰那阴阳怪气的腔调,气不打一处来,不满地说:"不信,你来试试。"

李云杰哈哈一笑,说:"还是留给老兄吧!"说着放了电话。

周浑元手中拿着电话,半天没有放下,心里一股怨气爆发出来,大声骂道:"都是一群饭桶!"

正在发脾气呢,从山下跑回来一个团长,向军长敬礼,然后说:"'共匪'太狡猾,飞机、大炮都没有炸死他们!"

周浑元正在气头上,大声吼道:"你不知道想办法呀?老子要你们有何用?"

那团长还想说什么,周浑元将电话一砸,骂道:"还不给我冲上去!"

何红梅真想甩开阿爸不管了,回头,回到红军部队里,回到康美凤的医疗队里去,当红军。可是她的脚却漫无目的地随着人流一直往前走。人群中拖儿带崽的妇女和老人最多,年轻人基本都被抓去打仗了。

何红梅在人群中没有看到何三公,心想何三公会不会往回向何家寨方向去了呢?如果她随着红军走了,那也意味着她这辈子再也没机会看见阿爸了。何红梅一辈子没离开过何家寨,没有离开过阿爸,一时要做出这样的选择,她不知所措。

这支逃荒的队伍是要过湘江的,战乱年代,大家的家都没有了,只有四海为家了。

何红梅跟着人群走了一段路,并没有看到何三公,她决定还是往回走——至少红军队伍是她熟悉的,红军队伍里有她信任的、可以生死相依的人。

炮声隆隆,响彻云霄。

飞机一架架从天上飞过,发出震耳的轰鸣声。

何红梅逆着人群往回走。

她在想,何家寨被烧了,何家寨的村民被打死打伤了好多,还有没有活下来的,也跟着一起来逃荒呢?她的邻居,她的叔叔婶婶、伯父伯母,死的死,逃的逃,跟这支逃荒的队伍没有两样。

天下乌鸦一般黑,战争带给老百姓的灾难,是常人难以想象的。

逆行了一阵子,仍然没有看到何三公。

何红梅又回到了原地,来到了34师的阵地边。

此时,34师的阵地上,正打得不可开交。

飞机在天上飞,炸弹在阵地上炸,枪林弹雨不停地飞。

何红梅不敢靠近,她远远地躲在一处山坡的灌木丛里,听着枪声、炮声,看着爆炸后的飞沙走石。打仗真残酷啊,不管是当

153

红军还是当百姓,都面临着危险和死亡。轰炸声炸得何红梅脑子嗡嗡作响,只剩下了恐惧……

就在这一天,进至兴安的敌桂军43师两个团向光华铺出击,以一个团的兵力向江东塘家市地域攻击。红三军团4师奋力抗击,遏阻敌人进攻,牢牢地控制住界首方向的渡口和向这个方向运动的通道。

就在这一天,全州的敌第16师等部以约三个团兵力,攻击红一军团2师在脚山铺地域的一线阻击阵地。2师奋力阻击,一再打退敌人的进攻。

就在这一天,位于江东的红一军团15师则以一部向全州城东南方的大肚岭、白沙一带攻击,以求威胁全州城,迫使攻击脚山铺的敌军回援全州城。但无奈敌兵占据优势,他们以62师一个旅抗击,我军寡不敌众,未达到目的。

就在这一天,敌桂军航空队的飞机临空,反复轰炸扫射红军在界首方向架设的便桥和修桥的工兵。敌桂军的飞机虽没炸断便桥,但严重地阻碍了红军向江边运动的速度。

下午4时,已进抵全州城之敌16师一部,沿全州至兴安公路开始试探性攻击,控制路板桥地段高地的红2师一部当即给予打击。

灯火通明,周浑元在作战室走来走去。他不相信,他保定军校一个高才生还比不上一个泥腿子,为什么自己的人马是34师的十几倍,还打不赢他们?

周浑元看看地图,走到桌子边拿起电话机手摇。

接通了电话,他发着脾气问:"你们那边攻下了没有?"

电话里回复得更简单:"没有!"

周浑元一听,顿时来了火气,骂道说:"一群饭桶!"

周浑元将电话一砸,口里骂骂咧咧:"妈的,老子亲自去看看,都是些什么天兵天将。"

周浑元让警卫员备车,他要上前线去。

警卫员见周浑元大发脾气,这个点去前线肯定是去骂人的,立即说:"军长,你看,这么半夜了,路上黑不好走……要不,吃点东西再去?"

周浑元看了看天色,但他刚说了要去,总不能因为天黑太晚了就不去了呀。周浑元的副官和参谋长在后面跟着,也不敢出声劝,怕挨一阵骂。

周浑元回头看了看他们一张张憋屈的脸,心里的火顿时就想撒出来,大声说:"你们,你们……"

说了两次,周浑元最终还是没骂出什么来,只是气馁地说:"你们给我滚!"

副官和参谋长一听,如蒙大赦,低着头赶紧溜走了。

周浑元又走到作战室里,站在地图前,装作认真地看着。

外面的炮火令整个山林都在抖动。

在34师简单的指挥部里,炮声震得桌子上的水杯都在发抖,一层层灰尘掉下来。

陈树湘看到战士们在战场上英勇杀敌,恨不得上去与战士们一道战斗。

王光道给陈树湘建议,34师的兵力不如周浑元的兵力多,武器也没有他们先进,而且没有飞机大炮,唯一有的,就是战士们不怕困难、不怕牺牲的精神。只要战士们坚守阵地,敌人是没有办法攻破的。

陈树湘说:"我们去100团看看,给他们打打气!"

王光道答应说:"走,我们一起到前线的阵地去。"

陈树湘带着王光道和警卫员大水向34师的阵地跑去。

周浑元没有去前线,也不敢贸然去前线,但他心里有一股恶气没发出来,便又走到电话机边拿起电话摇通,大声说:"喂,你们连个泥腿子也打不赢,快去死吧!"周浑元将电话一甩,一屁股坐在椅子上,长长地叹了一口气。

又是一阵阵炮弹,在空中划出一个个长尾巴,向34师打过来。34师的阵地,顿时炸开了锅。每一寸土地都被翻了个遍。那些大古树被连根拔起,石头被炸得飞到半天云上去了。

陈树湘看到这样的场面,心里有点担心,34师的红军战士的血肉之身能经得起这样的轰炸吗?这边的山,有没有大溶洞可以藏身?牺牲多少战士了?

陈树湘一路小跑,一路问自己。

一颗炮弹呼啸着向他们飞过来。

陈树湘赶紧大声说:"快,卧倒!"

说时迟那时快,陈树湘一把将警卫员大水一拉,一起滚到了旁边的一道水沟里。王光道也快速躲到了一棵大树的后面。

炮弹发出了一声巨响,将大树拦腰折断,呼啦啦地向下面倒去,王光道一个大转身,大树没有压着他,他也没有受伤。

陈树湘和警卫员大水在水沟里,被炮弹扬起的泥土覆盖住了身体。

陈树湘用身体压在警卫员大水的身上,保护着大水。

王光道一看,赶紧跑过来,大声叫道:"老陈,老陈!"

陈树湘抖动着身上的泥土,抬起头来,说:"我在这里!"

王光道关切地问道:"你没事吧?"

陈树湘爬起来,将警员大水也拉起来,说:"没事!"

王光道大声骂道:"妈的,这个炮弹像是长了眼睛,直接向我们飞来!"

陈树湘笑笑说:"我们不怕!走,我们去看看战士们!"

陈树湘走到战壕边,看到战士们都在战壕里的一个个掩体里休息着,只有几个战士在值班。

陈树湘下到战壕,找到韩伟问:"怎么样?"

韩伟笑笑说:"蒋介石的飞机大炮一来,我们就躲到防空洞里休息,敌人一上来,我们又开打!"

陈树湘一听,问他们:"这叫什么打法?"

韩伟笑着说:"一边打,一边休息!"

在飞机的轰炸中,一些红军战士受了伤。

康美凤和刘茜正在忙碌着。她们将几个受伤的战士背下来,集中在一起护理。

陈树湘走过去,亲切地握着一个受伤的战士的手说:"你受伤了,下去休息吧!"

那个受伤的战士一听,马上说:"师长,我能行!为了苏维埃,决不让敌人从我们的阵地上通过!"

陈树湘一听,紧紧地握着受伤战士的手,说:"感谢你！红军感谢你！苏维埃感谢你！"

陈树湘一个个战士看过去,心里感动着,也难过着。

陈树湘走到丁四海面前,摸了摸他的头发,说:"这个头发长了,要理一下了！"

丁四海笑着说:"打了胜仗,我就去当个理发匠,没谁的脑袋不能摸,哈哈！"

陈树湘指着他笑,说:"这倒是有志气！"

韩伟陪着陈树湘和王光道走到一个高地,陈树湘大声说:

"同志们,党中央、中革军委将总后卫的重要任务交给了34师,这是对我们34师的信任和鼓励。我们一路走来,没有打过败仗,坚决阻止了国民党军队的追击,取得了一个一个的胜利,我们的战士是好样的,我向你们表示亲切的慰问和崇高的敬意！"

大家听到师长的讲话,都热烈鼓掌。

陈树湘看了一眼大家,深情地说:"蒋介石派来飞机大炮,我们不怕！只要我们的战士坚守阵地,英勇奋斗,不怕牺牲,我们一定会打胜仗！胜利一定属于我们！"

王光道举起手大声说:"胜利一定属于我们！"

韩伟也举起手大声呼喊着:"胜利一定属于我们！"

战士们齐心大喊:"胜利一定属于我们！"

声音震动了整个阵地。

这时,敌人的地面部队向这边开过来,陈树湘发布命令道:"同志们,各就各位,准备战斗！"

战士们以最快的速度进入战备状态,等待敌人走近。

敌人像蚂蚁一样从山下向山上拥来。他们一个个戴着钢盔,背着先进的美式武器,一步一步向上爬着。

陈树湘下达命令,一定等到敌人走近了再开火。

敌人以为经过飞机大炮的轰炸,红军死的死、伤的伤,已经没有了战斗力了,所以他们漫不经心地爬着。

陈树湘见战机已到,大声喊道:"打!"

随着这一声大喊,所有的枪都响起来,手榴弹也飞向了敌人。

顿时,敌人乱作一团,有的被打死了,有的被打伤了,他们从山上滚下去。没有受伤的,都卧倒在那里不敢向前走。

又一阵枪炮声,敌人的火力被压制着,向前冲的敌人被红军战士打死打伤,一个个滚了下去。

敌人的长官一看,大声说:"撤!"

敌人一听,掉头就跑。

战士们一看,大声欢呼起来。

周浑元听到又没有攻下34师的阵地,大声吼道:"将所有的炮弹都向34师打出去!"

顿时,又一轮进攻开始了。

陈树湘带着战士们沉着应战,按照分工坚守阵地,一场战斗又一场战斗打下来,满山的尸体,血流成河……

红34师的阵地上,战士们一个晚上没有合眼。

周浑元同样气得一夜没合眼,他决定亲自坐镇,一定要与34师决一死战,派出嫡系中的精锐,打红军一个措手不及。

34师在文市、水车坚守阵地,将周浑元的中央军一次次打退,掩护红八、九军团渡过湘江。正在34师准备随大部队过江时,中革军委发来电令,让他们火速赶到枫树脚,接防6师18团。

中革军委情报:
全州方向的敌人进占朱塘铺。
兴安方向的敌人主力进占光华铺,一部占领东岸塘家市。
灌阳方向敌军占领板桥铺……

从目前的情况看,东、南、北三地的敌人已在客观上形成对红军的夹击态势,红军已被压缩在北线自文市经两河、石塘、麻子圩、凤凰嘴至湘江边,南线自水车经新圩以北、青龙山、大塘到江边的狭隘甬道上。

中央1、2纵队和后续红八、九军团由于背负辎重,行走速度慢,显得有些乱。由于走在山地,前面的部队走远了,后面的部队还没有跟上,一些分队失去联系,许多民工、官兵掉队。

在衡阳指挥部的何键,这几天心里有点烦,又有点兴奋。烦恼的是,"围剿"红军所取得的成效甚微。喜的是,按照原来的设想,已经在将红军往湘江边赶。他久久地盯着地图,不停地打电话询问红军到什么地方了。

李宗仁、白崇禧指挥的桂军七个团一直在灌阳的新圩阵地，千方百计想通过新圩直逼湘江边，阻止红军主力过江。但红5师两个团在新圩阻击着他们。

　　李宗仁、白崇禧动用飞机大炮，每天对红军的阵地狂轰滥炸，即便如此，他们花了两天多时间仍没有越过红军的防线。

　　在光华铺，桂军虽然曾经突破了防线，但是，红军以牺牲两位团长的代价，阻止了桂军。桂军很想去湘江边，看看红军主力是不是已经过了江，但是，就是没有机会跨过去。

　　在全州的脚山铺，湘军刘建绪与桂军联合一起当前锋，想阻挡红军向北，与红一军团打了个你死我活，仍然没有有效地突破防线。

　　因此，当何键的电话打到桂军指挥部问红军到了什么位置，李宗仁和白崇禧支支吾吾，一时半会也说不清。

　　红军主力是不是过了湘江？

　　不知道。

　　是不是到了湘江边？

　　不知道。

　　一时问不到详细情况，何键心里有点火。但他知道，红军主力不是在过江，就是在过江的路上，离湘江边很近了。

　　何键派出的飞机，对红军架起的渡桥一次次轰炸。浮桥一次次被炸断，又一次次被修复。

　　何键在想，既然前方都没有看到红军主力部队，一定是已经全部渡过了湘江。那么，红军主力过了湘江后，一定会与红二、六军团会合。看来，蒋介石将红军消灭在湘江以东的意图难以

161

实现了。没有将红军主力堵截在湘江东岸,何键命令第一路军将19师加强一个旅和四个补充团于全州继续向红一军团攻击,其余三个师和第二、第三、第四、第五路军,立即向新宁、城步地域转移,防止红军主力与红二、六军团会合。

何键摸着脑袋发布的这道命令,主观上是想消灭红军,在客观上却帮助了红军突围。

何键将军队调离后,白崇禧来了劲。他认为红军不过是夺路过江,无意与他决战,而且过江队伍逃难似的混乱,兵力分散,正让他有机可寻。于是白崇禧不仅命令兴安、灌阳两地所部加大对红军攻击力度,而且命令航空队的六架飞机倾尽所有地轰炸、扫射,以彰显他反共立场更坚定、用兵更精明、战绩更显赫。

在白崇禧的这种命令下,占领光华铺之敌在30日上午又向红4师发起了猛烈攻击,企图将战线推进到界首,以封闭红军的南侧渡江点。但4师一线的红10团不顾伤亡惨重,奋力阻击,团长沈述清战死,坐镇一线的师参谋长杜中美代理团长指挥战斗又不幸牺牲,团政委杨勇接过重任,继续抗击,直到11团过来换下10团。

在10团和11团的殊死抵御下,红军守住了阵地,牢牢控制着界首地域的湘江渡口。

灌阳方向的敌军除了延续前一天的攻击范围,还开始了对古岭头地域的攻击。

全州方向的敌人又投入三个团对脚山铺红军阵地进行猛烈攻击,红2师不顾惨重的伤亡,奋力血战,打退敌人一次次进攻,直到红15师和1师相继赶到,协力稳住对北线要地的控制。

后来的事实证明,何键当时的判断全部失误了。

其实,到30日下午4时,红军还只有两个纵队渡过了湘江。

不久,红三军团第5师的阻击任务完成,迅速渡过湘江。

这时,除过江的两个纵队之外,全军十二个师过了江的只有四个师。从全州南下的湘军四个师力图封锁湘江渡口,从新圩北上的桂军两个师已在临近红军重要交通枢纽的古岭头。

此时,中革军委发来电报明确指示:

34师的战斗任务,必须继续在文市、水车一线阻击敌人,掩护红八军团渡过湘江。


战斗进行得空前激烈。

追敌是蒋介石的嫡系周浑元指挥的第三路军四个师,该部敌人自恃兵力雄厚,拥有美式装备,气势汹汹,只想一口吃掉陈树湘的红34师。因而他们紧咬不放,猛烈的炮火和飞机轰炸相互配合,轮番向红34师的阵地进攻。

此刻红军被敌人四面包围了,情况极其严重,但红军指战员誓死抵抗,以敢于牺牲一切的斗志,浴血奋战,打退了敌人一次又一次进攻。

敌人以多打少,当然更加不会放弃。

这天晚上,经过调整部署后,周浑元再次下达向红34师阵地发起疯狂进攻的命令。士兵是军队重要的资源,但士兵也是可补充的,相对于能使他获得远大前程的胜利来说,士兵的生命不算什么。拼命,拼,不管伤亡多少人,都要歼灭红军,赢得胜利。

装备的力量在此刻也显出了威风。在整个阵地的上空,信号弹、照明弹、各种炮弹的火花交织在一起。守卫前沿阵地的红军34师100团2营营长侯德奎也打红了眼,生死存亡,红军能怕牺牲吗?他冲着红军战士们喊道:"我们的任务就是保证中央机关和兄弟部队抢渡湘江,今天,我们誓与阵地共存亡,一定要打退敌人的进攻!寸步不让!大家能放敌人冲过我们的防线吗?"

"不能!"

"不能!"

阵地上应声震天!

在侯德奎的指挥下,全营干部、战士都抱着必死的决心,与敌人进行殊死搏斗。

弹药打光了,他们就用刺刀、枪托与冲上来的敌人拼杀。第1营的一位福建籍的连长,在战斗中身负重伤,肠子被敌人的炮弹炸断了,他脱下上衣往腰上缠了一圈,勒紧,打个死结,依然带领全连继续战斗。阵地上弹片乱飞,前沿工事被摧毁,山上的松被树烧得只剩下枝干。部队伤亡越来越大,但红军战士们仍英勇坚守阵地,顽强战斗着。

与此同时,红34师101团、102团的阵地上也在激烈战斗,所有的战士宁死在阵地上,用身体替身后的战友挡子弹,也不肯后撤一步。就是用这样的血勇,战士们终于顶住了数倍于己敌人的疯狂进攻。

这样一夜疯狂的攻与守,红34师损失了900多名战士和指战员。

但更疯狂的还在后面——

眼见天空放亮,战士们一口气都没歇着,一口水还没喝着,就看见一批批新的、休息得精神饱满的敌人正从四面八方赶来。

天空,几十架飞机轮番轰炸。

地面,十几倍于己的敌人在飞机的指令下对红军精准围攻。

担心能解决什么问题?

怕能解决什么问题?

能解决问题的,只有打,只有还击,只有狠狠地还击。

陈树湘镇定自若,毫无惧色,以大无畏的英雄气概指挥红34师全体指战员紧紧地从三面奋力顶住敌人,一次又一次击退敌人的进攻,挫败了敌人的锐气,保证了红一、三两个主力军团能在前面劈江开路,为中央和军委两个机关纵队争取更多的渡江时间,顺利渡过湘江。

中革军委又发来电报进一步指示:

34师的任务是护送红八、九军团渡过湘江,然后跟随大部队渡江。

战斗一直在进行。

陈树湘不停地给战士们鼓劲:大部队渡江之后,我们就能撤退渡江,坚持就是胜利!

通信员送来电报:

九军团正在过江,八军团离湘江还有两公里。

战斗越来越惨烈。

陈树湘不停地给战士们鼓劲:九军团在过江了,八军团渡江之后我们就撤,坚持,坚持就是胜利!

两公里,也许最多只需要半小时。这半小时的战斗进入白热化。撤退的指令还没有到,敌人的飞机又来了,在34师的阵地掷下一颗颗炸弹。

飞机过后,敌人又潮水般拥上来。

战士们从泥土里抬起头,摇摇头上的泥土,站起来,举起枪又与敌人拼命。战场上发出一阵阵的怒吼声。

战士们每坚守一刻,都要付出生命的代价。

敌人每前进一步,都要付出沉重的代价。

周浑元此刻已经非常愤怒、非常失望了,真是没有想到,就这么一个34师他们没日没夜地打了这么久,却一点都没能越过去,更别说赶到湘江边去阻止红军主力渡江了。

少壮师长来报:"我们没有办法越过34师!"

周浑元一听,发着脾气大声骂道:"妈的,你快去死吧!"

少壮师长唉声叹气,给周浑元一个敬礼,说:"是!"

周浑元看到少壮师长这个样子,又有点好笑,喝止道:"站住,你给我死回来!"

"是!"少壮师长向后转、立正,走回来低着头说,"请军长指示!"

周浑元一脸坏笑着说:"听说,你老婆很漂亮啊?"

少壮师长一惊,抬头看着周浑元,不知道该如何接这话。

"滚!"周浑元这时才变态似的大吼了一声,"那你赶紧去死,你老婆就让给别人吧!"

"妈的！畜生！"少壮师长脑子里一根弦瞬间就断了,头脑发晕,感觉要被炸死一般。但即使是这样,他也不敢顶撞,只好低下头藏住恨意满满的目光,憋着委屈和愤怒的泪大步离开了。

红34师阵地上,敌人攻不下,只好停火。

通信员在陈树湘的盼望中跑了过来,很远就大声嚷道:"中革军委来电!"

近旁许多战士都听到了,精神为之一振,仿佛看到了甩开敌人展翅高飞的希望。陈树湘也有这样的错觉,他赶紧伸手接过电报:

八军团、九军团已全部渡过湘江。

陈树湘立刻将电报高高举起来,向战士们传达这个振奋人心的消息:"八军团、九军团已经全部过江,我们完成了任务!我们胜利了!"

战士们一听,欢呼起来,大声喊道:"我们完成了任务！我们胜利了！"

陈树湘骑着马,将这个好消息传到师部。

程翠林、王光道听到这个消息,立刻高兴地说:"我们没有辜负党中央和中革军委的期望。我们34师是胜利之师！"

在简易的指挥部里,陈树湘、程翠林、王光道拿起了放在临时桌上的搪瓷缸碰在一起,喝一口清水,庆祝主力部队渡江成功,红34师也终于为自己赢得了渡江的机会。

"我们马上开始准备,甩开周浑元的部队,争取时间赶紧过江！"陈树湘立即安排。

陈树湘在想,终于可以渡过湘江,可以见到毛主席了。他抑制住内心的高兴,下意识地摸了摸口袋,那包一直放在口袋里的烟丝,他要和韩伟亲自交给毛主席,向毛主席汇报战斗的情况。

可是,就在红 34 师已经做好了过湘江追赶大部队的准备时,中革军委又发来电报……

何红梅在 34 师的阵地周围,看到的是炮火,是枪林弹雨。

何红梅一路上看到过打仗,也亲身经历过生死,特别是看到过年轻的红军战士在战场上牺牲的场面。生死只在一息之间,特别是在战争年代,一颗子弹不小心落在你的身上,你的小命就没有了。一个活生生、能说会道的生命,转瞬间就没有了。

又害怕又饥饿的何红梅躲在一个背崖小洞里,外面炮火连天,她想去哪里都不可能。她断断续续地想了很多,无所不想。

——她还不想死,她还是一个活生生的黄花大姑娘,人世间的美好,她没有品尝过,她还想结婚生子,她还想过上好日子。这个时候,她想找到她父亲。她怕死,害怕子弹不长眼睛地打在她身上,她的小命就没有了。

——她想回到何家寨,就必须通过这个阵地。她在山林里躲了好长一段时间不敢出来,想等着炮火停下来。可是,一架架飞机飞过来,一阵阵轰炸,飞走了。一会儿,又飞过来,一阵阵轰炸,又飞走了。

——她想,34 师的战士们一定遭受到了极大伤亡。如果自己还在战场,她一定会投入抢救伤员的行列中。她能帮助康美凤护士长做许多工作。

可是,她现在哪里都去不了,只好待在山洞之中,是走是留,是死是生,一切都得等到战斗结束才知道。

陈树湘的34师正在等待着中革军委的命令,他们做好了准备,随时可撤离,渡过湘江跟随大部队。

他等的电报,只需要几个字就足够了,比如:34师,立即撤离!

战士们还在火线上战斗,心里也都想着,师长何时会过来下达撤出阵地、立即渡江的命令呢?

正在这时,电报机突然发出嘀嘀嘀的指令,机要员兴奋地赶紧接收电令,并很快译出电文:

34师火速赶到枫树脚,接替三军团6师18团的防务。

这是一份影响红34师命运的电文。电文是1934年11月29日下午中革军委领导下达给各军团、各纵队首长的,内容是抵御全州、灌阳出击之敌,继续保证我军渡过湘江的部署。

其中,红五军团行动的内容与军团第13师、第34师有关。关系到红34师命运的电文内容是这样的:

"五军团之一个师廿九日夜,于文市河西之五(伍)家湾地域宿营,卅日晨应接替六师在红(枫)树脚、泡江以北的部队,主力应控制于红(枫)树脚,顽强保持上述的地域,以抗击灌阳之敌。"

机要员有些发愣,转身将电令递到站在他身后的陈树湘手中。

陈树湘看了一眼,没说话,只是将电令递给了程翠林。

169

在新圩阻击战中,中革军委要求6师18团接替5师14团、15团的新圩防务。6师18团于30日下午3点钟才赶到新圩,接着立马在楠木山和炮楼山接防,仓促布防后,便与敌人短兵相接了。

军令如山,容不得半点耽误。

陈树湘接到中革军委的电令,迅速召集师团干部碰头。

陈树湘对大家说:"中革军委电令我们赶到新圩的枫树脚接防!6师18团正在那里与敌人拼杀,我们要以最快的速度接防。"

程翠林也鼓励大家说:"我们是后卫中的后卫,现在兄弟部队需要我们尽快赶到,我们必须以最快的速度前进!"

陈树湘命令说:"时间就是生命!坚决执行中革军委的命令,立即出发!让100团韩伟打前锋!"

王光道指着地图说:"从这里……"

陈树湘下达命令:"马上集合队伍!"

司号员吹响了集结号。

队伍很快集结起来,陈树湘走到队伍的前面,大声说:"中革军委命令我们火速赶到枫树脚,接防6师18团的防务。这是中革军委又一次对我们34师的信任,我们要一切听从党的指挥,战胜一切困难,取得胜利!同志们有没有信心?"

34师全体官兵一致响亮地回答:"有信心!"

陈树湘大声命令:"出发!"

韩伟大声说:"100团打先锋,跑步前进!"

韩伟的100团以急行军的方式,跑步向新圩方向前进。

长长的道路上,排着长长的队伍,长长的队伍奔跑着前进。

战士们挎着枪背着行李一路奔跑着,军令面前,生死面前,累、渴、饿、困,什么都不存在,只要还没倒下,还在喘气,就得顽强顶住一切困难,紧紧跟上队伍,继续前进。

陈树湘和程翠林、王光道带领101团、102团紧跟在后。

34师取直线,翻山越岭,急行军直达新圩枫树脚。

在水车,一条灌江横在部队的面前,河面不是特别宽,但河水滔滔,最深处估计有两米,先下水的战士试了试,又退了回来。水深流急,水底多是淤泥,不会游泳的战士太多了,蹚不过去,也不可能全游过去。

100团最先赶到江边,韩伟正在想办法架桥。

西进以来,多少次渡河,战士们早已掌握了搭建简易临时木桥的技术。韩伟一声令下,大家立刻从山上迅速砍下来一棵棵树,有的战士打桩,有的战士砍藤,有的战士搬运……

人多力量大,一座简易的木桥很快架起来了。

陈树湘带着大部队赶到的时候,远远便看到了韩伟已经带人架好了桥。

战士们小跑着前进。简易的小木桥晃晃悠悠在河中勉力支撑着,部分水性好的战士站在河水中顶住有些松动的木柱,或者将不小心跌下河的战士又顶上去。

正在战士们过桥时,一架敌机飞过来,一个俯冲射出一颗颗子弹,掷下一颗颗炸弹。

轰轰轰的爆炸声将河水震上了天,又哗啦啦地落下来。河水里漂浮着一条条几斤重的大鱼。

这一路奔波一路战斗,战士们少有吃饱的时候,便有战士忍不住大声喊了一句:"好多鱼!"

却没有任何人会在这时候捞一条鱼上来,子弹在身后追,敌机在天上飞,人的生命比吃鱼重要多了。

一颗炸弹击中了桥身,几名过桥的战士被炸弹炸飞了,残破的肢体与鲜红的血水飞到空中,然后跌入河水,顷刻间就消失在了河水里。

陈树湘大声地说:"隐蔽,隐蔽!机枪,打飞机!"

飞机飞得低,机枪是能打中的,多少是一种威慑。如果能把飞机逼得飞高一点,投弹没那么高的准头,战士们也能多一分抢渡的希望。

没有过河的战士们只好退回河边的树林里,借着茂密的树林躲避飞机的袭击。

守在桥边的多数是100团的战士,被炸得极惨,一时把河水都染红了,还有被炸伤的战士无力浮游,正痛苦地挣扎着随着河水漂远,然后沉没。

太惨烈了!

一眼看见离自己不远的水里,一名失去了右臂的战士正在下沉,韩伟马上跳进河水里想去抓住那名跟随了他多年的战士,那是他朝夕相处的警卫员啊。

眼见就要接近了,但韩伟痛心地看见那名警卫员朝他摇了摇头,示意他不要再白费力气,然后放弃了挣扎,快速地沉入了水底。殷红的河面上,晃动的波纹,那黑色的短发消失了,一只伸直的左手也在下沉。但那只左手却保持了一个"V"的手势。

革命一定要胜利啊！我们的牺牲若能换来国家和民族的光明未来，那才是最有价值的牺牲。

落在水中的战士有两种选择，有的在奋力向对岸游去，有的掉头回到岸边先躲避飞机的轰炸。也不知道是谁，将韩伟拽着，回到了岸上。

一会儿，飞机又飞过来，又是一阵猛炸，将架起的木桥炸碎了，木头随着河水漂流而下。扔完了炸弹，飞机离开了。

严凤才看到好不容易从山上砍来的木头随水漂走，他从隐蔽的灌木丛里冲出来，第一个跳进了河里去抓木头。

战士们看到团长严凤才不顾生命危险下河去抓木头，都纷纷跳下水。

护士长康美凤指挥着医务人员赶紧抢救伤员。他们每天都会面对许多死亡，生面孔或者熟面孔，却从不会让人觉得麻木。每一天的牺牲都是新的，悲痛也是新的。

一排排战士的尸体集中在一起，这些战士刚才还活泼泼的，瞬间就牺牲了，这都是国民党反动派所为。相比于牺牲的战士，那些受伤的战士更令人心痛。

有的战士的大腿被炸掉了，有的手掌没有了，有的腰折断了，有的肠子露了出来，有的失去了一只眼睛或者半边脸……

有的战士死咬着牙关忍着疼痛，也有的战士在地上滚动，大声叫着："妈妈，我痛，我好痛啊！给我一枪吧，给我一枪！让我死吧！"

听到这样的乞求，程翠林站不稳了，一屁股坐在地上。

陈树湘走过来准备扶起程翠林，但一眼看见旁边那位战士

173

的断腿流血特别多,他赶紧越过程翠林冲了过去,大手一把压住了那处伤口,朝身后大喊:"快,动脉破了,快来!"

可是谁来呢?

伤员太多,来不及救治,也没有药救治,眼看着年轻的战士一个个死去。

程翠林还是自己站起来了,用嘶哑的声音说:"赶紧将战士们的尸体清理掩埋!"

"陈师长,别管我,我不行了!您继续去指挥战斗吧,要赶紧渡江……渡江……"那名战士强行掰开了陈树湘的手,求他说,"我自己按着,您看,我自己按着!"

战士的使命就是战斗,上了战场,很多人的结局已经写好了,陈树湘并不能改变什么。战机的把握却决定着更多战士的命运。陈树湘默默松开手,又抬起沾满了鲜血的手敬了一个军礼,然后在那战士期冀的目光中站起了身子,大踏步向河边走去。

韩伟,仍在指挥100团架桥。

严凤才,带领101团的战士迅速掩埋牺牲的战士。

"师长,我们搭人桥!"突然,一名个头高大的战士站到了陈树湘眼前。

"是啊,木头漂走了,来不及砍,我们搭人桥!"

越来越多的战士,包括不会游泳的战士和个头并不高的战士,也都举起手来。甚至有的战士已经涉水下到了失去木柱的位置。

陈树湘没有犹豫,直接点了点头,说:"好,咱们就搭人桥!"

上百名战士下到了河里,手挽手站成了两排,示意战友们从自己的肩头踩过去……

战士们扶着轻伤的战友,踩着人桥摇摇晃晃着向前走。

重伤的战士有的被背着过了河,也有的拒绝离开。

"你们走吧,赶紧走。我们已经废了,跟不上队伍,拿不了枪,也打不了仗,只能拖累部队转移,你们赶紧走吧!"几名重伤的战士背靠背坐在河滩上,拒绝离开。

陈树湘和程翠林也准备渡河了,他们摘下帽子,眼含热泪,面向岸边留下的战友和牺牲了还来不及掩埋的战友敬礼。他们身后的战士也都摘下了军帽,敬礼!

许多战友之间甚至还叫不出名字,但他们曾在一起并肩作战,此际永别,却连一个拥抱、一声告别都没能留下。

一路西行,有多少英雄的身躯永远地留在了那些陌生的地方啊!

但是,他们是在为着一个信仰而战斗,为着中国老百姓的美好明天而战斗,是为了胜利而流血牺牲。

战士们的牺牲,永远值得人们尊敬和缅怀!


34师在浓重的悲惨氛围之中终于渡过了灌江,开启急行军模式。

有的战士全身都浸满了水,水一滴滴往下流,风吹到身上,一身冰冷,他们边跑边咳嗽。这是初冬,山区的天气已经很凉了。战士们穿着湿淋淋的衣服急行军,又出一身汗,衣服还没有被体温烘干,体温却被湿衣服捂下降了。

一路奔波,唯有追兵和困、累、饿时时相随,再来一个寒邪入体,不少早已熬空了身子的战士倒在了山路上。

山路很长,都是弯弯曲曲的羊肠小道。他们沿着山燕头、大源、苗源,一路向前。

究竟有多远?

陈树湘展开地图,程翠林、王光道也伸长了脖子围过来。

夜色降临,山间的雾一层层展开,漂浮在绿树上。接着,一阵山风吹来,淅淅沥沥地下起了小雨。

程翠林走到陈树湘身边,说:"老陈,这样奔跑不行,战士们熬不住了。我们得先找个地方住下来,休息一下!"

陈树湘看着程翠林说:"可是,新圩防务刻不容缓!"

王光道也走过来,劝道:"夜行军,又是山道,路不熟容易摔跤,还不如休息好了天亮再走,还可以走得快点。"

程翠林又说:"战士们的衣服都湿了,感冒了更不好办。"

陈树湘答应着说:"那好吧,前面有村寨,我们先住下来!"

听到传令说前方可以进寨休息,战士们不许扰民,大家的力量又多了一分,打起了精神撑着疲惫至极的身子继续前进。天黑透之前,走在最前头的101团终于在夜色中看到房屋的轮廓了。

严凤才带着人走近一户人家,问一个刚从屋里迎出来的老人:"老伯,这个村寨叫什么名字?"

老人告诉他说:"长官,这是洪水菁!"

"赶紧去,向师长报告,这是洪水菁。"严凤才向通信兵下令道。

> 陈树湘接到中革军委的电令,34师火速赶到枫树脚,接防6师18团。由于地形不熟,他们比预定的计划晚到一天,登上观音山……

昨天的战斗,敌我双方都在估摸着对方的实力。

一方面,南北两线的敌人几乎都看出红军的弹药严重不足,而且全局的行动缓慢又混乱。另一方面,把红军切断围歼于湘江以东,全在于能不能将突破湘江西岸咸水与界首之间的红军阻击,封闭湘江渡口;能不能突破红军在新圩地域和古岭头的阻击,将红军向江边的行动拦腰切断。

为此,三个方向的敌人都加大了进攻力度。

中革军委电告红三军团军团长彭德怀,命令他们务必不惜牺牲击退全州、兴安两方向之敌,守住渡口。针对一军团阻击告急,中革军委命令红九军团赶过江作为红一军团预备队。

中革军委和总政治部再电红一、三军团首长,指出:"今天的战斗关系我野战军全部西进,胜利可开辟今后的发展前途,退则我野战军将被敌层层切断。"并且强调:"我们不为胜利者,即为战败者,胜负关系全局。"

红一军团军团长林彪、政委聂荣臻,红三军团军团长长彭德怀、政委杨尚昆,坚守在湘江西岸各自的指挥所,督促所部不惜牺牲、击退敌人。

　　黎明前,毛泽东、张闻天、王稼祥所在的军委2纵队过江了,这让周恩来、朱德悬着的心稍稍放下。但红八军团和红五军团还没有过江,而红五军团34师、红三军团6师18团还在战斗中。

　　30日午夜,红八军团到达水车,并在水车宿营。

　　此时,34师正在与周浑元的中央军进行激烈战斗,将九军团和八军团掩护向湘江边靠近。红八军团尾随九军团往湘江边前进,相隔一个小时的路程。但红九军团经过一个小时后,一支广西的敌军从灌阳方向插来,阻拦红八军团前进。下午3时,敌机飞过来,俯冲着用机枪扫射,红八军团损失惨重。

　　红八军团离湘江边越来越近,他们看到马路边全是丢弃的书和文件,还有许多地图和书夹。

　　此时,负责红军总后卫的34师已经撤离,执行中革军委命令前往新圩的枫树脚。在湘江渡口边,红八军团便成了事实上的殿后部队。在公路两旁的附近,还有零星的部队向凤凰嘴渡口疾进,红八军团停止前进,以掩护其他渡江的部队。

　　1日中午,红八军团终于赶到凤凰嘴渡口,但后面传过来追敌的枪声。敌机在渡口轮番轰炸、扫射。临时搭建的浮桥已被炸毁,红八军团只有冒着枪林弹雨涉水过江,敌机仍在不停地轰炸和扫射。

　　大家举着枪和行李向对岸移动,女同志抓住骡马的尾巴渡过去。渡江时,大部分同志倒在血泊中。终于,八军团率领余部千余人渡过了湘江。

红五军团率领主力13师过了江,他们过江的地段水面宽,略浅,所以几乎是靠涉水过江的,但尾追而来的敌军也来到了江边,对着还在江水里艰难跋涉的红军战士一通扫射,走在队伍最后方的许多红军战士倒在湘江里。

1日正午,红一、三军团为保存最后的力量,不得不放弃对渡口的坚守,撤出战斗,向西隐去。

敌人占领了红军所有的渡口,封闭了所有湘江通路。

红34师是战略转移以来全军的总后卫,担任断后任务。断后,就意味着必须牺牲自己保全大局。他们遵行牺牲自己、保全大局的绝命后卫精神。

指挥全局的周恩来、朱德,心中一直牵挂着牺牲自己、掩护主力过江的34师。

1日凌晨5时,他们致电34师陈树湘、程翠林,让他们突围后向大塘圩方向走,争取过江。

6时,他们又致电红一军团,保持向白沙铺西进的道路,掩护34师和18团过江向西转移。

10时,他们电令陈树湘、程翠林,34师已完成掩护任务,应迅速经界首或界首以南过湘水跟上主力。

下午2时,周恩来、朱德又致电陈树湘、程翠林,让他们快快按指定路线过江,并明确34师由军委直接指挥。

由于山路不熟受阻,红34师数千人马行进在崎岖的山道上,速度十分缓慢,到了中午才登上观音山。

观音山下就是新圩阻击战的战场,就是6师18团的防务。

而此时,陈树湘用望远镜看到枫树脚的防务早已被桂军突破。

陈树湘派出特务连长张明达去侦察,带回来的消息是,枫树脚已被桂军全部占领了。

6师18团去哪里了呢?

在5师顽强抗击桂军三天两夜、以伤亡2000多名战士的代价,为主力红军过江争取了时间之后,中革军委命令,5师撤离新圩阵地,由6师18团接替防务。

30日黄昏,6师18团火速接替5师防务,担负起坚决阻击桂军西进的任务。

接防后,团长曾春鉴、参谋长吴子雄十分清楚眼前形势的危急,以18团一团之力阻挡桂军的七个团,是无法做到的。两人决定在新圩南面楠木山村一带布防,具体部署是:以两个营扼守楠木山村附近的炮楼山,一个营布防于陈家背。

很快,桂军对楠木山阵地发起猛攻。

红18团依托简易阵地顽强抗击,弹药很快就消耗得差不多了。

战士们毫不畏惧,与桂军短兵相接,展开白刃格斗,用石头砸、刺刀拼,最后干脆与蜂拥上来的敌人厮打肉搏起来,以血肉之躯阻挡住敌人一次又一次的疯狂进攻,但伤亡也越来越大。为避免全军覆没,红18团炮楼山防守部队被迫后撤,向布防在陈家背的那个营靠拢。

桂军占领炮楼山后,紧紧咬住不放,一路跟踪追击。红18团的两个营刚撤到陈家背,桂军便扑了过来。激战至中午,红

18团一部在陈家背陷入敌人重围,另一部在曾春鉴率领下突围而出,边打边撤,但在向湘江岸边转移途中被分割包围于全州古岭头的火烧岭一带,终因寡不敌众、弹尽粮绝,大部壮烈牺牲。

34师未接上防务,陈树湘召开师团会议,商定下一步的行军路线。这时,机要员拿着一份电报,火速送到了陈树湘的手上。

陈树湘一看,大声读着中革军委发来的电令:

红34师迅速取直线越过海拔1900多米的宝盖山,直奔湘江渡口。

大家听后,都站起来了。

陈树湘大声说:"中央纵队都过江了,红军主力都过江了。如果再不过江,就会被敌人切断!我们立即出发!"

司号员吹响了军号,34师迅速集合出发。

昨天接到中革军委的命令,34师以急行军的形式从水车出发,赶到观音山,花了近一天时间。现在,34师必须从观音山出发原路赶回水车,再越过宝盖山,直达湘江渡口。

陈树湘计算着时间,如果没有敌人阻止的话,最快也要两天。

陈树湘一声令下,34师的战士们没有任何怨言,背起行装马上出发。

战士们小跑着,逢山过山,遇水过水,要赶上大部队。


浓雾笼罩着湘江渡口。

和雾裹挟在一起的,还有浓浓的硝烟。

敌机追过来了,一个俯冲,就是一阵阵枪声,一个个炸弹。此时的湘江两岸硝烟弥漫,弹火纷飞,岸边上尸体横陈,血流遍地,物资器材、书籍和资料遍地都是,激烈的枪炮声、战马嘶鸣声、飞机的低空轰鸣声震耳欲聋。

此刻的渡口呢,浮桥被炸毁了,留下的木头残渣在河湾上漂浮着。

此处,江宽,水深,河岸被战士的鲜血染红了。

红五军团军团长董振堂带着13师突破敌人的重重堵截,来到凤凰嘴渡口,可是,渡口全被桂军占领了,战士们无法过江。

董振堂当机立断,立刻指挥13师从凤凰嘴沿湘江东岸北上六七里,来到倒风塘。这里虽然也没有浮桥,但是河面不宽,江水不深,江两边又有茂密的树木做隐蔽,是个不错的渡口。

董振堂和参谋长刘伯承进行分工,由董振堂带着部队做掩护,刘伯承率领红五军团司令部、直属机关先过江。

刘伯承正在考虑让董振堂先过江,他带着部队掩护,但董振堂推着刘伯承,让他先过江。

董振堂带着战士们隐蔽在江边,随时准备消灭来犯之敌。

刘伯承从小在长江边长大,水性好,很快带着战士们涉水过江。

过江后,刘伯承立即部署,让战士们做好战斗准备,掩护董振堂和战士们过江。

战士们脱下衣服,与枪一起顶在头顶,踩着水小心翼翼地过江。水深的地方,可以淹没人头,但前面的战士怎么走过去的,后面的战士就跟随着怎样走过去,他们不害怕。

在湘江西岸,董振堂和参谋长刘伯承一身湿透,浑身冷冰冰,但他们站在对岸仍舍不得离去,警卫员们牵着战马等在那儿。

董振堂望着湘江东岸的群山,望着通向山里的似有似无的小路,来回走动,面色很凝重。

他们在等谁呢?

这是最后的关头了,如果陈树湘和他的34师赶不到渡口,他们将失去渡过湘江的最后机会。如果不能过江,陈树湘和他的34师就会被切断,陷入敌人的重重包围,孤军作战。

侦察员跑过来,大声说:"对岸发现大量桂军!"

董振堂的眼里是潮湿的,刘伯承的心里是痛苦的。他们的34师近6000名战士,现在在哪里?再不过江,意味着没有办法过江了,意味着永远留在江的那一边了,意味着再也不能见面了……

陈树湘在哪里?

34师在哪里?

他们什么时候能到渡口?

时间就是生命。

陈树湘带领34师一路奔跑,战士们的衣服湿了又干,干了又湿。他们没有停下来,没有片刻休息,一直往前。

战士们没有粮食,饿了,扎紧裤带;渴了,在路边的水沟里喝上一口水。

战士们心中只有一个信仰,赶紧过江,尽快赶上大部队。

董振堂和刘伯承看着对岸,希望陈树湘带着34师奇迹般出现在他们的眼前,但是,太阳下山了,对岸响起了枪声,陈树湘和34师却仍没有出现。

侦察员跑到董振堂和刘伯承的身边,一把推着他们说:
"快,敌人的子弹飞过来了!"

董振堂和刘伯承被这一推,才缓过神来。

对岸的枪声不停响起来,子弹嗖嗖从头顶上飞过。

战士们开枪还击,两岸枪声不断。

没有必要与敌人做无谓的战斗,现在最主要的任务是带着部队去追赶大部队。

董振堂悲伤而无奈地下达命令:"撤!"

中革军委和中央领导都知道,陈树湘带着34师完成阻击任务后被敌人阻隔在湘江以东,西去的道路被敌人切断了,34师孤军陷于江东,处于国民党湘军、桂军、中央军三路大军的包围之中,处于民团、保安团的追堵之中,形势极为严峻。

周恩来、朱德不停地发电令,指示34师的行军路线。

此时,从灌县北进的桂军已追上红八军团渡江,通往湘江界首渡口的路被切断。

周浑元的部队也占领了文市,敌第四、第五两路军进入雷口关和永安关,阻止着陈树湘的34师向江边前进。

陈树湘何尝不想带着部队赶紧过江,敌军围困万千重,在湘江东岸多待一分钟,就多一分钟的危险。

可是,34师进入水车行进时,又被周浑元的36军死死缠住。

红军战士们从根据地出来以后,经历的都是缺吃少穿、幕天席地、烈日苦雨严寒的日子,还需要一路长途征战,面对国民党部队的疯狂"围剿",兵员损失严重。

而紧咬着34师的国民党部队又是一群什么样的人呢?

国民党官兵每天都能够吃饱喝足,战斗装备精良,还有飞机大炮助战。他们的条件都已经这么优越了,却还不能占据绝对优势。

周浑元座下有一名"宠臣",叫孔荷宠。

孔荷宠军事才能十分过硬,干农运、打游击都很有一套,早在1926年就在湖南平江参加农运,任农民自卫军队长。他参加过彭德怀领导的平江起义,在1929年游击队合编成鄂赣独立团时任团长。孔荷宠作战灵活机动,辗转南北,功勋卓著,1932年8月1日,孔荷宠与陈毅、聂荣臻、张云逸等313名红军将领一起被中革军委授予二等红星奖章。但孔荷宠在之后的作战中越来越迷恋独立作战,自作主张,不再听从上级领导的命令,因而多次受到朱德的批评。

由于屡受批评和撤职,孔荷宠觉得自己受到不公平对待,对自己的前途和革命的前途悲观失望,于1934年7月叛逃至国民党第36军周浑元部。没多久孔荷宠就成功策反一大批老部下投敌,孔荷宠因此在周浑元眼前厥功至伟。

34师的战士英勇善战,国民党部队想冲过防线那是死也不能放过的。

　　34师连日战斗,没吃过一餐饱饭,没睡过几个钟头好觉,被数倍于自己的敌军缠着,想要摆脱也并不容易。

　　打仗向来讲究知己知彼,但陈树湘实在是想不到,曾在红军部队共同生活战斗多年的孔荷宠此际正在周浑元的部队之中,而且打起红军来更是狡猾多端,心狠手辣,毫不留情。

　　周浑元作为蒋介石的爱将,刚被何键的电话臭骂了几句,正憋着一肚子火气,他顶了何键几句,挂了电话,才学着委员长平时的口吻骂道:"娘希皮,仗又不是老子一个人打的,红军又不是我一个人放走的,奶奶个熊,凶我管用吗?"

　　周浑元心情不好,大家都不敢招惹他,硕大的房间,军官们安静地围坐在一张大桌子前。周浑元摔了电话,背对着大伙儿看墙上的地图,等心绪稍微平复一点,他才转过身来。

　　"诸位兄弟,共军主力已经强渡湘江,我们一时肯定追不上了,委员长脾气很大啊!目前,被阻隔在湘江东岸的还有共党的后卫师红34师的数千人,若不能将红34师全部歼灭于江东,我部以后如何见人啊?在座诸位有何良策?"周浑元的眼睛从在座的军官们身上一个个看过去,等他们回答。

　　"让桂军去围追。"

　　"我们也没办法,插到红军部队的前头再去堵吧?"

　　"这段时间士兵们都累了,原地休整一下再说吧。"

　　每一种回答,都不能让周浑元满意。

　　孔荷宠听了听,嘴角一笑,站起身来冲周浑元说:"报告军长,'共匪'力不从心,恐怕不能重修浮桥过江,但其擅长游击战,又善于忽悠无知百姓,恐怕进山与我部将士周旋的可能性比较大。我们一时追不上红军主力,能吃一口就吃一口,那也是肉啊!"

"让湘江边的兄弟撤回来继续'围剿'?"周浑元疑惑地看着孔荷宠。

"不,江岸边易守难攻,留下少量部队镇守就行。各河段相互守望,一呼即应。至于对红34师的'围剿'嘛……"孔荷宠说着,停下来想想要怎么说会更清楚。

"那老兄有何良策?"周浑元期待地看着孔荷宠追问。

"现在红34师东临潇水,西临湘水,我部只要能保持迅速机动,以大部队防守,小部队进击,阻止陈树湘部南下北上,时刻紧追,见'共匪'露头就打,使其无休整的机会,无须多日,他们弹尽粮绝人疲,必然……"说到这里,孔荷宠停了停,等周浑元发挥一番,以显其能力超凡。

"如此一来,我部便可将红34师官兵全歼,也算小功一件。"周浑元满意地看了看自己的爱将,伸手拍了两巴掌,赞道,"果然妙计。我命令——"

周浑元此话一出,长桌边的军官们就哗的一下全部站起身来,啪地一个立正,等周浑元下达战斗任务。

周浑元当然不会放过这次机会,连日来他受够了陈树湘34师的气,吃了几次败仗,心里有说不出的难受。现在红军主力过江了,只剩下34师了,你再有天大的本领也无法施展。

周浑元下达命令,点将孔荷宠,派出精兵强将继续追击34师。

陈树湘带着34师,一路急行军,沿路回到水车,又取直线越过宝盖山,直达湘江渡口。可是,所有的渡口都被国民党军占领了,他们无法过江,被切断在湘江东岸,只好原路返回到湘南打游击。

昨日,红军第1纵队指战员经过浴血奋战,在兴安东北的界首强渡湘江,突破了国民党40万兵力筑成的第四道封锁线,继续西进。

得知中央第1纵队脱险后,红五军团军团长董振堂十分高兴,立即命令部队丢掉一切重装辎重,快速从湘江边渡江。

敌人哪肯罢休,天上的飞机、地上的大炮,加之数倍于己的敌人不断缠斗,使红五军团快速渡江的计划一再受挫,他们只能边打边撤,到达凤凰嘴渡口北上的倒风塘涉水渡江。他们也是红军最后一批渡过湘江的部队。

从1日午后开始,敌人封锁了湘江所有的渡口。

滞留在江东的红军除建制部队34师、6师18团外,还有因伤病及与部队失去联系的大量官兵、民工,他们陷入了强敌的围歼和搜捕之中。

伤病员和大量失散人员被俘,但他们宁死不屈。灭绝人性的敌人要把因伤被俘的红军人员推进溶洞中处死,他们宁可自己纵身跳入洞中赴死,也不让敌人推进洞中。

经过一天一晚的跋涉,34师已筋疲力尽。

前面,就是宝盖山了。

宝盖山是桂北的一座群山,海拔最高处有1900多米。而且,这里的山一座连着一座,深山密林,不知道如何翻越。

陈树湘见战士们已急行军一整天,下令在山下找地方休息。他派出特务连连长张明达带着几个战士去打听情况。

张明达看到山脚下有一栋木房屋,便和战士们敲门,走进去打听。

原来这个村名叫大源村,这户主人名叫凤乾志。

张明达十分友好地说明来意,说自己是中国工农红军,是共产党领导的队伍,是老百姓自己人,不欺负百姓,让他别怕。

凤乾志是个贫苦人,祖祖辈辈以采药为生,虽然听不懂张明达的介绍,但感到亲切,把他们让进屋,请他们喝水。

张明达用语言加手势向凤乾志询问,怎么翻过宝盖山,如何最快到达湘江渡口。

站在旁边的何青松看见凤乾志身上的穿着,就知道他是瑶民,便用瑶族语与凤乾志说话,将张明达的话翻译给凤乾志听。

凤乾志算是彻底听明白了,他看着何青松,又看看张明达,叽里呱啦说了一番。何青松解释说:"这宝盖山你不熟悉,说什么地方有岔路,什么地方要转弯,说了你也不知道。"

张明达摇摇头,又点点头,对何青松说:"请他为红军带路!"

张明达便拉着凤乾志的手,恳请他为红军带路。

何青松赶紧说:"请您给红军带路!"

凤乾志一听,看着大家,亲切地点点头,很爽快地答应为红军带路。

眼见就要天黑了,张明达赶紧将这个消息报告给陈树湘。

陈树湘、程翠林、王光道简单地碰了个头,便决定:请凤乾志带路,立即出发!

凤乾志是瑶族人,说话办事都非常果断,背上一个采药的背篓,说走就走。

陈树湘与凤乾志握了手,自我介绍说是湖南人,湖南与广西交界,两人也算是半个老乡了。凤乾志很和气,听说陈树湘是师长,马上向陈树湘鞠躬行礼。

陈树湘赶紧制止,说:"感谢你为我们带路!"

凤乾志笑着说:"我对这条路很熟,经常在这里采药!"

这时,有战士因为得了风寒,咳嗽起来。

凤乾志便从身上掏出自制的药给战士吃。

宝盖山高而陡,山上的大树长在绝壁上,灌木丛也茂密,杜鹃树漫山遍野。若是春天,杜鹃花开,香气漫溢,一定是美不胜收。

凤乾志手里拿着一把柴刀,走在前面,34师的战士跟在后面。

一队人马,在大山的褶皱里前行。

天色越来越暗了,山里的雾气也越来越大了。一股寒风从山谷里吹来,不禁让人打寒战。

陈树湘知道,必须抓紧时间行军,越快越好,将34师带到江边,渡江而过,才没有危险,才对得起中央首长的期望。

程翠林走在陈树湘的身边,边走边商量着晚上在什么地方宿营。

张明达、何青松与凤乾志并肩走在一起。何青松用瑶族语打听前面是否有村庄,说明部队要宿营的事。

凤乾志告诉他,深山里有个村庄叫箭杆箐,部队可以在那里宿营。

到箭杆箐还有60里地,必须翻过界顶才行。

陈树湘看到天色黑暗,山风怒号,连火把也被吹灭了,感觉到必须以最快的速度越过去,便下令道:"加速前进!"

路在自己的脚下,再陡的路都是走出来的。

山路狭窄,弯弯曲曲,两边的茅草深深。

凤乾志走在前面,不停地用柴刀劈断茅草,让大家走起来没有障碍。何青松紧跟在他后面,帮助他将劈断的茅草放到两边。

凤乾志知道,他的使命是带领红军越过宝盖山,快速进入湘江渡口。但他也知道,他是冒着很大风险的,一旦被国民党的民团知道了,那是要受酷刑甚至丧命的。因此,他也很想快点将红军带到所要到达的地方,尽快完成这一艰巨任务。

凤乾志听到陈树湘那焦急的军令,说:"要快,还有一条小路!"

陈树湘赶忙问:"有一条小路?"

何青松问:"小路在哪?"

凤乾志赶紧说:"一条陡峭的小路!我采药去过。要闯过鬼门关。"

陈树湘问:"闯过鬼门关?怎么走?"

凤乾志停下来,说:"如果走这条陡峭的山路,我们可以提前到达箭杆箐!"

那还说什么呢?当然抄近路走。

陈树湘和程翠林简单地商量后,决定就走这条近路。

100团团长韩伟说:"让我们打先锋!"

陈树湘同意让100团团长韩伟带领战士走在最前面。

韩伟接受任务后,大声宣布:"100团,跟我前进!"

凤乾志听到韩伟说"前进",也加快了速度,小跑着前进。

跑了一阵子,爬了一个大坡,走到一条陡峭狭窄的路上。

这是一条更陡峭的路。窄的地方,只能一个人慢慢爬过。战士们要弯下腰爬着走。

凤乾志说:"前面就是鬼门关!"

小时候,凤乾志父亲告诉他,许多人在走这条鬼门关时不小心掉下山去,下面是悬崖峭壁,再也没有回来。

鬼门关是半山腰石壁上的一条狭窄的路,是由采药人凿出来的。路中间有一块大石头突起,没有办法开凿,小路的一段也跟随着突出来,没有任何遮拦,也没有任何手抓的树枝和藤蔓。只能容许一个人侧身慢慢移动,下面是万丈深渊,一不小心掉下去,便万劫不复。

张明达和何青松一直跟随着凤乾志。何青松用瑶族语与凤乾志说话,有时还大声笑起来。

韩伟紧跟着他们,边走边提醒大家要小心。

在鬼门关口,大家看着那条陡峭的狭窄小路,毛骨悚然,手脚发抖,都站着不敢向前走。

凤乾志看着大家担心害怕的样子,说:"不用怕!"

凤乾志四肢往地上一伏,一步一步往前爬行。这时,何青松自告奋勇地走在前头,学着凤乾志的样子,将身体伏在地上,慢慢爬行着。战士们看着何青松与凤乾志,也小心翼翼地跟着爬行通过。

风吹草动,山顶上的小石子一个个落下来,打在战士们的头上。战士们咬紧牙关,一步步向前爬行。

突然,有个小战士脚一滑,掉下半个身子,他吓坏了,大喊一声。小战士悬在半空中,还好,两边有两双强有力的手抓住他不放。

小战士大声叫道:"我快掉下去了!"

两边战士叮嘱他:"抓住别放!"

韩伟大声说:"抓住,不能放!"

两个战士死死地抓住小战士的手不放,将小战士从鬼门关拽了回来。

这时,何青松砍下一条很长、很结实的藤蔓,几个战士用手拉着,战士们伏在地上爬时,用手抓住藤蔓,一个个慢慢地爬,感到安全可靠一些,一个个战士闯过了鬼门关。

100团的战士一个个慢慢移动着,终于越过了鬼门关,没有一个受伤的,也没有一个摔下悬崖峭壁的。

陈树湘看到何青松用这个好办法使100团顺利通过了鬼门关,心里特别高兴,命令101团接着通过。

凌晨3点钟,陈树湘的34师终于全部渡过鬼门关,来到了宝盖山南侧的分水坳,进入桐木江。

陈树湘传令下去:今晚在箭杆箐宿营。

战士们又冷又饿,在野地里驻扎下来。

陈树湘的34师翻越了宝盖山,一大早,他们进军凤凰嘴渡口。

凤凰嘴渡口,湘江水悠悠,河面上的浮桥早已被炸掉了。

凤凰嘴渡头水深浪急,泅渡是不可能的。而且,桂军把守很严,五步一岗,十步一哨。

"上游的倒风塘水面比凤凰嘴宽,现在是枯水季节,要浅得多了,或者我们可以从那里过江呢?"一位新加入红军的战士说,"我家离这里50多里,以前听亲友说过,为了省过渡的船钱,他们会从上游涉水。"

"你知道上游的水大概有多深吗?"陈树湘马上仔细询问。

"深一点的地方会齐肩,浅的齐腰,大家拉着手一起走,不会被冲下去的。"

"那我们赶紧走,只要能过江,就能甩掉周浑元这个王八蛋。"陈树湘骂道。

"报告!"一名哨兵跑得几乎要断气。

"什么情况?"严凤才急着问道。

"敌军,敌军,大量敌军……"

陈树湘大声问:"怎么了?"

"敌军……"

"敌军追过来了？"陈树湘冷静地继续问。

侦察员终于喘过气来："大量敌军往江边布防，上游下游都有，正沿江往凤凰嘴渡口而来。"

正在侦察员说话时，陈树湘听到远处有敌人在大声说话。

"撤，快进山！快！"陈树湘马上下令道。

"101团，马上进山。"严凤才宣布道。101团没剩下多少人了。

"100团，赶紧进山。"韩伟和侯中辉也马上指挥进山，他们剩下的士兵比严凤才的101团也多不了多少。

"102团，进山，快！"梅林也下令说。

各团团长接到命令后，立即指挥本团的战士赶紧进山转移。34师各团士兵们马上离开了尸横遍野的湘江岸边，迅速朝大山里撤离。

6000名官兵的34师，一路殿后一路打仗，现在三个团的建制虽然还在，但牺牲的战士有三分之一还多。后头是国民党部队的追击，还有敌机的侦察和轰炸，江边有大量的国民党部队，再搭浮桥没时间也没材料，过江完全没有可能了。

刚才还在为终于赶到了湘江边而欢喜的战士们陷入了沉默，远远地看着被呼啸的寒风掠起波浪的水面，为大部队全部渡过湘江了而骄傲，又为失去了追赶大部队的机会而绝望。

"师长，我们怎么办？"严凤才边撤离边问陈树湘。

"敌人现在都在往江边集结，这里不能待，看能不能赶往倒风塘渡口，但现在我们马上要返回山里，避开敌人。"陈树湘果断地说。

陈树湘已经意识到了,敌人对红军的战斗模式非常熟悉,在这样的情形之下,他该如何保全34师的将士,并出其不意地给予敌人打击呢?

湘江战役中,朱德总司令为指挥作战与各军团和纵队有大量往来电报,这种向下一级的指挥电报较为多见,而越过军团,向下两级直接给师的指挥电报较少。12月1日后,红军主力渡过湘江后,34师直接归中革军委指挥。

陈树湘想起中革军委朱德总司令和周恩来总政委,几次向34师发的电令:

"……在这种情况下,应最坚决地作战,直至最后一个战斗员止……"

"……退回湘南打游击。"

在渡江向西已经不可能的情况下,陈树湘召集师团干部会议,做出两条决定:

第一,寻找敌人兵力单薄的地方突围,到湘南开展游击战争;

第二,万一突围不成,誓为苏维埃流尽最后一滴血。

周浑元派出孔荷宠带领一个师的兵力,向陈树湘的34师压过来。

孔荷宠知道,34师的最终目标是过湘江,所以他只用等在湘江的渡口边,以逸待劳。

董振堂的五军团13师侥幸过了江,陈树湘的34师绝不会有那么好的运气。而且,孔荷宠就是专门来对付陈树湘和34

师的。

孔荷宠在湘江边设了一个指挥室,将手下部署下去,日夜站岗,轮班要有记录,发现情况及时报告。那些受伤的红军,孔荷宠看都不看一眼,统统枪毙。他特别交代下去,只要发现陈树湘的34师,大大有赏。

界首渡口已经被桂军占领,而且部署了大量的兵力,要想从界首渡口渡河,根本没有可能。只有从凤凰嘴渡口到倒风塘这一段,因为兵力部署少,红军偷渡机会多。

孔荷宠就将部队安排在凤凰嘴,布下一张大网,等着陈树湘和34师。

机智的陈树湘很快发现孔荷宠的部队就驻扎在凤凰嘴渡口附近。他们在高处部署了哨兵,巡逻兵荷枪沿江边巡逻。

孔荷宠在指挥所里正在喝茶,听到侦察兵来报,在凤凰嘴渡口附近的山林里发现大量的红军,正向这边走来。

孔荷宠一听,心里想,这个时候还有大部队到江边来,究竟是哪个部队呢?

孔荷宠喝了一口茶,问道:"多少人?"

侦察兵回答说:"有3000多人!"

孔荷宠一听有3000多人,从座位上站起来,反问道:"你确定看清楚了?"

侦察兵严肃地说:"看得清清楚楚!"

孔荷宠对侦察兵说:"快去,再侦察仔细点来报!"

孔荷宠想,这3000多人的部队会不会是陈树湘的34师呢?"追剿"司令部发来的电报说得十分清楚,陈树湘所带的34师是共军的总后卫师,目前,这个建制师还没有渡江。

孔荷宠心里一阵高兴,自言自语地说:"没错,就是陈树湘的34师,我终于等到你了!"

孔荷宠正在想着如何将34师一网打尽,如何为周浑元一解心头之恨,又如何邀功领赏时,侦察兵又走进了他的指挥所,报告说:

"红军正向渡口靠近!"

孔荷宠进一步问:"多少人?"

侦察兵严肃地回答说:"3000多人!"

孔荷宠满怀欢喜地大声说:"你终于来了!"

孔荷宠走到电话机边提起电话,摇了两下接通,大声说:"麻雀进网了,准备收网!"

孔荷宠放下电话,口里哼着小曲,等着胜利的喜讯。

孔荷宠用一个师的兵力,在凤凰嘴渡口布下了天罗地网。他们周密部署了各种方案,等着陈树湘和34师的到来。

特务连连长张明达带着何青松来到凤凰嘴渡口不远处,侦察到湘江水流湍急,水深无船,无法过江。陈树湘决定改由倒风塘涉水过江。但是,他不知道,一个巨大的阴谋正等着他们。

孔荷宠的部队看到陈树湘的部队在两里路远的地方停下来,以为他们是在休整,不知道陈树湘的特务连连长张明达已经侦察到凤凰嘴渡口不能渡江,而且发现了重大的敌情。

陈树湘听到张明达的报告,指挥34师立即撤离凤凰嘴渡口,向山林里转移,决定改由倒风塘渡口涉水过江。

孔荷宠满以为麻雀进网,可以一网打尽,全歼陈树湘的34

师,还在哼着小曲来回走动呢,侦察兵又跑进了他的指挥所,慌张地说:"共军全跑了!"

孔荷宠没听清楚,他支着耳朵又问了一次,疑惑不解地道:"共军全跑了?怎么跑了呢?"

侦察兵解释说:"共军主力没有靠近凤凰嘴渡口就撤离了!"

孔荷宠一听,赶紧提起电话摇着,大声吼道:"快给我追!"

孔荷宠一个师的兵力从不同的地方,全力出击,大炮也向34师撤离的方向轰炸。

陈树湘指挥着34师,几乎没有时间抵抗,全部跑步撤离。

大炮在他们的身后面轰炸,机枪也在他们的身后面响起。

等到孔荷宠的大部队全线出击时,34师已经消失在茫茫大山的深处了。

麻雀进了网却没抓住,到手的鸭子飞了,孔荷宠心不甘情不愿,没精打采地坐在椅子上,半天起不来了。

侦察兵又走来报告,说:"共军向宝盖山全州文塘方向逃窜!"

孔荷宠拿起电话,向"剿总"司令部打电话,要求桂军43师、44师立即全力配合,"围剿"陈树湘带领的34师。

# 红34师的悲壮撤退：
## 宝盖山、凤凰嘴与湘南突围

> 陈树湘带着34师返回湘南,在途经全州文塘黄陡坡地带时遭受桂军43师、44师的围攻,34师损失2000多人,师政委程翠林和几个团长、团政委都牺牲了。

中央主力红军已经渡过湘江,朱德、周恩来仍为34师没过江而不眠。这天他们再次致电34师:

……如不能过江,则转为游击战。

综合多方面因素考虑,陈树湘感觉到34师余部要渡过湘江已经无望了,再盯着敌军盘踞的江边寻找机会只能是耽误时间。渡江无望,只有到湘南开展游击战,保存实力以待时机。

陈树湘迅速下令,34师撤退,各团分头行动,按原路火速折回,翻越主峰1900多米高的宝盖山,向全州文塘方向前进。

34师越过宝盖山不久,便与在后面紧追的孔荷宠军遭遇,两军交火便是人力与军备的实力比拼。美式武器装备的国民党军队,看到陈树湘带领的疲惫之师,像恶犬一样猛扑而来。

目前,撤离是重中之重,在此处待的时间越久,吸引来的敌军就越多。陈树湘无心纠缠,边打边撤,拿定了主意就此按中央的指示,深入湘南山区开展游击战。

孔荷宠打的电话迅速起了作用,"剿总"司令部已经命令桂军必须全部出动,全力对付陈树湘的34师,务必将34师全歼。

桂军白崇禧接到指令后,立即命令43师和44师协同当地民团,在34师必经的全州文塘黄陡坡地带埋伏起来,张开大口袋等待围歼陈树湘的部队。

在孔荷宠部的追击下,34师部队到达全州黄陡坡地带,虽然陈树湘并不知道敌人的调动情况,但他也知道前方一定有敌军在等着自己。此时他已经没有其他可选择项了,必须突破。

淅淅沥沥的秋雨中,有战士在低唱一支歌,有不少战士应声同唱,《送郎当红军》在阵地上蔓延开来:

"送郎去当红军,纪律要严明,放哨哪出发呀,亲郎要小心。哎呀我的郎、我的郎……"

战士都有点想家了啊！过不了湘江,无法跟上大部队继续转移。家再穷再苦,那也是有亲人、有间破屋,但现在家在千里之外,谁都回不去,而且很可能永远也回不去了。

陈树湘得知孔荷宠的一个师正在紧紧地追着自己。

张明达带队侦察,摸到了一点儿情况,向陈树湘汇报:桂军的43师、44师正在前面埋伏。

桂军兵力强大,虽然说是埋伏,但那些士兵大大咧咧聊天说笑,猜测34师不会从此处经过,一定会想办法渡过湘江。这鬼天气,长官领着他们到荒郊野外待着,这是人待的地方吗？长官们在帐篷里吃肉干喝红酒,他们在这露营,哪有在军营里打牌舒服啊。

躲不过了,前有猛虎,后有恶狼,往前走那是送死,不如就原地干吧,能有时间准备,比进了口袋被动挨打好点。陈树湘部署下去,利用地形修筑工事。

红军战士顶风冒雨开始构筑工事和战壕,从山顶到山半坡筑起了两道间隔60米左右的战壕。这两条战壕互通,以便流动运兵之需。

战士们正在忙乎着,现场传出叮叮当当的声音。

周明亮等几名福建籍战士悄悄地聊起了前几天刚经历的那场惨烈战斗。

一脸稚气的丁四海抹了抹眼泪:"就这样,我哥为了救我,牺牲在了磨盘峰。我回家怎么给我妈交代啊!"

"你自己好好的,就等于替丁大海活着,你妈不会怪你的。"

"战争,哪里可能没有伤亡,好在咱们最后还是攻占了磨盘山主峰。"

"别说四海难过,我也难过。和我一个村里出来七人,半个多月之前与陈济棠部在延寿县青石寨打了三天三夜,现在就剩下我一个。"一名叫陈四钱的三十多岁的战士突然说。

"那,"丁四海突然问,"那我们会不会死?"

"怕个鸟,老子就是死也要多杀死几个敌人。老子也不是厌的,得给战友们报仇!"陈四钱边干活边低吼着说。

"报仇,我也要给我哥报仇。"丁四海也说。

"对,这就对了!四海,咱啥也别怕,杀一个敌人咱不亏本,杀两个就赚一个。"陈四钱拍拍丁四海的肩膀告诉他。

坐在一旁始终没吭声的周明亮突然扭脸说道:"不,我得杀三个才赚一个!"多数战士都在闷声不响地挖战壕,打起仗来,这战壕可是大有用处的。

在半山坡第一道战壕里,张明达和郑亮华架起了两台马克沁重机枪。

郑亮华在雨中调试枪械。

政委侯中辉趴在战壕里，拿着望远镜往山下看，镜片模糊了，他就用袖子擦一擦。

康美凤和刘茜给受伤的战士打开纱布检查，看看是否有伤口发炎。但她们痛心地发现，不少战士的伤口都发炎了，可是药箱里并没有消炎药了，是早就没有了。战士们都在凭自身的抵抗力与伤病做斗争。

为了即将到来的战斗，不少战士都在擦枪，几位班长从工事里往外扛手榴弹箱子，拿回各自防守的战壕，然后哗啦一下倒在战壕里。战士们把手榴弹拧开盖子，放在战壕沿上。

前一天，何红梅在34师阵地一直躲着等战斗结束，直到没有任何枪炮响了，她才从山洞里出来。可这时候她发现，红军战士们早已悄悄撤退了。好在国民党军追着红军也已离开。只鏖战了一天一夜的大山里留下了无数双方士兵的遗体，以及残枝断树。

何红梅无依无靠，无亲无友，她又惊又怕，又冷又饿，在翻山逃离这片满是尸体的恐怖之地后，她才摘了一些野果充饥。肚子不那样空了，她开始重新思考自己该怎么办，最后决定继续寻找她的父亲何三公。

在山路上走走停停，喝一点山溪水，途经几个被扫荡一空的村子，偶尔还能向见到的残垣破屋人家讨要一口吃的。

至于何家寨当下怎么样了，她不想。阿爸也许在，也许不在,但她总得去看一眼才能确定。天下之大,对于孤独的何红梅来说,并没有可以盼望的选择。

何红梅走了大半天,却又与撤回的红军相遇了。

"这姑娘怎么看着眼熟呢。"警戒的红军哨兵说。

"是眼熟,这不是何家寨的何红梅吗?"班长说道。

突然看见何红梅,这让战士们很吃惊。

何红梅看到红军,像是看到了亲人。班长亲切地把何红梅领过来打听情况。

"我和父亲走散了,现在没了浮桥也过不了江,能不能让我和你们部队一起走。"何红梅看见红军战士,心里就觉得特别踏实。

"不能,我们是部队,哪里能带上姑娘一起走。"

"是啊,我们还要打仗呢。"

哨兵们看着孤苦一人的何红梅,也不知道该怎么安置或劝慰。

"要不,让我见见韩团长吧。"

"这……我们做不了主,你得问问我们连长。"

到了团部的门外,何红梅看见韩伟与几位营长开完会,正好走出来,于是赶紧跑过去。

韩伟看见何红梅,忙问:"怎么,没有找到你父亲?你一个人落单了?"

何红梅撇了撇嘴,很委屈很痛苦地说:"我在逃荒的人群中找了许久,可是没有找到我父亲。乡亲们说看见我父亲突然往回走了,我就往回找,结果父亲没找着,却遇见了打仗,藏了好一阵等他们走了我才敢出来。还好,我又遇到了你们,我要跟着你们一起走。"

"跟我们一起走?我们这是部队。"跟陈树湘等人分开后,各团分头突围,韩伟率团甩开了追敌,潜入了山林之中。但何时又会与敌人遭遇,谁也说不清。停了停,韩伟解释道:"部队天天打仗,太危险了!你还是赶紧回去吧。"

"危险?我坐在家里,还不是遇到了危险?现在我家也没了,跟父亲也走散了,我回哪里去?我留在部队里可以当卫生员,能干很多活的。"何红梅倔强地说。

"别说了,你还是赶紧离开吧。"韩伟从兜里掏出两块大洋塞给了何红梅,劝她赶紧离开,并且嘱咐她找个相对安全的村子住,或者投亲靠友去,不要乱跑。

"韩团长,你们去哪?"何红梅问。

各部分开前,陈树湘在作战地图上指了几个点,指示道,敌人是集中围追堵截,我们是拆整为零撤退,但互相还是要有个照应,这和下棋一样。这几个点各团长、政委记清楚了,是安全撤退后的聚合点。大家不要大意,如果遇见敌人,也不要往这些地方带。这下分开,山林莽莽,电台也有损失,如果……那就是通信员也用不上了。如果有可能,我们在以下几个村可以留下联络标记……

"我们?"韩伟犹豫了一下,说,"我们……渡江不可能了,我们也在往回走,目前还没有确定。"韩伟并不介意跟何红梅说这些,但他也没说更多的部队运动方向。

"往回走?"何红梅一听,说,"我没地方去,我跟着你们走!"

"我们前后左右随时都会出现敌人,跟着我们走,绝对不安全。"

何红梅第一次拥有两块银圆,可是她的心情一点也不好。望着骑马离去的韩团长,地上的简易帐篷也消失了,她觉得自己可以信赖的一群人就这样离开了,而身处这陌生的世界,她却不知道该往哪里去。

何红梅蹲下身子,呜呜地哭了。

战士们边跟上队伍离开,边心疼地看着哭泣的何红梅,爱莫能助。

哭了一阵,何红梅抬起头来,看看队伍已经走得差不多了,她突然想起康美凤医生的医疗队,想起刘茜护理员,她们为什么可以留在部队?

反正我一直跟着部队,他们可能就会把我留下来。想到这里,何红梅马上站起了身子,朝韩伟离去的方向追去。

团长韩伟和吴林东、周明亮从一处隐蔽的工事里出来,顺着战壕向前边走。听到了一阵悦耳的歌声,韩伟扭头看过去,突然发现是在人群中干活的何红梅在唱歌,他愣了一下。

"何红梅?你怎么在这儿?!"韩伟问。

何红梅用双手抱着一块石头往战壕沿上放,一下子露出不自然来。她把石头放下,一副胆怯的样子。

"嗯?怎么不说话?"韩伟追问。

何红梅生怕被韩团长赶走,紧张得直结巴:"团、团长。"

韩伟火了,问:"谁让她在这儿干活的?"

连长李云山一溜小跑过来,报告说:"韩团长,我们劝了她

209

半天,她就是不走。"

韩伟马上凶道:"你是军人,她是老百姓!跟着我们部队,她一个女孩子家得多危险,你不懂?!"

李云山什么也不说了,赶紧就过来拉何红梅。

何红梅挣扎了两下,想脱开李云山的手,但李云山使起劲来,何红梅那点力量真没什么用。

"姑娘,你看我们过不了江,现在都在修战壕,如果有国民党兵出现,随时都会打仗。你既不会开枪,也不会护理伤员,留在这里除了危险就是危险,你还是赶紧走吧。"

正说话间,敌人发起了疯狂的进攻,韩伟、侯中辉带领着战士们已经退到了宝盖山上的战壕里。

战斗打得很惨烈,炮弹不断在阵地炸响。

何红梅吓坏了,赶紧蹲在战壕里不敢动弹。

半山坡上躺满了敌军和红军的尸体,但敌军还是蜂拥地吼叫着冲上来,红军战士进行着顽强的抵抗。主峰阵地上,许多红军战士倒在了血泊中,人越来越少。

李云山抱着一挺机枪气恼地站起来,他大吼着向敌人扫射,但突然一串子弹射入李云山的胸膛,"哇!"李云山嘴里喷出一股鲜血,倒在了韩伟的身旁。

韩伟扭头一看,马上抱起李云山呼救:"李云山,李云山……"

李云山淡淡地浮起一个笑容,断断续续地说:"团、团长,来世咱们还做兄弟。"

"好,我们说定了。"韩伟痛苦地说,"我们来世还做兄弟!"

李云山带着那一丝淡淡的微笑,合上了双眼。

李云山牺牲了,韩伟伸出手从李云山的脸上轻轻抚过,说:"好兄弟,你等着我,我给你报仇。"

说完,韩伟又端起那挺机枪向敌人扫去。

不远处的侯中辉手枪早已没了子弹,他捡起一把长枪继续射击,打完一支枪,又从牺牲的战友手中拿过一支枪继续射击。

其他战士也在顽强抵抗。重机枪和轻机枪子弹都打完了,张明达和郑亮华抄起身边牺牲的战士刚刚丢下的步枪开始射击敌人。

可是,敌军太多了,在退后就枪毙的吼声中,无数国民党士兵向阵地上冲过来——60米、50米,越来越近。

不少红军战士的子弹打完了,就用手榴弹猛地投向敌人。

"奶奶的!"韩伟把打完子弹的机枪扔了,又从背后抽出大刀,怒视着敌人,高喊,"上刺刀!"

打完了子弹的战士们马上将刺刀卡在枪上。

"杀呀!"韩伟带头从战壕里跳出来,大喝一声就迎着敌人冲去。

战士们也随之从战壕里一跃而起冲向敌人,无数的声音在阵地上响起:

"杀呀!杀呀!"

司号员吹起了冲锋号。

韩伟、周明亮、郑亮华、吴林东、唐荣顺……无数的红军战士从战壕里冲出来,与敌人展开了肉搏战。

韩伟迎着一名敌人砍去,敌人用枪一架,咔嚓一声,枪被大刀砍断,韩伟一脚把这名敌人踢倒,赶上去一刀毙命。

吴林东尽着警卫员的本分,他左手握着大刀,右手握着手枪紧紧跟在韩伟身后,保护着100团的最高指挥员。谁从身后靠近韩团长,吴林东就抡刀冲上去。

敌人一名团长看见韩伟冲锋在前,抬手朝韩伟打来。

"团长!"一名战士横冲过去,拿身体挡住子弹。

近身战使刀是韩伟的强项,只见他怒跳起来,抡刀就朝那名敌军团长直冲过去,对方又开了枪,韩伟一个翻滚闪开,揪住一个国民党伤兵挡了第二枪,便迅速将手中的大刀朝敌人掷过去,寒光飞闪,将敌军团长的胸口钉了个对穿。

张明达和郑亮华瞪着血红的眼,所向披靡,一刺刀一个敌人。拼杀中,郑亮华的左肩挨了一刀,但他好像感觉不到流血和疼痛,右手抡着刀还在顽强地砍杀敌人。

突然一名敌人将生病还没好的丁四海逼到一块巨石边,举手就想结果丁四海的性命,侯中辉冲过来一把将敌人的刺刀格开,但一直与侯中辉打成一团的敌人也刺出了一刀,这一刀来得太快了,直接扎在了侯中辉的肚子上。

侯中辉已经无法脱身了,他索性起身靠过去半步,反手一砍,就把这名握着刺刀还在发蒙的敌人刺了个透心凉。

侯中辉也满身是血地倒下了。

丁四海哭着扑到侯中辉身上,用手捂住正往外涌血的伤口。

敌人还在不断地拥上来,红军战士们努力拼杀,也一个个倒下。

2000多人的100团仅剩下40来人了,除了重伤的侯中辉,还有韩伟、周明亮、郑亮华、吴林东等几人了。

"抓活的领赏!"敌人大声呼喊。

"对,这是当官的,他打死了咱们团长,咱们要把他活捉。"敌人握着枪,举着刺刀靠近,想把红军战士们逼向绝路。

"我们不能让敌人活捉!"韩伟低声说。

"对,我们绝不能让敌人活捉!"战士们都做好了牺牲的准备。

砰砰砰砰砰……枪声从敌军的后方响起。

正为马上就要捕获共军头目而兴奋的国民党士兵们,马上慌成一团。

在数公里外的另一边大山里,陈树湘和程翠林的策略生效了,他们带着战士们筑战壕以待,将兴冲冲追来的孔荷宠打了个措手不及。等敌43师、44师闻讯而来时,又被埋伏好的红军迎头痛击了一回。正当两边都认为截住了陈树湘主力的时候,陈树湘却已带着人马悄悄从山腹攀上了山脊,又从敌人的背后袭了过来。

速战速决,不问输赢,打完就跑。

一时,山前山后,山峰山谷,远处近处都是枪声,34师主力是在山谷的战壕里,还是已经突围了?这反而给敌人造成了思维上的混乱。

围还是追?指挥官的选择决定一切。

掩护陈树湘34师主力突围的一个连战士全部牺牲了。

陈树湘带着同志们迅速转移,却在转移途中听到了前方的枪声。他看了看远处的高山剪影,心想,此刻能运动到这个位置的,应该是100团。

100团在渡河时牺牲太大,兵力已是34师最弱的了。

想到这里,陈树湘下令,同志们火速前进,接应韩伟。

100团倒下的重伤战士们看着从后方出现的陈树湘,简直如天兵天将来临,激动得泪花都闪出来了。

这里已是近仗,陈树湘挥舞着大刀带头冲了过去,一下子劈死了一名敌军官。但远处一名敌人也趁机向陈树湘射击,得亏陈树湘动作敏捷,砍完一人就迅速朝下一名敌人冲过去,因此那子弹打在了他刚站的位置。

陈树湘一抬手,左手开枪,一枪射中偷袭自己的敌人脑袋,让他脑袋开花了。程翠林也杀红了眼,但他的枪里也没子弹了,便从地上捡起敌人的步枪来朝敌人射击。

陈树湘和程翠林队伍来得快,来得猛,这么一来,敌人腹背受敌,马上就乱了套。

韩伟等人一见果然是陈树湘率部来到,信心倍增,马上又举起大刀大吼着反扑。

连续多天的战斗,韩伟毕竟已经伤痕累累,刚刚胳臂又中了一枪,因此他的大刀一举起来,痛得一抽筋,刀差一点掉在了地上。

陈树湘冲过来了,说:"老韩,给。"

说着,他护住韩伟,顺手就将刚从敌人手里夺得的一支手枪和子弹扔给了韩伟。

国民党士兵和共产党士兵的差别太明显了。共产党士兵打到只剩下自己一个了,还会顽强战斗,争取与敌人同归于尽,但国民党战士一见红军援兵到了,也不知道有多少人,一窝蜂地掉头就乱跑。

这股敌人死的死、伤的伤,一股脑儿开始向山下溃逃,红军战士们终于会合在一起了。

丁四海含着泪与郑亮华一起搀扶着受伤的侯中辉。

这场战斗下来,韩伟也虚脱得摇摇欲倒,陈树湘忍不住上前扶住了韩伟。

"老陈……"韩伟想问什么,但他又不忍心问。

"我们的人都在这里了。"陈树湘都不忍心具体说。

整个34师6000多人马离开江西,百分之八十都是他从闽西带过来的兵啊,一路不停地折损,特别近几天,更是每天都……现在,统共就剩下这600多号人了。

康美凤和护士正分别给侯中辉、郑亮华等人包扎伤口。

侯中辉的肚子上血肉模糊,康美凤正给他缠绷带,缠上去的绷带很快就湿透了,侯中辉痛得大汗淋漓,一名战士为他擦汗。

康美凤知道侯中辉已经没有办法医治了,但她还是强忍着难过:"侯政委,你要挺住。"

韩伟用牙齿和另一只手扯动绷带,坐在一旁的老兵周明亮赶紧过来帮助韩伟固定好受伤的右臂。

侯中辉被何红梅和康美凤搀扶着走过来,歪靠在一块石头上。

团长梅林和政委蔡中带领的102团,看到桂军43师、44师包围过来,眼见有被包饺子的危险,第一个先冲了出来。

梅林一咬牙,端起一挺机枪,大声吼道:"共产党员跟我上,冲啊!"

蔡中一见,也冲出战壕,拿着冲锋枪大声喊道:"冲啊!"

102团想杀出一条血路,掩护34师的其他同志冲出包围圈,一梭梭子弹打过来,梅林的胸部被击中了,鲜血流满了一地,英勇牺牲。

蔡中的子弹打光了,敌人冲过来,他拉响了手榴弹,与敌人同归于尽。

101团团长严凤才、政委杨一实也相继英勇牺牲。

"虽说我们师损失惨重,剩下不足700人。但我们有信心和力量,冲破敌人封锁线,追上我们的部队。"程翠林给大伙儿打气说。

陈树湘说:"敌人正在集结,会很快对我们围攻。事不宜迟,我们现在就组织起来,先突围出去。"

侯中辉虚弱地说:"给我两个班吧,我来掩护大家突围。"

大伙儿的目光投向歪坐在那儿的侯中辉。

韩伟走了过来说:"老侯,要留也是我留,我是团长。"

侯中辉咬了咬牙,倔强地想站起来,康美凤只好扶住他站起来。

"你是团长,100团不能没有你。我必须留下。"侯中辉故作淡然地说。

陈树湘制止道:"老侯,我还有其他任务交给你。康姐,你们把老侯和重伤员转移。"

"好!"康美凤应道,便有战士过来搀扶侯中辉。

侯中辉后退了半步,这一动,腹部的疼痛就让他有些支撑不住了。

侯中辉突然掏出枪顶在自己的太阳穴上,冲着陈树湘说:"师长,我这次要抗命了。你们必须让我留下来打最后这场阻击战,如果不肯让我留不下来,我就先走一步,不拖累战友们了。"

侯中辉说完,打开了保险。

"老侯……"大家忍不住惊呼。

侯中辉继续说道:"我家里兄弟多,有人照顾爹娘。我现在这情况,就是抬下山也活不到天黑。战死沙场是我的光荣。师长,任务交给我吧!"

所有人的目光都集中向陈树湘。

陈树湘盈着泪水缓缓地点了点头,说:"侯中辉带领一个连坚守主峰,掩护部队突围。"

侯中辉松了一口气,忍痛抬起右手,标准地敬礼:"是!"

"郑亮华、唐荣顺,你们留下!"陈树湘将目光留恋地放在这两位心爱的战士身上。

"是,保证完成任务。"郑亮华和唐荣顺异口同声地应声而答。

"同志们,尽最大能力打击敌人,尽最大可能保存自己,突围成功以后按原定计划赶到下一个集合点。"

"是!"郑亮华和唐荣顺带着战士们同声回答。

天天面对牺牲,无数的战友牺牲了,大家似乎都习惯了、麻木了。其实没有,这一刻,战士们的眼底里都是淡淡的泪光。但自己能不能活下去,目前都是个未知数。没人有时间悲伤。

战友在这里惜别,分别去执行不同的任务,这是一个全党全红军部队共同的任务。这是共同的梦想、共同的心愿、共同的奋斗目标,因此,大家的心将永远都在一起。

只要还有一口气,就要战斗下去。但红军战士们天天打仗,现在几乎弹尽粮绝,突出重重包围并不容易。

特务连连长张明达打开一条通道,陈树湘带着部队离开。

这时,敌人大量拥入。

侯中辉与郑亮华带着部队,埋伏在隐蔽处,等到敌人靠近才开枪。他们成功地牵制住了敌人,但因子弹打光了,最后全部牺牲。

程翠林带着队伍突围。他知道,只有冲出去才有活路。他是跟随毛泽东上井冈山的老战士,在关键时刻,他一定会将生的机会让给年轻的红军战士。他组织一次次冲锋,又一次次被压制着。

眼看着敌人冲到了电台中心,程翠林隐蔽在一棵樟树后面,借着树干的掩护,向敌人开枪,接连消灭了几个敌人。

敌人发现了程翠林,集中火力向他开火。一颗子弹飞过来,打中他的胸部,顿时鲜血直流。

程翠林扣动扳机,将射击他的敌人一枪打死,想挪动身子转移,这时他已经站不稳了,重重地摔在地上。

不远处的陈树湘一见,急忙跑过去扶着他,关心地叫道:"老程!"

程翠林脸色苍白,用手压着胸口的伤口。

敌人打过来了,再不走就没法离开了。

陈树湘背起程翠林,在韩伟等人的掩护下边打边撤。

红军战士们警惕地在河谷中撤退,涓涓的溪水浸湿战士们的草鞋,鲜血染红了溪水。

程翠林声音微弱地说:"老陈,放我下来,我有话说。"

陈树湘把程翠林放了下来,让他背靠着一棵大树,战士们在四周警戒。

程翠林伤势重,说话声音也微弱,他对陈树湘说:

"老陈,你一定要带着同志们突围出去。咱们34师不能丢了番号。过不了湘江,到湘南大山里打游击,找到合适的机会再去跟大部队会合。"

陈树湘紧紧握住他的手,点了点头,轻声回应道:

"老程,你放心,我们34师是毛主席、朱总司令亲自创建的,番号肯定丢不了。"

听了这话,程翠林微笑着,疲倦地闭上了眼睛,缓缓地垂下头,停止了呼吸。

陈树湘用手摇着程翠林,急切地叫道:"老程,你醒醒!"

程翠林比陈树湘年轻两岁,是湖南浏阳人,跟陈树湘是湖南老乡。程翠林跟随毛泽东参加秋收起义,参加过开辟井冈山革命根据地的斗争和中央苏区第一、二、三、四次反"围剿"战争。

1933年3月,程翠林调任红十二军34师102团政委。同年夏,调任红五军团34师政治部主任,并随红军东方军参加入闽作战。同年底,升任红34师政委。陈树湘跟程翠林是多年亲密的战友，也是34师师班子最好的搭档。

陈树湘抱着程翠林，流着眼泪想叫醒他，但程翠林太累了，永远地睡着了。

战士们看到这一幕，都呜呜地哭着，流着悲伤的泪水。

敌人不断从四面八方拥来，枪声也从四面八方响起。英勇的红军战士与敌人拼杀。由于敌人的人数超过1万人，占绝对优势，而且都是桂军的正规部队，曾在文塘镇压过瑶民起义，地形熟悉，迅速对34师形成了包围之势。红军腹背受敌，受到了前所未有的损失。

陈树湘擦干眼泪，亲自把亲爱的战友程翠林掩埋在了溪谷旁的一棵高大的松树下。陈树湘摘下军帽敬礼，战士们也都摘下军帽敬礼！

到处是枪声，到处是尸体，到处是鲜血。

来不及打扫战场，也来不及为亲爱的战友善后，陈树湘一声令下，34师余部撤出战场，撕开一条血路，迅速突围。

陈树湘带着34师余部400多人,重新登上观音山,夜宿洪水箐。陈树湘看到身边的战友一个个牺牲,他一个大男人偷偷地哭了。在观音山上的洪水箐,陈树湘坚决留下来掩护。韩伟第一次违背师长的指示,要求留下来掩护部队撤离。

昨天下午全州安和镇文塘村黄陡坡一仗,34师被桂军43师、44师及民团围住,程翠林、蔡忠、侯中辉、梅林等师团干部英勇牺牲,红军战士损失近2000人。

陈树湘全身血淋淋的,身上的小创伤到处都是,但更多的是敌人的血和牺牲的战士们的鲜血。是的,活下来的战士几乎都是血淋淋的,不是自己的血,就是战友的血,还有敌人的血。余部经过激烈的战斗突围出去。

文塘黄陡坡一仗,34师元气大伤。

陈树湘清点人数,34师只有400多人了。

部队里的伤员多起来,断胳膊断腿的战士也多起来。战士们轻伤的扶着重伤员走,没有伤痛的背着枪炮走。他们一步一步往前走。

伤员王中扬被打断了腿,走不动。他咬着牙关,在地上爬着。他的同村战友王强去扶他,他坚决不肯。看到部队的战友为了他而耽误了急行军,他掏出枪向自己开枪。

王中扬大声恳求道:"你们走,不要管我。"

王强劝他道:"中扬哥,我们一起参军,一起回家。"

王中扬笑起来,大声说:"为苏维埃流尽最后一滴血。你回去告诉我妈,我没有尽孝,对不起!"

王强说:"中扬哥,我们走!"王强想走过去拉王中扬。

突然砰的一声枪响,王中扬用手枪结束了自己的性命。

鲜血从王中扬的头部流出来,鲜红的血滴在大地上。

王强扶着王中扬痛哭着:"中扬哥,我们为你报仇!"战友们望着王中扬,流下了泪水,一边摘下帽子敬礼,一边转移离开。

特务连连长张明达端着机枪带着何青松跑了过来。

何青松现在的心态与从前不一样了。他无牵无挂,家里就剩下他一个了。父母和乡亲们都死得憋屈,但那算是白死了。身边的战友们虽然在不断牺牲,但都是死在奋力拼杀中。每个人都在拼命战斗,希望能尽量多干掉一个敌人。这样的牺牲,够本,值得,光荣。

如果同样是生,能自由幸福而生;如果同样是死,为国家和民族而死。死,并没什么可怕的,战士们都不愿意委屈憋气地活着,宁可战斗而死。

张明达气喘吁吁地说:"师长,前边石塘、三湾井发现大批桂军和湘军集结。"

敌人围困万千重,突围或者阻击,那都是和登天一样难的任务。

兵分两路之后,陈树湘带着101团余下的战士们阻击、撤退,不断地被国民党部队围追堵截,红军战士们吃不上还睡不稳,每天都数次与国民党部队交火,每次交火都有战士牺牲。

怎么样才能在这大山里甩开数十万国民党部队的追击呢?如何实现真正意义上的突围,让34师剩下的战士们能找到一个安全的地方先躲起来?

难,太难了!

傍晚时分,34师重新登上观音山,夜宿洪水箐。

陈树湘的34师两次到达观音山的洪水箐,两次情况大不一样。

第一次在11月30日夜,当时34师拥有4800多人,夜宿老百姓家或野外宿营,到处都是红军战士。而现在,陈树湘的34师只有400余人,师团以上的领导仅剩下了陈树湘、王光道和韩伟。

陈树湘一个人走到山上,看到满山的青枝绿叶,雾海连绵,想到自己的战友一个个牺牲,想到红34师的处境,满心悲伤。七尺男儿禁不住拍打着粗糙的树干,泪流满面。他不是为自己痛心,而是为34师所有牺牲的战士,以及暂时还活着的战士痛心。34师不怕牺牲,却不愿意就这样牺牲,他们想战斗,一直战斗到胜利。他带出了数千人,能看见胜利的有几人呢?

泪水打湿了他的脸,打湿了他的衣襟,他抬起手,擦掉泪水,吞下口中的苦水,咬咬牙,发誓一定要带这支队伍突围出去。哪怕只留下一个人,也不能让红34师的旗帜倒下。

国民党的部队也有大量熟悉地形的本地士兵,最主要的是民团到处搜查,想抓到红军去领赏,已经围着34师出现过的区域布下了天罗地网。

广西全州、灌县的桂军和民团,像一群饥饿的狼,每天都在山里转悠,见到红军就追、就打、就抓。

陈树湘在大山里,好不容易找到一个破庙作为临时指挥所和休息地,跑了几天路的战士们正在休息。

突然,天空轰鸣,有敌机掠过,即使没看到什么目标,敌机也会将颗颗炸弹扔下来。战士们赶紧隐蔽,否则被敌机看到山林里有动静,便可能将此处炸成焦土。

轰的一声,只见破庙发出哗啦啦的声音,不一会儿,四个角倒塌了。所有的人都被倒下的房顶压在下面。陈树湘很快躲到了墙边的一张桌子下面,正好躲过了一根倒下来的横梁。他赶紧从废墟中爬起来,召集队伍:

"同志们,快起来呀,快起来!这里危险,赶紧离开这里。"

这时,第一个从木头堆里爬起来的是通信员小马。他抖了一下身上的泥土,从缝隙中将电台拿出来。

陈树湘一见立即问:"小马,电台怎么样?"

小马拉着天线说:"不知道啊,不知道坏了没有,我看看。"

小马在摆弄着电台,其他的同志也纷纷从废墟里的木料中爬起来,骂道:"他妈的,这个炸弹不长眼睛,怎么炸到我们这里来了。"

这时,陈树湘听到外面有激烈的枪战声。

34师剩下的战士虽然不多了,但在休息时仍旧是分散隐蔽休息的,就是怕被敌人围上,给一锅端了。

对面山头开火了,陈树湘小声地说:"大家小心!"说着,自己第一个冲了出去,并很快躲到一个弹坑里,先埋伏起来,避免被飞机发现。他拿出望远镜,看着对面的山头,红军战士正和敌人进行着激烈的战斗。

但这不是国民党的正规军,而是群恶狼一样的民团。民团派出了许多人,但真正与红军战士遇见的时候很少。被白崇禧打电话痛骂了几通,说民团出工不出力,没有全力参加"追剿"之后,民团也开始四处打探红军动静,但凡盯上就会死咬着不放。

陈树湘带领着队伍,几次想甩开这群饿狼,都没有成功。

小马背着电台走过来,小声说:"师长,我们的电台没有被炸坏,还是好的,有信号。"

陈树湘没有看小马,他听见了,此刻他正在用望远镜看着对面的战斗,口里对小马说:"你快隐蔽起来,这里很危险。"

这时,又是一阵急促的枪炮声。

经过这些天的战斗,陈树湘已经意识到了,敌人对红军的战斗模式非常熟悉,在这样的情形之下,他该如何保存34师的将士,并出其不意地给予敌人打击呢?

红军战士们从根据地出来以后,经历的都是缺吃少穿,幕天席地,烈日苦雨,一路长途征战的生活。面对国民党部队的疯狂"围剿",兵员损失严重。

陈树湘听到对面山上的民团大声地说:"这里红军太多了,我们团长、团副、营长都打没了,我们还打个屁啊,先撤!反正我们打不过红军,让我往死里打,我还不如回家不干了呢,赶快撤。"

"赶紧撤,赶紧撤,我们回去。"民团越来越多的叫嚷响起来,开始撤离战场。

民团若殊死抵抗,这场战斗还要打一阵子,但红军战士的子弹已经越来越少了,不如放开一个口子让民团走。

这也是民团团丁们刚才大声嚷嚷的目的之一:我们不想打了,谁爱打谁打去吧。

一时间,两边的枪声都自动停了。又过了几分钟,民团的人总算觉得不会被偷袭了,这才从藏身的树后出来,扶着轻伤员,背着重伤员,又抬上了团长的尸体,顺山道往山外走去。带上了民团团长的尸体,他们总算可以回去交差了,这能证明他们对红军的围截是有大贡献的,从而将他们是逃兵的事实隐瞒下来。

拿饷银是为了吃饭,首先得把吃饭的家伙留在脖子上啊。

民团一走,没有了枪炮声,四周一下子安静下来。

陈树湘用望远镜看了看,没有动静,这才跟小马说:"走,我们去找我们的部队。"

陈树湘和小马从山的这边走过去。走到山脚时,山下到处都是红军的尸体。战士们英勇顽强,牺牲时都保持着战斗的姿态。陈树湘用手一个个地摸摸战士们的脸,眼泪如断了线的珠子一样滚落下来。这一仗,红军伤亡很大。

小马骂道:"这些民团,跟疯狗一样,总是盯着我们不放。我们就不应该放过他们!"

警卫员海子瞧了小马一眼,示意他不要再说这些话了。小马抬头看了身旁的陈树湘一眼,那张满是疲惫和坚毅的脸,也透着满满的无奈和伤痛。

"去吧!"陈树湘示意了海子一下,也没明说是要去干啥,但海子却知道师长的意思,于是站起来召集队伍:"同志们,咱们报个数,赶紧给伤员包扎一下,清点还有多少战士!"

周明亮等十多个战士从灰土里面爬出来,抖抖身上的灰尘,说:"团长,我们在呢。"

显然,韩伟并不满足于只有这些战士活着,他问道:"还有吗?"

山,死一般的寂静,只听得山风吹过树林的声音。

海子见没有人再答应,他跪下来,用拳头使劲地打着大地,伤心地说:"还我战友,还我战友!"

韩伟红着眼走过去,拉起海子,安慰说:"我们一定会为战友报仇!战友们的血不会白流!"

战士们都流着眼泪。眼泪和鲜血洒满了这茫茫林海。

只有这山中的一草一木能感受到红军的艰苦与忠诚。

这时,周明亮大声问道:"团长,我们现在该往哪里走啊?"

韩伟回答说:"我们就留在湘南大山里,打游击。"

陈树湘站在一个树桩上说:"同志们,大家坐下来,我们开一个会。"

大家安静下来,坐好。

陈树湘说:"我们这支部队,是英雄的部队;我们的同志,是英勇的同志!我们能战胜一切困难和险阻!"

王光道走过来大声说:"师长,现在我们该怎么走?敌人不会放过我们的,我们还有机会过湘江吗?"

陈树湘站起来,说:"渡过湘江已经完全不可能了,我们突围到湘南打游击,为苏维埃流尽最后一滴血。"

王光道沉思着说:"我们现在孤军作战,无援无助,但我们也不能等死,必须想办法离开这里,保存火种。"

韩伟沉思了片刻,接过话题说:"我们在这个鬼地方,进也难,退也难,吃了大亏,牺牲了很多战友,我们一定要走出去。我们是英勇的战士,我们什么都不怕。敌人想消灭我们,我们与他们拼了!"

陈树湘一听,赶紧说:"拼,不可取,必须想办法离开这里。小马,你赶紧与中央联系,问问首长,我们下一步怎么行动。是否按计划就地留下打游击?"

小马坐下来赶紧拉开电台的天线。

"敌人围追堵截,我们的子弹不够,兵力也不够打。34师的建制早就打散了,现在我们34师的人全部在这里了,重新分配一下任务。"陈树湘对王光道和韩伟道,"我带101团的余部做最后的掩护,你们带剩下的人赶紧走,就去湘南打游击。"

韩伟一听,第一次拒绝了师长的命令:"你是师长,只要你还在,这个师就在,我带100团剩下的人做掩护,你们率领师机关和101、102团赶快突围出去。"

王光道也在说:"是呀,你是师长,34师不能没有你!"

"由韩伟指挥100团做掩护,我们尽快突围。"陈树湘沉思后立即决定。

为了掩护师部突围和转移,韩伟将不足一个营的兵力分成三个连,重新任命连、排长。由团长韩伟和2营营长侯德奎指挥。

韩伟带领队伍,进入阵地做掩护。

陈树湘则带领300多人,迅速突围。

陈树湘带领34师与广西地主武装进行战斗。韩伟带着不到一个营的兵力做掩护。34师没有了电台,不能与中革军委取得联系,但陈树湘心中有信仰,行动有方向。

大地刚刚苏醒,战士们又被敌人的枪声催醒了。

陈树湘带着队伍向前进。

前面警戒的战士来报,在洪水箐的左前方,有一股地主武装来犯。

洪水箐的老人说:"一定是伍明勋、易生玉组织的人马,这些地主武装特别凶残。"

陈树湘赶紧命令说:"不管是什么武装,只要是敌人,都是凶残的!同志们,做好战斗准备!"

战士们听到枪声后都已经躲到相应的地方,观察着敌人的动向。他们隐蔽在树林里,仔细听着敌人的脚步声。

韩伟带着战士们在原地打掩护殿后。他们建筑了工事,等待敌人的到来。

这时,侦察员来报,敌人很快进入包围圈。

韩伟向战士们打起手势,战士们会意,很快埋伏到指定的位置。

这时,敌人在不知不觉中进入了包围圈。

战士们看到敌人都进入了包围圈,又看到韩伟做了一个手势,做好了一切准备。战士们瞄准着,手放在枪的扳机上。

韩伟突然大声地叫道:"打!"

战士们瞄准敌人开枪,敌人一个个倒下。

但敌人十分狡猾,看到红军开枪了,并没有与红军死拼,而是一转眼,都躲进了树林中,看不到了。

战士们追出去,但不到二十米,又响起了枪声。

红军战士被敌人的冷枪打中,好几个红军战士受伤,有的牺牲了。

韩伟大声叫道:"停止追击!"

战士们都返回来,没想到的是,敌人也跟着追过来了。

一阵阵枪声又响起来。

韩伟看到陈树湘带着队伍离开了,走得很远了,才从后面赶过来,大声说:"咱们快走!"

大家赶紧站起来,向对面的山林跑去。

又是一阵阵枪声。

韩伟看到身边的战友一个个倒下了,他大声吼道:"停下,停下!"

战士们一听,都停下来。

韩伟小声说:"隐蔽,打他一个埋伏!"

十几个战士埋伏在草丛里,眼睛盯着前方。

敌人一步步追上来了,越来越近了。

韩伟大声说:"打!"

一声令下,战士们的枪声怒吼一般响起来。

走在前面的敌人应声倒下。

韩伟边打边说:"打得好!"

敌人见跑在前面的人都被打死了,他们猫在隐蔽的地方,你推我我推你,不敢上前送死。

战士们等在一旁,等到敌人又向前了,向敌人投了几颗手榴弹。随着手榴弹的爆炸声,韩伟一行赶紧撤离。

陈树湘带领战士们突围,算算也走了一个多时辰,以为离敌人越来越远,危险越来越小,但侦察兵来报,在正前方发现了敌人。

此刻,敌人应该也发现红军的踪迹了。

就这样,敌我双方都迅速躲到树林里,侧耳倾听对方的声音。

山弯弯,路弯弯,视角有限,很多危险的靠近是看不到的,甚至听也不一定能听到。也许敌人走路的声音会比猫走路的声音还小呢。

对方会不会突然出现在眼前?

双方都不敢出动,都处于担心、猜测和相持阶段。

敌人隐蔽着,红军战士也隐蔽着。

山风呼啸着,大地又归于平静。

陈树湘想,敌人是本地地主武装,对地形比较熟悉,绝不可能只是隐蔽着不做什么动作。如果再继续等下去,吃亏的是红军战士。

这时,王光道走过来,小声地说:"老陈,我们得想办法冲出去。"

陈树湘点点头,正想着要冲出去时,突然一阵大炮声从山下传来,只见一颗颗炮弹在红军的队伍里炸响。

"快,隐蔽!"陈树湘大声喊道。

侦察员跑过来大声说:"师长,山下发现大量敌人!"

陈树湘大声问道:"多少人?"

侦察员大声说:"往山下看,黑压压很长的队伍,至少几百号人,像是民团!"

王光道大声骂道:"他妈的,打!"

张明达跑过来,大声说:"我们跟他们拼了!"

陈树湘叫住张明达,说:"不能硬拼,边打边撤!"

何青松站在张明达后面,大声说:"这些地主,可恨!我冲进去!"

陈树湘劝道:"我们边打边撤!"

地主武装又向红军发起了冲锋,他们用土话大声叫道:

"你们快投降吧,已经没有退路了!"

"抓活的,重重有赏!"

陈树湘指挥着红军战士,赶紧撤到山腰上。

敌人穷追不舍,枪声一直没有停止。

康美凤带着护士见到受伤的红军战士就停下来施救,可是,她们没有了药,也没有了消毒的酒精,甚至连纱布也没有。她们只能看着一个个战士倒下,失去了宝贵的生命。

何红梅看到红军战士一个个牺牲,哭着摇动着战士的身躯,大声叫道:"兄弟,兄弟,你醒醒!"

何红梅将红军战士的脸擦洗干净,看到一张张年轻的脸,又忍不住哭了。

敌人的炮火一直追着不放,红军的伤亡越来越大。

王光道见到红军牺牲的战士越来越多,对陈树湘说:"老陈,我们必须想办法突围!"

陈树湘正要说话,一颗子弹打过来,打中了王光道的手臂。

王光道哎哟一声倒在地上。

陈树湘一见,赶紧弯下腰扶起王光道,说:"光道,你……"

这时,敌人冲上来了,大声喊道:"快投降,你们没有退路了!"

两个战士跑过来,大声说:"敌人冲过来了!"

陈树湘蹲下来,撕下自己的衣服,把王光道的手臂一扎,拉着王光道,大声说:"走!"

王光道边跑边说:"小心小心!"

陈树湘与王光道像坐滑滑车一样,从山腰滑下来。

红军边打边撤,从山腰往下走,来到了山谷。

一条山溪水哗啦啦地流着,战士们来到小溪边,赶紧用手捧着水喝起来。战士们打了半天仗,没有吃饭,也没有喝水,他们肚子饿了,口干了,可是没有人叫苦叫累,都是团结一心对付敌人。

陈树湘将王光道放在一个坡上,大声叫道:"康姐!"

康美凤背着药箱跑过来,看见参谋长王光道的手臂流着血,赶紧放下药箱急救。没有了药,也没有了消毒的酒精,只有一些药棉。

康美凤将扎在伤口的衣带解下来,一看伤口就知道是子弹打进了手臂里,但现在根本没办法将子弹取出来。

王光道紧咬着牙关忍着剧痛,催促康美凤随便包扎一下就好,他还要继续战斗呢。康美凤便从自己的衣裳上撕下了一条布,将淌血的手臂缠了缠,简单包扎了一下。

黄昏降临,天色暗淡。

陈树湘借着夜色,带着101团、102团剩下的战士突围到达龙母坝集中。

陈树湘指示,尽快用无线电联系军委。

周恩来副主席在塘洞地域回电说:现在你们已无法渡过湘江,只好返回湘南打游击,发展壮大自己。

正在同志们撤退时,突然,一记冷枪打来,小马中弹了。

小马身上的电台随着他一起砸在大地上,发出嗵的一声。

大家赶紧跑过来,只见小马睁着眼睛,口里喷出鲜血。

战士们马上将那个打冷枪的敌人击毙。

陈树湘赶紧走过去,半抱起小马说:"小马,你醒醒。"

小马没有回答,他的眼泪流下来,和着血水落在陈树湘的手上。

廖仁和走过去,看到了这一幕,说:"小马牺牲了。"

陈树湘大声叫道:"小马,小马!"

"电台是好的吗?"陈树湘转过脸问,"快看看!"

廖仁和把电台从小马的身上取下来一看,电台已经稀巴烂了。

"电台坏了,怎么办呢?"

"情况危急,赶紧离开这里。"

这时,张明达跑过来,报告陈树湘说:"师长,我们被包围了,四面都是敌人。"

陈树湘站起来大叫一声说:"同志们,准备战斗。为小马报仇!"

这时,山林里响起了激烈的枪炮声。敌人一批批地冲上来,又一批批被火力压下去。英勇的红军战士用自己的鲜血染红了这一片山林。

红军的队伍越来越小,情况越来越严峻。

陈树湘突然大声说:"向东突围,向东突围。"

红军战士们没有了电台,孤军作战,陈树湘指挥集中火力向东突破,带领红34师余部按照中央的指示,希望能在湘南大山的掩护下,摆脱敌人追击,隐蔽起来,休养生息,重整旗鼓,继续与敌人战斗。

**34 师余部被广西民团围攻，红军战士英勇还击。韩伟带领不足一个营的兵力殿后，终因寡不敌众，韩伟纵身跳崖。**

连续的阴雨天，嚼树皮草叶度日的红军战士们又冷又饿又疲乏，每一天都是战斗和突围，无论官兵，人人都无比艰苦。人人都猜到了最后的结局——如果敌军不主动撤退，如果没有救援，他们将在短时间内在与敌人的拼杀中牺牲。

34 师在全州以南的洪水箐遭敌围攻，激战一整天后，损失惨重。

韩伟率领 100 团剩下的不足一个营的战士打掩护，在大江源与敌人决一死战。

正当陈树湘带着 34 师仅剩的人员准备突围时，桂敌 43 师一部发起了进攻。面对疯狂的敌人，陈树湘带着余部立即突围，不错失时机，分两路向大山深处推进。

这时，包括伤员在内，34 师的原 6000 多名子弟，现在不足 400 人了。

一路是师直机关和 101、102 团的余部 300 多人，由陈树湘和王光道率领从江塘经永安关进入湘南道县的大岩村；

一路是 100 团余部，不足一个营的兵力，在团长韩伟、二营营长侯德奎指挥下殿后，掩护师部突围。

可是,韩伟带领战士们到达大江源时,又遭地方民团武装的袭击,经一场恶战,仅剩30多人,并与陈树湘带领的部队完全失散了。

此时,国民党军也顺着地面新留下的痕迹在慢慢搜索,但此处连日无雨,路面硬,红军战士们留下的痕迹并不多。直到有人报告,看到了树上有几处血印子。

"他们一定藏在山上了,兄弟们仔细搜,一处都别放过……"

话音未落,就听到了密集的枪声,十几名国民党士兵倒下了。

"快,隐蔽!准备反击,抓到一个'共匪'赏一百块大洋!"

说着,国民党官兵们就利用树木和岩石做掩体,准备反攻。

"打完一轮就走!"

韩伟早就交代战士们,子弹有限,不能拼光。

一阵枪声过后,他喊了一声:"撤!"

所有战士马上就转身,向一处河谷跑去。

国民党官兵刚刚隐蔽好,正准备射击呢,就发现红军战士们已经跑出了射程。没有办法,他们只好赶紧从隐蔽处出来,紧跟在红军战士的后边喊叫着追了过来。

红军战士跑得快。

国民党官员追得也不慢。

韩伟预计先撤到河谷边隐蔽,就地阻击敌人,但他们刚蹚过小溪进入树林,国民党士兵就追过来了。

"兄弟们,捉到一个赏一百块大洋,打死一个赏五十块大洋！快,冲啊！"

国民党士兵一进入射程,战士们就开枪了。

"同志们,打！"

韩伟奔到一块巨石后,一转身就伏到了巨石上,朝国民党追兵开枪,以掩护跑在后面的战士进树林。

一名战士刚上岸就中弹了,他背心中弹,一头栽在溪水里,殷红的鲜血迅速把溪水染红。

战士秦勇是从福建出来的老兵,他早就受了伤,但还是抱着周明亮前几天从国民党士兵手中夺来的机枪跑在队伍后头。眼看自己来不及跑进树林,他便就着河边的一块石头架起了机枪,对着身后追过来的国民党士兵就是一梭子扫过去,冲在前头的几人纷纷中弹倒下了。抢来的子弹只有一箱,打了几天已经所剩不多,他还想继续射击,发现子弹已经没有了。

机枪哑了火,韩伟心里一惊,马上朝敌人开枪,同时叫道:"秦勇,快撤！"

火力不对等,韩伟的射击根本压不住国民党士兵的射击。

秦勇刚跑到韩伟隐蔽的巨石旁边,一颗子弹就打入了他的胸膛,秦勇闷哼了一声,身体晃了几晃,但他还是朝韩伟喊道:"韩团长,你们快走！"

秦勇与韩伟也是多年相伴的兄弟了,这时看见秦勇胸口处血花喷射,想冲过去救他,却心有余而力不足。

"团长,你们快走！"秦勇又喊了一声,干脆扔掉了手中的机枪,从腰里拽出一颗手榴弹,拔了保险转身就向敌人堆里投去。

轰！国民党士兵一下被炸倒几个,瞬间大乱。

就这几秒的工夫,韩伟从巨石后冲了出来,一把扶住秦勇。

秦勇却挣脱了,说:"团长,别管我,快走!"

秦勇说完,嘴里喷出一大口血来,一头栽倒在地上。

"走,快撤!"

韩伟咬了咬牙,带着剩余的十几名红军战士向树林深处撤退。

穿过树林,翻过山脊,身后是一座更高的山。

"同志们,突围出去,找地方潜伏下来,能融入群众之中去是最好的,一定要保存自己。等安全了再想办法找部队,找党组织。"韩伟向战友们说道,"只有最后十几颗手榴弹了,大家分了吧。"

说着,韩伟让宋仁良将剩下的手榴弹分给战友们。然后将二十多名战士分成两拨,一拨由第3营政委胡文轩带着横穿山林,而自己带着5连的通信员肖松柏、李金闪等八九名战士飞快地撤退。

敌人也分成了两拨分头追来。有赏金鼓劲,国民党士兵憋足了劲咬着韩伟等人追了过来。

山路崎岖,山林密布,山石凌乱,韩伟和战士们在这陌生的山林里奔走,无意中跑向了轿顶山的山顶。

身后是敌人,眼前没有去路。

100多名国民党士兵,呈扇形围了上来。

韩伟和战友们打光了所有的子弹,手榴弹也扔完了,只好拔出刺刀来与国民党官兵死拼。

国民党军官一见这架势就兴奋起来:"'共匪'没子弹啦。

兄弟们,抓活的,捉到大官赏一千块大洋。"

"活的?门都没有!"韩伟咬着牙吼道。说着,他便与战友们肩并肩站成了一排,做好与敌人拼杀的准备。

红军不怕死,国民党士兵却怕死,他们慢慢地靠拢,不开枪,却也不愿意先冲上去做刀下亡魂。

看这阵势,只有先冲出去了,能够砍死几个也好。

"同志们,"韩伟大喝一声,"为苏维埃流尽最后一滴血,咱们跟敌人拼了!"

韩伟率先冲入敌群,周明亮等几名战士也同时冲了上去。

红军战士们抡起大刀就砍,正在想着要如何活捉"共匪"的国民党士兵一下子就蒙了,等红军几步冲来了,再开枪已经来不及了,于是碰上刀锋的敌人们顿时鬼哭狼嚎。

周明亮、肖松柏、李金闪也杀红了眼,做好了多砍几个敌人,然后与敌人同归于尽的准备。

国民党士兵开枪了,也有拿刺刀冲上来的。

红军战士们一个一个倒下,周明亮也被敌人刺了一刀。站在周明亮一侧的韩伟抡刀护住周明亮,举手就将那名敌人的脑袋劈了下来。

远远躲着的敌连长心想是难以捉到活"共匪"了,于是拔出枪,一枪打在韩伟的右肩膀上。

韩伟动作一顿,瞅了一眼自己的右肩,肩膀上血流如注,已经不能挥刀了。

敌连长心里一喜,又喊道:"捉活的!"

枪声停了。

241

敌人在慢慢缩小包围圈,朝韩伟、周明亮和仅剩的三名战士围过来。

韩伟朝身后看了看,后边是深不见底的悬崖。

"同志们,我们绝不能当俘虏。"韩伟低声说。

"对的,咱们绝不能当俘虏。"周明亮也说。

李金闪点了点头,说:"团长,我们谁都不能被这帮畜生抓到!"

眼看着敌人端着枪步步逼近,韩伟、周明亮、李金闪等人也已经退到了悬崖边缘,再无退路了。

这时,一个国民党士兵向李金闪冲过来,李金闪用枪托将其打倒。但倒在地上的国民党士兵并没有晕倒,他从地上一跃而起,与李金闪打斗起来。

敌连长这时候才从后面走到前头来,得意扬扬地冲韩伟说:"你们已经没路走了,快投降吧!投降就不用饿着肚皮到处逃了。我知道你,你是100团的团长。虽然你现在没兵了,但你还是大官呢。只要投降,你今天就能享受到最好的生活,吃肉、喝酒、睡软乎乎的床……"

看着敌人叽叽呱呱动个不停的嘴,韩伟只恨不能杀他个片甲不留。他扭脸看了看身边的几名战友,大家都紧咬着牙关。

啪,啪,敌连长为了威胁,举枪对着韩伟身边的两名战士的大腿各开了一枪,两名战士咬着牙互相搀扶着,并没有倒下。

李金闪的腿部受了伤,他死抱着敌人不放,双双从悬崖上滚落而下。只听见李金闪大声说:"为苏维埃流尽最后一滴血!"

敌连长见韩伟等人并不说话,以为他们表面死扛着,其实心里想投降了,于是扬扬手中的枪,示意身后的士兵上去将韩伟等人绑了。

"他娘的,为什么让我们去绑?"这几名士兵心里嘀咕着,将长枪往肩上一挎,就朝韩伟等人走过去。其实他们心里也有足够的提防,但他们的提防却没起到作用,刚刚走到离韩伟二尺开外,就听韩伟突然暴喝一声,身子一探,伸出左手一拽一带一推,就将那名士兵推向了身后的山崖。

另一名士兵一见不妙,转身要逃,但已经来不及了,于是冲上去从侧边抱住了韩伟,没想到韩伟身边的周明亮突然拔出短刀,反手一刀戳在了敌人腰部。

三名战士都与敌人扭打在了一起,拽着敌人一起滚落下山崖。

周明亮手持短刀疯狂地向敌连长扑过去,敌连长身前还有两三名士兵呢,因此他有恃无恐,但没想到周明亮的短刀如此厉害,他身前的几名士兵一闪身就退开了,反而将他暴露在了周明亮的短刀下。

一名副官抬腿就朝周明亮踹过来,周明亮持刀的手一挡,短刀飞了。周明亮二话不说,一把钳住敌连长就朝地上掼,两人扭打在了一起。那名副官还想开枪,又怕打着连长,于是从旁边的士兵手中夺过一把刺刀就冲了上来。

周明亮腿上又挨了一刀。

无论如何也要拉上一名敌人垫棺材,勇敢的周明亮杀红了眼,他感觉不到痛,也感觉不到四周的敌人,死扣着敌连长一撑就半站起身来,把他拽到了悬崖边。

砰的一声,又有一枪打在了周明亮的手臂上。

周明亮扭脸朝韩伟大喊了一声:"团长,我先走一步啦!"

说着,周明亮抱着敌连长就朝两米外的悬崖奔了过去。

敌连长想单手抓住悬崖边的一棵小树,但到底顶不住周明亮的力量,还是被拽着一同坠落了山崖。

最后一名战士丁四海也挨了几枪,身受重伤,倒在了悬崖边。

"连长没了!"一名排长叫道,"咱们能捉一个活'共匪'回去也好交差。兄弟们,等他们打个半死咱们再靠近。"

这时候,整个山顶上就只剩下韩伟和丁四海两人了,看来敌人想捉活的。

敌人不靠近,他也没办法杀死更多的敌人了。

韩伟拼完了子弹,拼光了身上所有的力气,扭头看了看身后,突然掏出最后一颗手榴弹,朝猝不及防的敌人扔了过去,轰的一声巨响,韩伟一转身,纵身就朝悬崖跳了下去。

侥幸未死的小排长垂头丧气地朝左右看了看,决定将身受重伤的这名红军战士给绑回去,于是合成包围圈朝丁四海走过去。

丁四海手上无枪,也无刀,可他看着韩团长等人都跳了崖,也拿定了主意不想做俘虏,见敌人靠拢来,他呵呵笑了两声,猛地朝旁边一块岩石撞了过去。

就在所有人都以为红34师无一人生还的很多年以后,人们才知道韩伟当年从轿顶山跳崖,中间被树枝拦了几次,并没有被直接摔死,而是受了重伤,被上山采草药的王本生救起。

王本生救下了韩伟,将他乔装成打柴的山民,逃过了敌人的搜捕。在韩伟养好了身体之后,他设法打听红军的去向,并踏上了继续寻找党组织的征途。

**陈树湘带着这支 300 多人的队伍在大山里转来转去。这是两省的边界，谁也说不出上一个时辰是在哪省境内。直到他们朝道县空树岩村方向前进，在都庞岭上巧遇一位老猎人……**

**而那时，何湘也带着他的道县保安团奉命到大山里参与地毯式搜查。**

陈树湘的 34 师还剩下 300 来人，已经不足出发时的零头了。

陈树湘带着这支队伍，从广西翻越都庞岭，向湖南道县仙子脚乡空树岩村方向前进。

在山连山、一山更比一山高的森林腹地，放眼都是五彩斑斓的颜色，是银杏叶的金色，是枫树的红色，是板栗枝上铁锈一般的颜色，是浮着雾霭的紫色，是天空的蓝色和纤云的白色……但深山里更多的还是绿色，有竹叶的枯绿、野橘的翠绿，还有无数叫不出名字的植物在这时节里还青郁着，生机满满。

在这深秋与初冬相连的时段里，南方和北方有着巨大的差别，比如有的年头这时候已经下了一场大雪，有的时候却只下过一场薄雪。

对于"留在湘南大山里打游击"的这些每天都在多次"突

围"的红军来说,天气晴朗、不下雪,那简直就是老天恩赐的好天气。否则一场几小时的鹅毛大雪就可能积雪一尺厚,让人寸步难行,让人找不到食物。

月华下,茫茫林海如一幅巨大的水墨画,浓浓淡淡的剪影,又如披着一层薄雾,朦朦胧胧深幽如仙境。

如果是和平年代,如果是衣食不愁,人们邀朋唤友出游,不论白天或夜晚,都会有好心情尽情欣赏这大自然的美景,吟咏,流连,歌唱,描画……但战争年代,谁会有兴致盎然地欣赏美景的时候呢?

红军战士饥寒交迫,已摸黑走了半夜,现在只想找到一处稍微安稳点的地方来避夜风寒,好好地休息一阵。这时,山林里还有为数不多的山民,他们散落于山坳里或崖尖上的房屋可能没被敌人找到并摧毁。天还没亮呢,屋顶已经在冒着淡淡炊烟,送来诱人的食物香味。

"这是趁夜色做点吃食,白天不敢生火吧,避免招来保安团或者飞机投弹。"战士们也积累了不少山野生存的经验了。

102团的老兵廖仁和试探着对陈树湘说:"我去看看能不能搞到一些吃的,都已经两天没有吃饭了。"

陈树湘立即提醒说:"没有饭吃,也不能骚扰老百姓。"

另一名战士小海马上说:"师长,刚才往这边走时,我看到山坳对面好像有菜畦,倒像是一块红薯地,这时节土里应该还有不少红薯,我们去……"

"不行。"还没等小海说完,陈树湘一口回绝了。

小海和廖仁和望着陈树湘。

陈树湘解释:"那是老百姓的红薯。我们要吃红薯,用钱去买,绝不能偷。"

"去买,怎么买?"张明达说,"钱交到哪里?哪里能找到人?"

王光道见陈树湘说这也不行,那也不行,便说:"这样吧,我带人过去看看,如果真是红薯就挖一点回来给战士们充饥。钱,我就放在红薯地里吧。"

陈树湘听王光道这样说,倒也是个办法,就点头同意了。

王光道带着廖仁和等几名战士离开了。

这时,大水抱过来一捆柴,说:"师长,我们在这坪地里烧一点柴火烤一烤吧,这山里也太冷了。"

说着,有战士找来了一点枯草叶引燃,不一会儿就点燃了木柴。

战士们有样学样,十多人挤成一个圈,生了几堆火烤一会儿。山里虽然柴草很多,特别是这季节,草木干燥,很容易点燃,但白天谁也不敢生火,怕被敌机侦察到。

大水在四周走了一圈,便从房子后面抱来了一小捆稻草,往陈树湘身后的地上一放,说:"师长,你坐在稻草上,这里暖和。"

陈树湘说:"这稻草也是老百姓的,等会儿还是将它放回去。"

何青松跟着红军才十多天时间,原想着34师能跟随大部队渡过湘江,还能见到更大的首长,没想到34师没有渡过湘江,而且牺牲了好多战友,部队沿原路回来了。

一走进道县地界,何青松既感到亲切,又感到愧疚。

在都庞岭行军,大家又冷又饿。

红军不拿群众一针一线,地里有红薯,也不能让红军挖来充饥。

听到陈树湘这样说,何青松很感动,但他很想帮助大家搞点吃的。

村里有个瑶族老猎人姓奉,人们叫他奉猎人。

这会儿,他领着一条猎狗,正好从山上打猎回来。

自从国民党军队开进山里,所有山民的日子可就乱了套。猎人住得松散,倒不像聚居在一起的寨里人那样容易被盯上,但人人都知道国民党军和保安团没一个好东西,只要相遇了,不是抢就是杀。猎人们也就只好一改从古至今的作息时间,白天不再往山里乱逛。至于夜里,带了枪,带了狗,凭着多年的深山经验,遇到临时驻扎的兵,他们也能轻松躲过去。就是被发现了,大黑夜里,士兵也不敢追他们。半夜往人迹罕至的深山里走,顺着小溪走,早起的动物这时候都来喝水了,鸟类更是天一亮就有了动静,但凡能有所猎获,这一两天的食物就有了保障,便可以不出门了。当然,也不是不出屋门,而是不出离屋子不远的一个藏身小岩洞。毕竟,屋子还是惹眼了点。

老猎人今天出门不算早,但运气不错,他的猎狗在离小溪不远的刺蓬里嗅到了猎物的气味,一群山鸡还站在树上、蹲在岩上睡得正迷瞪呢,这就让他猎到了好几只。因而东边天刚淡白,他就已经回到了山口——当然,猎狗早就开始不安,老猎人也发现自家附近那块秃石坪上,居然生了许多篝火。

他敛着气息悄悄靠近,开始以为是国民党士兵,仔细一看不像,就远远地在黑暗的树下站了一会儿。听到陈树湘在教育士兵说,不要拿群众的稻草,不要偷吃群众的红薯的时候,他非常感动。这是一支纪律非常严明的部队,这样的部队哪里去找啊?

这时,三名放哨的士兵也在不远处静静地看着老猎人。老猎人直觉很强,觉察有些异样,就扭头去看,而他牵着的那条大黄狗则开始汪汪地对着战士们狂吠。

狗一叫,将火堆边睡着或半睡着的战士们立刻吓醒了。

眼一睁,看见一个灰扑扑的影子,有人疑惑地问:"有狼?"

"不是,你没听到啊,是狗叫!"

虽然知道来的是老百姓,警惕的战士还是端起了枪。老猎人则大声喝止自己的狗:"不要乱叫,不要乱叫。"

他一边说一边向战士们走过去。

战士们一看,有个老人走过来,而且身上背着一些山鸡,便问道:"你是谁呀?"

何青松看到老猎人走了过来,便走过去,用瑶族语和他说话。

何青松问好:"老人家好!"

老猎人说:"我是山里的猎户,我看见你们在这里烤火,走过来看一看。"

"老人家,对不起,没打扰你吧?"陈树湘亲切地问道。

何青松告诉老猎人说:"我们是红军,是穷人的队伍! 不欺负老百姓!"

老猎人一听,笑起来,说:"我刚才隐隐地听到,你们不吃老百姓的红薯,不拿老百姓的稻草!"

何青松赶快说:"是的,红军都是好人,有铁的纪律!"

陈树湘见何青松和老人用瑶族语说话,也说:"我们打扰到你了!"

"没有没有,我看到了也听到了,你们都是好人。你们到我家里去坐吧。"老猎人说。

"不去了,我们人多,就坐在这个坪里面烤烤火。"

"今天我的运气非常好,原来是我遇上了贵客哦。"

老猎人说着将身上背着的山鸡取下来,放在陈树湘的面前说:"你们被保安团那些狗日的追着,累坏了也饿坏了吧。这些山鸡很肥,你们随便用火烤烤就能吃。"

几个小战士一听,马上抬眼看着陈树湘。

陈树湘紧紧握着老猎人的手说:"太感谢你了,我们不能白吃你的山鸡,红军有纪律,不拿群众一针一线。"

"这个没关系的,我是从山上打来的,我愿意给你们烤着吃。家里还有红薯,我去给你们拿。"猎人说着准备回家取红薯。

得到陈树湘的许可,战士们马上拿刀出来收拾起山鸡,扒了毛,去了内脏,直接就用树枝叉起来烤。

"别客气啦,老人家,我们只是路过这里,不打扰你。"

"你们都是好人,我刚才听你说的话,你们是⋯⋯"

"我们是共产党领导的红军,也是穷苦百姓出身,专门为穷苦人撑腰,打土豪,分田地。老人家你不用害怕,共产党的兵是不会欺负老百姓的。"

"这个我知道,你们是红军,我能看出来,你对我们村里面

251

的一草一木都是这么爱护,我知道你们是好人,不会欺负人。"老猎人站起身来带着大黄狗边往家走边说,"你们先休息一阵,我回去给你们拿点红薯来烤了充饥。"

老猎人回到家里略微收拾了一下,就拿着竹篮去地窖里取了些红薯出来。

这时,远处突然传来了枪声。

"师长,你听,有情况。"战士们腾地站起身来,"我们赶紧离开这里吧!"

"快,赶紧熄灭火堆,敌人在附近,我们快撤。"

不过一会儿,战士们就悄无声息地隐入了黑暗的密林之中。

虽然陈树湘让一名战士通知老猎人,但战士敲门无人应,推进去也不见人,只好马上跟着队伍离开了。

等老猎人从地窖里拿来红薯,红军战士们已经神速地离开了。

陈树湘带着他的部队,离开了这个小村庄不过十多分钟,保安团的何湘就带着一队人马在道县、江永、江华边境的都庞岭巡逻,他们人熟路熟的,少不得就入村进寨绕行。队伍里有鼻子像狗一样灵的,老远就觉得风里隐约有食物的香味飘过来,于是汇报给何湘。何湘本来巡逻是漫无目的,干脆就奔上风方向过来看看。如果刚好是红军在这里生火过夜,那他就准备将红军一下给端了,然后可以大大表功,换赏银。

陈树湘布置的哨兵在山崖顶,看见远方隐隐约约有一支队伍摸过来,跑回来通知是来不及了,于是按约定果断地放了一枪通知红军有紧急情况,必须马上撤离。

何湘听到枪响,马上派人到山崖附近搜查,却一无所获,于是继续奔附近山寨而来。黑暗里,何湘的队伍点着火把来到了老猎户家附近,团丁们散开四处搜寻,狗一般灵的鼻子闻到了一点血腥味,拿火把探出去一看,小路外的坡下居然有不少山鸡毛,而且是挺新鲜的样子。

何湘看见了地上的山鸡毛,一脸兴奋地笑着说:

"嘿嘿,想不到这些被追得乱窜的红军挺会享受的,还有闲心在这里烤山鸡吃。"

这时,老猎人掩好地窖洞,搬着红薯出来了。大黄狗跑得比他更快,蹿出了门发现坪里原先的人都不见了,远处嘈杂的声音正在靠近,大黄狗嗅到了危险气息,汪汪地大叫起来。

团丁们握紧枪站在前坪里大声叫嚷:"谁的狗?谁家的死狗在这里乱叫?"

老猎人怀里正抱着一大篓红薯走出来呢,吃惊地发现满坪的红军战士都不见了,只有四处寻找红军踪迹的保安团。

他想赶紧退回家,将门关上,可是已经来不及了。

何湘厉声吼道:"喂,死老头,跑什么跑?给老子滚出来。"

大黄狗对着何湘狂吠得更加厉害了。

"老不死的,赶紧管好你的狗,别乱叫。"

老猎人怕团丁会枪杀他的猎狗,赶紧转头朝着大黄狗说道:"不要叫,不要叫了,赶紧回屋里去,不许出来!"

一听老猎人的指令,大黄狗乖乖地回了家,默默地趴到床下去了。

老猎人知道自己躲不开了,人家拿枪指着呢,他再不想理也

253

没有办法退回家去,但他还是想着将红薯放下再过去。

还没来得及迈开步子,何湘又在叫:

"死老头,你手里捧着的那是什么?拿过来给我看看!"

老猎人只好搂着那篓红薯,走到虎视眈眈的团丁们旁边。

"老头,刚才是什么人在你这里烤火取暖?"何湘边打量着老人篓子里的东西边正色道。

老猎人有点紧张,但他还是故作镇静地说:

"我在家里睡觉呢,什么也没看见啊,我什么也没看见。刚才听到我的黄狗在叫,所以才开门出来看看怎么回事,就看到长官们来了。"

"他妈的,你怎么没看见?那么多人在你家门口烧火取暖,你会没看见?那么多人在你门口集合,你能没看见吗?"

老猎人说:"我确实没看见,我年纪大了瞌睡重,睡得早,早就睡熟了,我什么都没看见。"

"难道你家的狗也睡熟了吗?还是你家的狗跟他们很熟,所以不叫?"

"不是不是,哪有这样的事,我们家的狗对谁都会叫!"老猎人加快语速说。

"老头,那你说说,这里为什么留下这么多火堆?是谁在这里生火取暖?"老猎人看了一眼四处还燃着的火堆,佯装吃惊地说:"咦,白天还没有这些呢,这是啥时弄的?长官,这个、这个我可不知道啊!"

"不知道吗?那你手上捧的是什么?"

"呃,是一些红薯!"

"你这红薯是给谁吃的？送给谁的？"

"我家就这些存粮，这不刚醒了，想着清洗一点红薯蒸熟，明天到山上去打猎带上吃嘛。哦，我家小黄在叫，我才出来看一看。我正准备去打猎，我是个猎人！"

"不错啊，你是个猎人？刚刚山坳那里一堆山鸡毛……你打了山鸡送给红军吃了？是不是？快说，是不是？"

"山里野鸡可多了，谁都可以打。我没有打野鸡给红军吃啊，我刚起来，我刚起来……"老猎人本身就吓得直哆嗦，结结巴巴，根本就不用装。但他心里明镜似的，跟红军接触的事绝对不能说出来，否则就是死路一条。

"你撒谎，你这个死老头。"

老猎人看了看四周，早先的红军一个都没见了，他们像一只只野猫一样，突然消失在大山的深处。

何湘有点不耐烦，说："兄弟们，快过来，快过来！"

团丁们小跑过来，端着枪将老头围住了。

一个团丁说："老头你快说说，是些什么人？有多少人？"

另一个团丁说："老头啊，你说实话吧，不然有你苦头吃的。"

"我确实不知道，我睡、我睡熟了，我不知道。"老猎人说。

"哼，你不知道，鬼才相信呢。"见老头不说话，何湘便命令道，"到他家里去看一看，家里藏着什么，有没有红军送他的东西。"

一个小团丁提着枪走过去，一脚踢开了老猎人半开的木门。

老猎人的大黄狗冲出来，凶恶地向他扑过来，汪汪直叫，吓得他摸着枪把退出门外。

何湘说:"这只恶狗,共军在这里它不叫,现在乱叫!"何湘掏出手枪就要向大黄狗射击。

老猎人赶紧冲向前,对何湘说:"长官,这条狗是畜生,它又不懂事,不是故意冲长官叫,不是想得罪你,求长官放过它吧,留下它给我做个伴吧。我一个孤苦伶仃的老……"

老猎人话还没说完,何湘又吼开了:

"那你说,是不是给共军送吃的了?他们到哪里去了?"

这时,一个团丁走过来,抢走了老猎人手中的红薯。

"兄弟们,来,大家吃个红薯,又冷又饿,大家吃一点垫垫肚子。"

说着还物色了一个又大又漂亮的红薯送给了何湘。

何湘拿在手上,鼻子闻了闻,说:"这东西,给狗吃还差不多!"

他随手将红薯抛得远远的,丢进了树林里。

何湘继续审问老猎人,想知道红军的下落:"老头啊,你不说我也知道,刚才就是他们在这里烤火取暖,怎么一下子不见了呢?躲在哪个地方了?你快说,这里你熟,快说。"

老猎人心里也纳闷,他进门时红军都还在呢,怎么不多会儿工夫红军就消失了?感觉像做梦似的。幸亏红军走得快啊,否则得在这里打起来。可是红军们躲到哪里去了呢?

"长官,我确实不知道,你放过我吧,你要去找人,就到山上去找吧。我确实不知道,我确实不知道呀。"

何湘怒了,厉声说:"他妈的,你骗老子,老子给你点厉害瞧瞧。"

他指挥旁边的团丁拿了一条皮鞭过来，啪的一声，老人捂着脸，渗出的鲜血沿着嘴角淌下。

大黄狗看见自己的主人被打，蹿扑过来，咬住了团丁的皮鞭，使劲地往树林里拖。何湘掏出枪，要向大黄狗开枪。

这时，远处的山中突然响起一声枪响。

"是共军！"

"有情况，有情况，那边有情况，共军到那边山上了。"何湘一脚将老猎人踹在地上，骂道："老畜生，等我打完了红军再来找你算账！"说着，何湘又向天空开了一枪，命令道，"兄弟们跟我走，共军都在那边山上呢，快追。"

团丁们一听，赶紧跟着何湘往山那边走了。

老猎人被踹得倒在了地上，腹部隐隐作痛，他一手撑着地面，一手按着腹部从地上爬起来，然后拍了拍身上的灰尘。大黄狗这时猛冲了过来，使劲用头蹭着老猎人的腿，不时发出长短不一的嗯哼哼哼的声音，表达着它的委屈和愤怒。老猎人用粗糙的手指抚摸着大黄狗的头顶，忧心忡忡地眺望着远方，心里特别为红军战士们担心。

陈树湘见国民党保安团很快地向他们赶过来，赶紧命令部队隐蔽到树林里。刚刚走得仓促，红军生火留下的残灰堆还有余温，他断定这支国民党保安团肯定会对老人不利。当他们翻过了两个山头之后，便故意向天空鸣了一枪，想将敌人引开，避免这位善良的老猎人因为接触红军而受到伤害。

何湘带领保安团转向山脚。

陈树湘站在一块高山石上,看着山下有一些星星点点的火把亮着,心想,要赶紧离开这个地方。

"师长,那边有敌人,他们向这边过来了。"

陈树湘说:"我们避开他们,赶紧撤,离开这里。"

一名受伤的红军战士一路跟着部队撤离,现在完全走不动了,便说:"师长,我走不动了,我在这里做掩护,你们走吧。"

陈树湘走过来,对受伤的红军战士说:"同志,你不能这样,我们一起走,来,我背你!"

受伤的红军战士说:"师长,你别管我,我不能拖大部队的后腿呀!"

王光道说道:"说什么呢?我们一起走出去!"

"我确实走不动了,我不能拖大部队后腿呀。你们快走,我就在这里,我还能替大家挡一阵子追过来的敌人!"

战友们都知道,这名战友腿部受了重伤,因为治疗条件不允许,也没有医治,腿部的感染已经越来越严重了,子弹射入之处现在都开始流出黑色的脓血,腿部肿得太大,只好连裤管都割开了一些。

"不行不行,我背着你走!一定要尽快离开,敌人又包围上来了!"

确实,跟在后面的保安团虽然还没进入射程,但边追边向山这边胡乱地开枪,想形成震慑。

何湘兴奋地说:"他们就在前面,跑快一点,谁抓住了红军,大大有赏⋯⋯"

保安团从四面八方向山头拥过来,一场恶战马上要开始了。

陈树湘指挥着说:"同志们,做好战斗准备!敌人在明处,我们在暗处,我们一定要打他个落花流水!"

这个时候,腿部受伤流脓的红军战士,手里拿着枪说:"同志们,我就在这里,我要一枪一个,打死几个算几个!"

保安团离红军战士越来越近,慢慢地肉眼也能看到他们的行动了。

陈树湘跟王光道商量,不能久打,要集中兵力找一个地方突破,甩开这些敌人,然后尽快撤离。

陈树湘观察了一下地势,发现只有东面没有敌人围攻,他对王光道说:"我们要将敌人压下去,然后往东面走。"

嘭的一声,腿部受伤的战士趴在一块石头后面,听到陈树湘下令说敌人进入射程就开枪,于是他打响了第一枪,正好打中走在最前面的一名保安团团丁。

枪法准准的,敌人应声倒下了。

"我打中了一个敌人,我够本了,我够本了。"

何湘见走前头的团丁被打死,十分气愤地说:"他妈的,红军都在这里了,你们也不给我注意一点,红军很厉害的!"

何湘这么一说,团丁们都匍匐着不敢前进,利索地将手中的火把往山土里蹭灭。顷刻间整片山林陷入一片黑暗之中,只有星星的亮光依旧。

保安团不敢前进,陈树湘所率部队也在伺机行事,不敢随意开枪,双方陷入了黑暗和寂静中。

陈树湘小声地命令道:"同志们,趁黑赶紧转移,天亮了我们就被动了。"

陈树湘带着部队向东,海子和大水紧跟着,很快就离开了山头。这会儿,山林安静得很,保安团不敢前进,害怕中埋伏,他们躲在一个安全的地方,一直不敢动。

这时,有团丁跑过来说:"何营长,红军往那边山去了,红军往那边山去了。"

何湘站起来说:"他妈的,往哪里跑?追!"

保安团从地面爬起来,捡起地上的火把点燃,试探着往前走。可是,谁也不敢走在最前面,怕自己的脑袋保不住。

何湘发脾气说:"怕什么?他们走远了,快走!"

陈树湘带着士兵,翻过了一座山又一座山。

这时,天蒙蒙亮了,借着鱼肚白般的朦胧光线,透过山林的薄雾,一个眼尖的战士好像有了新发现,他一个箭步飞奔过去,说道:"真是个山洞啊!进洞休息一会吗?师长,让我进去先看一看啊!"

洞里一片漆黑,张明达和何青松便点燃了两个火把。

"我和你一起进去看看。"

一人拿着一个火把,两人端着枪走进了山洞。

两只兔子从山洞里跑了出来,两个士兵手快,没怎么费工夫就抓住了一只灰色野兔。

"这里面还有兔子……"

王光道吩咐说:"注意安全。快进去看一看里面可不可以躲人。"

"我在外面等你们吃兔子肉!"一个乐天派小战士开玩

笑说。

陈树湘很希望山洞里面很安全,终究跑了一夜的路,战友们都很累了,脚也跑出了水泡,需要好好地休息一会。

何青松没说话,第一个爬进了山洞。

"师长,师长,山洞里很宽敞,也很安全。"何青松从洞里出来说。

陈树湘说:"那太好啦!同志们,进洞里休息一会儿,但大家都要警醒点。张明达,你和何青松站岗。"

"是,师长。你们进去休息吧。"

陈树湘刚走进洞里,还没坐下,王光道走过来。

陈树湘交代大家清点一下人数。

"101团的同志,请站这边,立正,稍息,请报数。"

"1、2、3、4、5、6、7、8……"

王光道这边也统计了人数,向陈树湘报告:

"报告师长,我们又牺牲了几十位同志。"

海子将统计好的数据呈给陈树湘,这支队伍已经不足200人了。这时,有几个战士背了一些红薯走过来,往陈树湘面前一放说:"师长,这里有许多红薯,战友们可以吃一顿!"

王光道走过来说:"这些红薯是从老百姓的地里挖出来的,我可是付了钱的。同志们,吃饭了,大家过来吃红薯。"

战士们走过来,每人手里拿了一个生红薯,坐在地上吃起来。几个人正讨论着,突然洞外出现了新情况。

站岗的何青松急着跑进来说:"师长,发现了敌情。"

何青松一说,大家紧张起来。

战士们赶紧把剩下的红薯往怀里一揣,站起身来问道:"怎么办呢?"

陈树湘不紧不慢地站起来,说:"同志们,准备战斗。"

战斗马上就要打响了,可是,何湘带着一群团丁在洞外守着不敢进洞去。

何湘对身边的一个瘦小团丁说:"你,进去看看!"

那个小团丁不敢违抗命令,也不敢大胆走进去,万一有红军,脑袋就保不住了,他还要回家养父母呢。他走到洞口边,用枪将洞口边的杂草拨开,看了几眼,只见一只小鸟飞出来。他赶紧报告说:"何营长,里面没人!"

何湘一听,一脚踢在小士兵的屁股上,发脾气说:"他妈的,进都没有进去,瞎说!"

小团丁解释说:"是没人呀,你没看到有只小鸟飞出来了?"

何湘一听,感觉有点道理。

陈树湘的队伍在洞内,外面的人话听得很清楚,他们紧握着枪,随时准备战斗。外面的人不敢进去,里面的也不敢出来。双方僵持着。

何湘带着保安团站在洞口大声地叫:"里面有人吗?里面有人吗?"

红军战士听得清清楚楚,但没有人回答。

何湘对大家说:"洞里可能没有人啊,怎么一点声音也没有啊?"

正在这时,一名猎人带着条大黑狗从山下经过,被何湘的团丁给抓了过来。

这名猎人昨天在这里有所猎获,因此今天又绕了过来,没想到山上有保安团,他听到动静就想赶紧离开,却被埋伏在树后的哨兵抓到了。

何湘一看捉到个猎人来了,大声说:"你来得正好,我们正好要找你呢。"

老猎人和大黑狗站在远远的地方,不敢靠近。

何湘一看,大声叫道:"老头,快带着你的狗进洞去看一看有没有人。"

老猎人一直深受国民党保安团的祸害,心里特别痛恨他们,又无计可施。现在落入了保安团手中,他心里特别窝火,但又没办法逃开。

这时,大黑狗粗粗地喘着气跑进了山洞,汪汪汪地叫着。

何湘一听,得意地说:"狗在里面叫,一定有情况。"

猎人一听,他的狗在叫,也知道里面有情况。他心里想,难道是红军,红军真的进山洞了?

如果山洞里有红军,他反而不害怕了。他也多次接触过红军,那些都是温和讲理的人。现在保安团守在洞外,红军处境艰难,说不定他还能帮帮红军对付这些坏人。

想到了这里,猎人赶紧说:"好吧,长官,既然你要我进去,我就进洞去看一看。"

老猎人从腰上解开砍刀,在旁边的树上砍了一根一米多长的大拇指粗的树枝,然后就握着这根树枝敲打着密密的灌木和草丛,顺着逼仄的山壁往山洞走去。他边走边想,红军一定在山洞里,因为脚下的草明显有被踩倒的迹象。但他不作声,只是默

263

默地走到山岩边,然后扶着洞壁就进了山洞。

山洞比地面高很多,趴在山洞里的红军战士能听到外面的说话,也知道是保安团强迫一名猎人过来了。一听到大狗在汪汪地叫,战士们心里又紧张又欢喜。紧张的是不能开枪打百姓,怕保安团利用百姓打头阵。欢喜的是百姓可能更亲近红军,进山洞来还有缓冲余地。

何湘看着一人一狗走进了山洞,紧张得不行,又不敢跟过去,只好让团丁们拿枪瞄着山洞出口。

红军战士们听到有人进山洞来,忙向后退,隐蔽,等一人一狗进了山洞,才端着枪站直了身子。

老猎人早已知道红军在山洞里了,一见有人,马上就表明了来意。

何青松赶紧用瑶族语与老猎人说:"老人家,你别怕,我们在里面。"

陈树湘走了出来,一把握住猎人的手沉下声音说:

"老乡,连累你了,我们不会伤害你的,别紧张。外面有多少人啊?"

大黄狗见主人和战士们之间很平和,没有紧张危险的气息,也就停止吠叫摇着尾巴围着大家转。

老猎人有些激动,急促而小声地说:"外面有许多拿着枪的人,等在那里要进来抓你们。"

张明达走过来压低声音问:"怎么办?我们跟他们拼了?"

老猎人感受到了战士们的焦虑和不安,轻舒一口气说道:"你们不用害怕,他们好像并不敢进山洞来。"

老猎人说完,带着他的大黑狗转身走出了山洞。

保安团一见猎人带着狗从洞里走出来,赶紧围上去问道:"老头,里面有人吗?"

老猎人和他的黄狗站在何湘面前,摇摇头说:"什么也没有。"

"什么也没有?"

"是啊,不信你们自己进去看啊。"

这时候,何湘走过来,双眼紧盯着老人说:"山洞里真的没人吗?你要是骗老子,我要你的脑袋搬家。"

何湘说完大声命令道:"兄弟们,走吧,到别处去看一看!"

陈树湘他们将外面的对话听得一清二楚。他们深锁眉头聚精会神地听着外面的风吹草动,每一颗心都为这个好心的老猎人悬着,听到敌人要走了,才放心下来,舒了一口气。

老猎人见保安团走开了,才一身冷汗地呆立在原地。站了一会儿,他觉得保安团应该不会返回来了,才在一块石头上坐下了,忍不住叹了一口气,然后摇摇头。

这时,那只吓坏了的野兔又蹿了出来。

大黑狗正无聊地趴在主人脚边呢,一眼就看到了野兔,马上追了过去,腾身一跃将它逮住了。大黑狗叼着野兔走到了猎人的面前,将兔子放下,然后坐在主人脚边猛摇着尾巴讨奖赏。老猎人摸着大黑狗的头顶,抬眼看了看远方。

朝阳已在山的那边冒出了头,驱散了山中的薄雾,繁茂的山林里面出现了一道道金色的霞光。

红 34 师余部在陈树湘和王光道的率领下,经德里、大营到达道县瑶族聚居的空树岩村,夜宿空树岩村。何湘在空树岩村想给红军重重打击,没想到自己吃了亏。

空树岩村是位于都庞岭山谷中道县境内的一个瑶族山寨。

几百棵千年古树将村寨遮掩得严严实实。大多数古树虽然仍活着,但都开始空心了,而且空树洞里时常住着些小动物,因而人们便将这个村寨叫作空树岩村。

村子就是临着山溪边建的一排排吊脚楼,半搭在岩层上,悬在空中,用粗壮的树木支撑着,显得错落有致。这些吊脚楼都是楼上住着人,楼下的空间则用来关着牛羊。这里的寨民很少出山,只是在赶集时才将山里的药材和山货带到山外,换回盐巴和其他必需品。这里信息闭塞,与外界联系很少。

多年来,山中经常闹土匪。夜深人静时,土匪会上山抢劫山民的牛羊,抬走山民养的猪,甚至还背走山民砍下的木材。

山民们都很害怕,每天夜里早早地将门关上了,加上门闩,做好防备,不让土匪得逞。

何湘的道县保安团在都庞岭搜山时,发现红军从广西过来了。

李副营长对何湘说:"红军一定会到空树岩村!"

何湘心里清楚,在大山深处,空树岩村是唯一的落脚点。

何湘回头望了一眼李副营长,说:"走,去空树岩村!"

何湘带着团丁大摇大摆地来到了空树岩村,将寨民们集合在一起,厉声宣传道:"乡亲们,现在咱们大山里闹上共产党了,你们要知道共产党就是土匪,不仅抢劫老百姓的财物,而且还抢女人,'共产共妻'……"

空树岩村的有些村民偷偷接触过红军,但更多的人只是听说过红军是好人,却没真实见过,到底如何还是不知道的,现在听何湘这么一讲,心里不寒而栗。再说了,面对何湘的威压,那些知道实情的老百姓为了家人和性命,也不敢站出来为红军们说话了。

何湘这么一宣传还是很有作用的,多数寨民都觉得,原来共产党比土匪更残忍,以后要躲着他们。

何湘赌咒发誓地说:"在道县县城,我父亲和我老婆都是被共产党打死的,我家也被洗劫一空。如果我撒了谎,就让我全家死绝,天打五雷轰。所以,我现在就是进山来'剿匪',报杀父杀妻之仇的。"

何天霸等人的确是被红军打死的,何湘说得脖子梗梗的。这样一说,寨民们就更加害怕了,悄悄在底下议论起来:"没想到红军不仅'共产共妻',还杀人放火。"

何湘见自己的宣传起了效果,立马提高嗓门说:"不过大家放心,我是来保护大家的。只要发现'共匪',你们要立即报告,我们大大有奖。"

寨子里有个叫赵瞎子的地主家败家子,有多少钱都不够花,没啥缺德钱不想赚的,一听说有奖励就打了个机灵,大声问:"长官,是什么奖励？银洋吗？"

有人响应了,何湘大喜过望,马上大声说道:"发现红军,向保安团报告奖五十块大洋！抓住一个红军,奖一百块大洋。"

赵瞎子小时候与人打架,打瞎了一只眼睛,现在只有一只眼睛看得见,这独眼只认得钱。此刻,他一听这个奖金数目就笑起来,拍着胸膛说:"长官们放心,只要发现了红军,我一定去向长官报告！"

何湘见宣传起到了效果,放下心来,安排团丁在村子里抓鸡撵狗翻园子,给他整了酒肉菜吃饱喝足,拍拍屁股走了。

陈树湘带着34师余部四处奔走,翻山越岭,真还在这天傍晚时分来到空树岩村。

要知道赵瞎子这一天都在琢磨去哪里找共产党呢,一直就坐在寨子口的大树丫上左右寻思,这会子看到有拿着枪的小队进寨,心里又怕又喜,双腿一收就从树丫上蹦下来,直往寨子里跑,同时大声喊道:"'土匪'进寨了,快关门！"

寨子里听到赵瞎子的喊声,人人心里害怕,家家户户大大小小都跑回了家,同时麻溜地将拴在棚屋里的耕牛和羊都牵进了堂屋,将大门关紧再插上木闩。等大门关好了,又安排小孩、老人和妇女都躲到了地窖里,男人们则手拿大刀、猎枪躲在自家的门后,随时准备拼命。

34师打前哨的战士们自然也是远远地就听到了喊声,部分人继续进寨侦察,部分人转身向相距不远的陈树湘汇报情况。

陈树湘大手一挥,整队人马停了下来。陈树湘走到队伍最前面,停下来遥望半坡上的寨门。

这时的空树岩村黑灯瞎火的,没有哪户窗子里透出一丝亮光,只有一些饶舌的狗在狂吠。

这个寨子里的百姓都害怕红军,大家略有些失望。陈树湘看了看,命令战士们原地休息。战士们就地坐下来,背靠着大树闭上了眼睛。

陈树湘当然也看出来了战士们情绪不好,于是他干脆站在战士们中间来,大声说:"山民们并不知道红军是什么样的军队,他们被土匪害苦了,现在认为我们也是土匪,所以都关上门躲起来了。既然如此,那我们也不好进去打扰他们,就原地休息一晚吧。"

一名战士心里委屈,就说:"那我们可以派人进寨子与村民讲清楚啊,共产党领导的红军是老百姓自己的队伍!"

也有的战士说:"是呀,只要讲清楚了,寨民们都会理解的!"

陈树湘见大家这么说,笑起来,说:"我们是老百姓的队伍,是他们自己人。可是,老百姓深受土匪之害,他们不会理解。大家抓紧时间休息一下吧,这跑一天也累得厉害。"

王光道站起来说:"师长说得对,我们对这里不熟,贸然让老百姓开门,还不知道会产生什么冲突呢。"

就有战士响应说:"我觉得师长说得对,都这么晚了,人家只知道外面到了队伍,又看不清谁好谁赖,这时候去敲老百姓的门,谁敢开门啊?我看还是算了。"

"可是……"部分战士嘟哝了一下,却不知道该说什么。

陈树湘大声说:"好,就这样了。今晚我们就在这里宿营!大家遵守纪律,克服困难。"说着,他就安排一个班的战士去寨子外围寻找水源。

战士们一听,只好陆续放下薄被子,三三两两地挤在一起,饿着肚子准备睡觉。

陈树湘安排好战士警戒,他和王光道两人带着警卫员围着寨子转了一圈,没见一个村民在外面。陈树湘也感到寨子里的村民安全意识特别强。陈树湘和王光道刚回到宿营地,突然砰的一声,响起一声猎枪的声音。

战士们赶紧坐起来,拿起身边的枪准备战斗。

陈树湘和王光道也机警地手握着枪,做出准备战斗的状态。这时,狗叫得更加疯狂。

特务连连长张明达和侦察排排长郑亮华都从不同的方向跑过来。

张明达对师长说:"报告,在一户吊脚楼上,发出一声枪响!"

郑亮华也报告说:"在一户吊脚楼里发出一声枪响。"

陈树湘问道:"什么原因?"

张明达说:"我进寨去寻找水井,刚好走过这家屋子附近,枪响时他家的屋门是关着的。"

王光道认真地问道:"你们看清楚了吗?门是关着的?"

郑亮华说:"没错,那房子看上去还不错,但屋门是关着的。"

"估计是猎枪走火。"陈树湘判断,同时对战士们说:"同志们,大家好好休息吧!"

"光道,你在宿营地不要离开,我随他们去看看。"

陈树湘说着,让张明达带路,一起朝响枪的人家走去。

放枪的人不是别人,正是地主崽子赵瞎子。他见有几名红军拿着些水壶水桶从街上走过,就想先将红军引过来,然后设法让村民们与红军发生冲突,于是他先放了一枪,看看动静。但过了许久也没看到村民开门出来,就知道村民们都害怕跟当兵的起冲突,都关上门躲在家里不敢出来呢。于是,他拿着猎枪来到门后站着,准备再放第二枪。可就在这时,赵瞎子听到了脚步声,有很多人朝他家附近走过来。他侧耳倾听了一阵,想看看是不是村民们出来了,正准备开门看看呢,突然反应过来,现在来的一定是红军。

对!一定是红军在他家附近走动,他不能开第二枪了,否则自己可能会被红军打死。

陈树湘和张明达转了一圈,没有发现新的动静,在赵瞎子家门上敲了一阵,问了几句,完全得不到回响,反而远远近近的狗此起彼伏地叫个不停。红军也不好翻墙进老百姓的房子里去啊,陈树湘只好又带人回到了驻地。

何青松见陈树湘和张明达离开军营,进到瑶寨里边去了,便跟在了后面,眼见陈树湘没叫开老乡的屋门,他就另起了心思。于是他没跟着陈树湘等人回营地,而是走到村寨另一头,找了一户人家的门敲了起来。

何青松用的是瑶族语，所以他很顺利就叫开了那家人的门，进了屋子与瑶民们攀谈了起来。

瑶民不了解红军，更不相信红军，可是瑶民相信何青松。因为，他们讲一样的话，穿一样的衣服，一看就是附近乡寨的人。

瑶民告诉何青松，道县保安团的何湘昨天来过，进行了一些"反共防共"宣传，所以大家都很害怕共产党的军队。聊熟悉了之后，这家的男人——一个非常讨厌地主崽子赵瞎子的人便聊起了这事，说赵瞎子听说举报共产党会有重赏，吃了屁一样高兴呢，一整天都坐在寨口的大树丫上，好像在等什么。没想到红军真的来了，他又躲回了屋子屁都不敢崩一个。

说到这里，何青松就明白了刚才极有可能就是赵瞎子在屋子里放枪搞鬼。

赵瞎子不敢开第二枪，他看到红军走开了，把门小心地推开了一条缝，观察外面的动静。

在寨子不远处，黑暗的林地中，红军战士们在营地休息。

这样的大好事怎么能错过呢？何湘营长早先来动员，他可是心心念念了好久，只希望自己有运气能先发现了红军的动向，好向保安团去报告，然后就会得到大袋赏银。如果有幸抓到了红军，还能够得到一百块大洋。看来，红军今晚在空树岩村附近宿营，一时也不会离开，这可是天给他赵瞎子降来了大财啊！

赵瞎子想，这是个发财的机会，一定要将这个消息告诉何湘。

可是，何湘现在到底在哪里呢？

想了一阵，赵瞎子有点懊恼，光想着举报拿奖，怎么最重要的事忘了打听呢？这么一恼,赵瞎子倒是想起来一件事,何湘的保安团极有可能就在二十里外的另一个村的村长家里,距离是远了点,山路又不好走,但这大笔银钱的诱惑,总值得他去试一试吧。

赵瞎子爱赌博和抽大烟,家里祖辈留下的家产都被他输光抽光了,连他那吝啬得要命的爹都被他气得吐血而亡。他爹死了以后更没人管他,家里的物什几乎被他卖光,但他的手气像捏过屎一样越来越差,不多久便输了好几百块大洋。虱子多了不痒,欠的钱多他赵瞎子倒不怕,就是好久没有去吃花酒了,心里猫爪抓似的难受——往杏花阁里一躺,抽着大烟,有漂亮姑娘伺候他,皇帝的日子也不过如此。但从他再也掏不出大洋起,杏花楼的门都不准他进了,真是气人。

向何营长报信,提供共产党的踪迹就能得到五十块大洋的奖励,可以去逍遥自在,他就是搏了命也要去一趟。想到这里,赵瞎子轻轻地关上门,借着点点星光,上路了。

何青松从瑶民口中得知这一消息,赶紧去堵截赵瞎子,但赵瞎子地形熟,早已不见踪影了。

何青松回到营地,找到张明达,将侦察到的情报向陈树湘报告。

张明达听了情况,对陈树湘说:"我们给他来个将计就计!"

陈树湘听完张明达的说明,点点头说:"好主意!"

村寨的狗一听到动静就叫个不停,各家的狗轮番上阵,汪汪一片。

赵瞎子素常讨厌狗,他没养狗,只能壮着胆子摸黑独自出门,还不敢点灯。他就这么着一个人摸索着,一脚高一脚低地向前走。还好,村里的路他都熟,他拐过一道弯就走出了村寨,向着大山的深处走去。

二十几里路要在城市光明路灯之下,甩开大步也就是两三个钟头的事,但在野兽毒虫出没的深山野岭里,黑夜里的山路更添一分陡峭,又窄又滑。天寒,蛇早就冬眠了,但赵瞎子还是折了一根棍子,用来探索着脚下的路。就这么高一脚低一脚,一只独眼辛苦地分辨着路途,还得不停地用另一只手配合木棍,将拦在路边的茅草拨开。山里边的野茅草高过一人,叶宽一两寸,叶边沿像锯条一样十分锋利,一不小心手啊脸啊就被拉出口子,渗出血珠子来。好几次,手上的血在抹汗时又涂到脸上,赵瞎子走在黑漆漆的夜里,像个流浪的野鬼。

赵瞎子对手上的皮被划破出点血并不在乎,他心里想的是怎么得到那五十块大洋的奖励。为了鼓舞自己的精神,也为了打发长途跋涉的时间,他开始设想自己得到了五十块大洋之后该怎么花……就这样,赵瞎子跌跌撞撞地在山路上走,摔了好几跤,但他还是有心花怒放的感觉,到了一节下坡路,走得起飞一样痛快,山风灌着热汗,那感觉太惬意了。哧啦——赵瞎子脚下踩着老苔一滑,摔了三尺远。

就这样,赵瞎子一气走了个把小时,翻山越岭,沿小道拐过岩角,就要穿过一片稀疏的小林子。走着走着,越走越觉得寒气特别重,那不是秋冬的冷,也不是热汗经风吹的冷,而是从骨头里发寒的感觉,他的肌肉越收越紧,不自觉肩膀都团到了一起。等那只独眼适应了林子里的黑,便觉得林地里那一拱一拱的轮廓是那样熟悉,让赵瞎子一下子毛骨悚然起来。这片小树林子里是坟地。

嗷——

突然,一只野猫从坟堆里冲出来,发出一声嚎叫,然后影子一般逃开了。赵瞎子来不及反应,只觉得鬼影一闪,就被吓得往地上一坐,口里不停地说:"你别害我,你别害我!"

等他看明白是一只野猫,这才拍拍心口,继续赶路。

11月初,月亮自然是瞧不见的,还好有满天星光,虽然不甚明亮,但也好过于无。

就这么走着,二十几里地,在黑暗中走了大半天,独眼瞧着出发时那颗还在头顶的亮星,现在已移了好几尺远的距离,但还好,总算快进村了。只要能在村长家找到何湘,今晚这番辛苦绝对就值得。五十块现大洋啊,白花花的。

保安团下乡不是啥新鲜事,无事期间隔上十天半个月就会到处打打秋风。赵瞎子听人说过,保安团跟这村村长关系不错,村长家的房子也好,因此只要何湘来了,在这里落脚的可能性就极大。

远远地,赵瞎子就看到了村里一有团丁走动,村边那座房子里面亮着灯,闹哄哄的,那是何湘安排的哨兵,半夜里围在一起赌钱呢。

赵瞎子悄悄地走过去,果然,屋子里围着一堆人正在赌钱呢。他在赌桌边站了好一会儿,才有人留意到多了一张生脸在围观。好家伙!那胖团丁拔枪而起,指着赵瞎子的脑袋。

赵瞎子吓得都要尿了,赶紧一顿解释。胖团丁一听,将信将疑,但怕误了何营长的公事,不敢怠慢,于是赶紧带他往村中最好的一处宅院走去。那正是村长的家,何湘与村长等人也正在一桌赌着。

胖团丁进去报告,然后将赵瞎子一把推了进屋,嘴里吼道:"走!"

赵瞎子以为自己会被厚待,现在被推搡着,又不敢说什么,只好跌跌撞撞地进了村长家堂屋。

何湘赌得正欢,但"剿"红军是大事,他也不敢耽误,手上的骰子一扔,就往靠椅上一靠,双腿摊长,双手扶着椅围,瘫子似的歪脸瞅着赵瞎子,问胖团丁:"你刚说,这是谁?"

胖团丁还没来得及说啥,赵瞎子赶紧说:"我……空树岩村的,我来报信。"

何湘冷眼看着赵瞎子那只独眼,故意问:"你是报什么信?"

赵瞎子赶紧说:"空树岩村来了红军!"

何湘一听红军,心里一阵兴奋,又一阵害怕,马上压着嗓子,问:"你看准了?有多少人?"

赵瞎子赶快说:"好多好多人!"

好多人?干得过才敢打啊,好多人是多少人?何湘脾气上来了,腾地站起来,接着问:"好多人是多少人?"

赵瞎子估摸着说:"几百人!"

胖团丁一听也急了,大声吼道:"一百也是百,九百也是百,究竟几百人?"

另一个团丁也在嘲笑着说:"他一个独眼龙,怎么看得清楚?"

大家笑起来。

何湘需要确切的数字，因此他没有轻视，挥了挥手说："别笑了，你们别为难他，让他继续说。"

赵瞎子由于害怕，红军侦察兵进寨时，他只看到十来个人，撒腿就跑回家了，后来根本就没敢出门，红军具体有多少人，他哪里知道呢？但现在看来，何营长如此重视，他不给个具体的数目恐怕讨不到好。反正保安团的人也没有看到红军，不知道究竟有多少红军。想到了这里，赵瞎子清清喉说："我躲在后面估量了一下，那阵势，总有三四百人。"

何湘明白，这进入空树岩村的红军肯定还是被国民党军堵在湘江边过不去的那些人，也就是上头一再叮嘱他小心的，就是那红34师吧。上头不止一次提醒他，34师是红军部队的总后卫师，打起仗来不得了，但是掩护大部队过江后，这个34师没有机会过江，被国民党军拦截下来了。不管是整是零，进大山是肯定的，各县保安团都被派出来协助国民党军"围剿"，如果他能"剿灭"这些红军，或者抓到大官，那可就是大功一件。是不是34师的余部进入了空树岩村了呢？这种可能性非常大。

何湘想到这里，突然心里想到上头说的话，谁俘虏一个红军就奖二百大洋，活捉师长陈树湘奖三万大洋。

当然，雁过拔毛，何湘是不会将实际数目公之于众的。各人心知肚明，这些奖金如果有，盘剥一层下来中饱私囊是再正常不过的。就是不私吞，也要克扣一些下来犒劳保安团的兄弟们，哪里可能全部照付。这一来，何湘对外宣传时就说，俘虏一个红军奖一百块大洋……

保安团对大山熟悉,百姓也害怕他们,就算红军人数不少吧,这缺吃少喝地奔波了多少天,弹尽粮绝,朽木一般,也许一推即倒。三四百人,就是俘虏一百人,那该是多少大洋啊?左想想,右想想,顷刻间,何湘的脑子转了十八个弯,想到自己的装备、人员等优势的时候,他一下子有了信心,心情也大好起来,就狂笑着大声说:"你,在前面带路。兄弟们,我们去抓活的。"

赵瞎子见何营长这么兴奋,他呆站在那里,只看着大家傻笑。

"带路!"何湘走近他说,"走呀,听到了没?"

"空树岩村,你们又不是不认得路。我要回去,那不就被人知道是我举报的?"赵瞎子将手一伸,说,"你给我奖金,我出去避几天!"

何湘揣着明白装糊涂,满脸疑惑地问:"什么奖金?"

赵瞎子一听这话就有些生气,大声说:"我深更半夜二十多里地跑过来报信,你们可不能说话不算数。"

何湘一听,便阴笑着说:"呵,这个啊,我明白。可你不带我们去,谁知道是不是真的?"

旁边几个团丁马上附和道:"是啊,万一你个瞎子是个大骗子呢。红军没在空树岩村,或者你就是来引我们进红军伏击圈的呢,那可就完了。"

"是啊是啊,一听就不真,别听他的了,我们继续玩牌。"

赵瞎子听团丁们你一句我一句这样说,也觉得有道理,他不能因为一时得不到奖金就半途而废呀。他举报的,他就必须得到奖金,要不他接下来吃啥喝啥啊?为了这笔赏钱,他必须从长计议。赵瞎子马上改变了态度,讨好地说:"何长官,我可以带你们去。但我有言在先,只要你们看到了红军,就必须先给我奖金哦!"

何湘眼白一翻,哈哈一笑,说:"你还不相信政府?"

是个有脑子的人都能想得出来,保安团走哪吃哪,见啥抢啥,是带大笔银子出门付款的主儿吗?还一百大洋,做梦多美啊!

就这样,随着何湘一声令下,保安团的人吆喝起来,一时间东倒西歪地集了合,大半夜也不能睡觉,骂骂咧咧地就从山道奔空树岩村而去。

赵瞎子则被胖团丁看着,乐滋滋地在前面带路。


山区的夜特别安静,有一点风吹草动都听得清清楚楚。

下半夜,有战士起身了,拿着枪来到哨位,报口令,换岗。

陈树湘晚上没有合眼,他想起自己带出来的34师,现在只有不足200人了,感到一阵悲切。但无论如何,他必须带领这支部队生存下去,好为革命保存火种。

见王光道睡熟了,陈树湘轻轻爬起来围着宿营地检查了一圈。看到战士们在熟睡之中,心里既有大部队已顺利过江的喜悦,也有对34师余部未来命运的忧虑。——同志们啊,现在你们就好好睡个好觉吧,接下来的每一天,等待你们的都将是严峻的考验啊。

陈树湘站在山顶上,看着天上群星一闪闪的,有的晶亮,有的微暗,有的好像在偷偷对他眨眼。那些星星散乱在天际,但盯着看一阵,又仿佛还有些规律,有那么几颗星星围成一个方形,挺像一张红狮牌的扑克。

"哦,这个方形的中间斜着三颗星,好像就是'福''禄''寿'三颗星……"陈树湘自言自语道,同时想起爸爸曾给他讲过一回,冬天看到这三颗星的人就会"福星高照"。

这时候,陈树湘低头想起了爸爸陈建业,想起了妈妈张氏,想起了他跟爸爸妈妈生活在一起的那些贫苦日子。

陈树湘出生在长沙县一个叫福临镇枫树湾村的地方。传说明代皇帝武宗朱厚照微服到了长沙县清泰桥,见当地老百姓正在修桥,便挥毫题写"清泰桥"三个字。到达街上,看到一个个茯苓铺,认为"茯苓"两字与"福临"谐音,为大吉大利之兆头,于是改"茯苓铺"为"福临铺"。

父亲陈建业一无所有,但他勤劳,起早贪黑,除了干农活,还特地跟人学了砌砖盖瓦。到了农闲的时候,他就去给有需要的人家帮忙做事,多少能赚回来一些零钱。完工时人家一般都会给个礼包,包里多少会有些好吃的,偶尔还会有半巴掌大的猪肉或一小包白面。这些食物拿回家,那可就是珍贵无比的口粮了,母亲张氏连尝一口都舍不得,都留给陈树湘。

陈树湘就在这艰苦而又温馨的家庭里渐渐长大了,时常会和妈妈一起在家门口等着父亲回家,特别是父亲带了食物的时候,那就更让人欢呼雀跃了。

"东家今天有急事,我去给他帮忙跑腿出了大力,东家瞧我有功,就赏了一块绿豆糕给我。"陈建业说着,从口袋里拿出一小块用荷叶包住的糕点。绿豆糕只有一寸见方,但绿莹莹的,闻一下可香了。陈树湘用牙齿磕下半指甲盖那么一块,落到口里抿一抿就化了,可甜了。

这时候陈建业和张氏就这么眼睛不眨一下地看着儿子,心里满满的高兴。

"爸,你吃一口。"陈树湘依在陈建业身旁,将手举到父亲嘴边。

"爸不吃,你吃吧。"

"妈妈吃!"陈树湘又把手朝一边伸过去。

张氏蹲下身子,轻轻地将孩子的手推回去:"妈妈也不吃。"

"妈妈,很好吃,你尝尝。"陈树湘不依不饶,他觉得这是天底下最好吃的东西了,只要妈妈试一试,一定会喜欢的,于是他倔强地要母亲尝。

"那你就尝一口呗,应该很好吃,东家的城里亲戚送的,也就是那么一小包,还贴了红纸。"陈建业笑着说。

"妈妈,你就尝一口吧……"

张氏看到陈树湘小小年纪这么有孝心,就轻轻抿了一小口,立刻甜进心里去了,她连连说:"好吃!"

生活很苦,偶尔有一丝丝甜。

后来,张氏为陈树湘生下一个妹妹,但自己染病去世了。后来,陈树湘的妹妹两岁时夭折了。

而今,他离开家乡七年了,不知他父亲现在怎么样了,还有他的妻子陈江英。这个时候,他非常思念他们。

陈树湘又抬起了眼睛,盯着那三颗斜斜排列的星星仔细看。他想到了在长沙清水塘的日子。陈树湘跟着父亲在长沙街头挑水、送菜、做零工,经过几年时间,他已经熟悉了长沙的许多条街、许多条巷子,对文化书社所在的潮宗街更是非常熟悉。

一天,陈树湘从地里砍了一筐青菜送到清水塘22号,正好看见杨开慧在捆书,陈树湘放下菜筐子走过去帮忙。陈树湘认识一些字,便边捆边瞅上一眼,看见封面上印有长着长胡子的外国人马克思,就知道这都是些马列主义的书,这些书都要拿到潮宗街的文化书社去。

陈树湘对杨开慧说:"开慧姐,我正好要去潮宗街送菜,可以帮忙把书也送过去。"

杨开慧停下手看着陈树湘,慢慢地说:"这些书很重要,可不能丢失了!"

"这个我知道,先送书再送菜!"陈树湘笑着说,"书比菜重要。"

这是陈树湘第一次帮开慧姐干活,他非常高兴也非常细心,果然先将书送到文化书社。就在文化书社,他见到了何叔衡,还见到了熊瑾玎。

何湘带着保安团一营的团丁,跟着赵瞎子一路跑来。

星星点点的亮光照在高山顶上,团丁们深一脚浅一脚往前跑,锋利的茅草割痛了他们的手,割痛了他们的脸。一个团丁边走边打瞌睡,突然就跌倒了,滚进了旁边的深水沟里,跌到了腿脚,痛得他大叫一声。

团丁们只好停下来去搭救他,好不容易才把他拉上来。

跑了一阵,团丁们没有力气了,速度慢下来。

何湘一边骂,一边大声说:"快点!"

这时,山里的雾起来了,稍远一点儿的山峰被云雾遮挡,都消失在视线里,影子都没有了。

一个团丁大声说:"这样跑,我们什么都看不见,会不会走进红军队伍里?!"

他这么一说,大家都说看不清路,要求点火把。

何湘感到,这是团丁们对他的抗议,但为了尽快去抓红军,他只好答应,说:"点吧!"

火把点燃起来了。

黑暗里中有了火把的亮光,虽然远景还是看不见,但近处倒是照得光亮,走起路来也踏实多了。

团丁们走路看得见,前进的速度明显加快。

赵瞎子对这条路本就十分熟悉,现在更是急着拿奖金,带着拿火把的团丁们健步如飞,根本不知道累似的。

远远的山林中,有一团亮光。

在空树岩村站岗放哨的红军战士,注意到远处似乎有狗的吠叫。叫声由远及近,村子里比较灵敏的老狗也开始一声两声地叫起来。

陈树湘听到狗叫,意识到有情况,他扶着背靠的大树赶紧站起来,向极远处眺望,朦胧雾色里,疑似有火光星星点点跳跃。山雾弥漫,他揉揉眼睛细看,又好像没有。

听到狗叫声,张明达和何青松也来到陈树湘身旁。大家商量后认为,这个时候有情况,一定是赵瞎子带着保安团来了。

警卫员赶紧叫醒了参谋长王光道。

陈树湘对张明达说:"迅速组织特务连,打敌人一个伏击!"

张明达说:"是!"

张明达领了任务,带着特务连离开了。他们跑步到一个两边是高山、中间是道路的地方隐蔽起来。如果来偷袭红军,这里是必经之地。

火光越来越近了。

这时,何湘也感到距离空树岩村越来越近了,如果再点火把,势必会暴露无遗。何湘是领教过红军的厉害的,这次一定要打个胜仗,一泄心中怒火。

何湘想到这里,大声叫道:"停!"

所有的队员一听,都停下来。

何湘小声说:"将火把熄灭!"

大家搞不清楚这是为什么,都在七嘴八舌地问。

何湘一听,没好气地骂道:"你们没看见吗,前面就是空树岩村了,火把会暴露目标。"

赵瞎子也在说:"红军就在前面不远的树林里。"

就这样,何湘看到火把都熄灭了,才下令继续行进。

照何湘所想,这时候正是半夜时分,红军应该都睡得深,睡得沉。他带着保安团静悄悄地接近,来一个神不知鬼不觉,将红军一个不剩地全绑了,那明天一早就可以到县城领赏了。

赵瞎子小声地对何湘说:"何营长,我发现了红军,我的赏钱你们可一定要兑现!"

何湘干脆地说:"那当然,只要捉住红军,你就是头功!肯定有奖!"

队伍向前走,他们倒想像猫走路一样没有一点声音,但这么大的一支队伍行进,当然还是有嘈嘈切切的凌乱脚步声。

走了一阵子,何湘要求队伍停下来,听听动静。

按理昨儿就该下雪,可是没下。现在山风一阵比一阵冷地吹着,倒把雾也吹散开了不少。

"冷得要死,今天恐怕要下大雪了。"

"是啊,要是能回县城就好了,烤火多舒坦……"

两个团丁小声在聊,被何湘轻吼一声才制止了。

倾听一阵,何湘也没听到任何响声。一阵风从远处吹来,隐隐夹杂着有人打呼噜的声音。难道是红军在睡觉吗?对,一定是红军,不然深更半夜哪来的呼噜声?

何湘一听心中更加高兴,红军在睡觉这就更好了,真是天助我也。

何湘小声地说:"出发!"

张明达将战士们都部署好,大部分的战士都隐蔽在山腰上,少数战士在道路两旁的灌木丛里。张明达对战士们说,等到敌人进入包围圈再开始战斗。

战士们一个个精神振奋,决心要打好这一仗,给敌人以猛击。

吃一堑,长一智。何湘的警惕性是很强的,上次的彻骨之痛,他没有忘记。但让他没想到的是,这次红军战士早已经在前面等着他了。

何湘带着团丁小心警惕地行走着,悄悄地进入了张明达的特务连的包围伏击圈。

还没等何湘搞明白,张明达一声令下,机枪响了,手榴弹掷过来了,一时间爆炸声不断,冲杀声从山腰传来。

啊,我们进伏击圈了?

何湘头脑顿时一片空白,大声说:"顶住!"

可是,说也没用,走在前面的队员已经倒下死了,后面的队员一看掉头就跑,逃命要紧。

何湘见这个形势,也是逃命要紧,赶紧往后跑去。

赵瞎子看到红军和保安团打上了,心里一阵高兴。他边往后躲去边想,这就证明了他是没有骗何湘的,空树岩村是真的有红军,何湘该给他奖励了。

何湘带着余下的队伍向后跑了几里地,看看后面没有红军追来才停下来,口里说:"这些红军太狡猾了,怎么知道我们会来,就在路上埋伏着。"

赵瞎子笑着走过来,说:"何营长,你看我没骗你吧,空树岩村是真有红军!"

何湘上气不接下气地说:"有,有,他妈的真是厉害得很!"

赵瞎子将手伸出来,笑着对何湘说:"何营长,那先给我五十块大洋奖金吧!"

这时,何湘的副官过来向他报告,说有十来个兄弟被打死了。

何湘一听,心里不是滋味,他这是偷鸡不成反蚀一把米。赵瞎子没有听出危险来,还伸着手要奖金呢。何湘心里不耐烦了,心想,赵瞎子说不定就是红军派来骗他上当的。

可是,愚蠢至死的赵瞎子才没想那么多,他一心认为,只要空树岩村有红军,他已经报告给保安团了,何湘就应该给他五十块大洋奖励。于是,他又向何湘伸出了贪婪的手。

何湘正在气头上,这次遭遇伏击,难道不是你赵瞎子带路造成的吗? 你赵瞎子会不会跟红军是一伙的呢? 想到这里何湘气不打一处来,掏出枪,对准赵瞎子的头,大声说:"你妈的,害得老子损失了这么多兄弟,你还要奖金,你是想找死呀!"

赵瞎子被这突如其来的动作吓坏了,枪顶着他的头,他更不敢作声。可是他心里在想,说好的事难道说变就变?

团丁们吃了败仗,正好有气没地方出,便大声说:"就是赵瞎子害我们,该枪毙!"

何湘一听,觉得在理,如果不枪毙了赵瞎子,他没有办法向上头交代。

何湘大声问道:"这个赵瞎子该不该枪毙?"

赵瞎子一听,双膝一软,就跪下了。正想求饶时,就听到团丁们齐声喊:"枪毙!"

赵瞎子知道大事不好,碰到这伙强盗,不仅要不到奖金,甚至连小命都可能保不住。他赶紧说:"我不要了,不要了!"

赵瞎子说的话似乎没有人听到,只听见团丁们仍大声说:"枪毙!"

何湘一股痛恨涌上头,扣动了扳机,一声枪响,赵瞎子应声倒下,从悬崖上滚落下去。

太阳从山峰间露出脸来,小鸟早在树林里跳跃,欢叫。

云雾飘浮着,空树岩村的吊脚楼在隐隐中浮现。

红军战士们也从背靠的树上起来了。

半夜里的枪战,几乎将村里的百姓全惊醒了。他们躲在屋子里战战兢兢,生怕自己家发生什么事情,就这样熬到了天亮。有人从木窗里伸出头来向外看,想知道村子里怎么样了,是不是死了不少人。有人半开着门,派出小孩出来打听虚实。

有个胆大的瑶族老人,手里拿着一根长烟标,弯着腰走到红军睡觉的山林。战斗早结束了,参加战斗的红军战士们正抓紧时间休息,一个个年轻的后生睡在清寒的秋冬山林里,缩成一团取暖,却没有入村去骚扰瑶民,更不可能像保安团宣传的那样"共产共妻"。老人边看边想,这可能就是传说中的红军。

陈树湘看见老人走过来,亲切地迎向前,主动跟老人打招呼。

老人听不懂陈树湘在说什么,但他从陈树湘说话的语气中感到,这些红军战士是一支有纪律的队伍,不是土匪。他微笑着,对陈树湘说了一句瑶族语。何青松赶紧翻译说:"你们是好人!"

这句话被空树岩村的村民听到了,大家一下子从关着的门里走出来,都对红军战士笑脸相迎,主动拿出了自家的玉米、花生等给红军战士。

陈树湘看到瑶民对红军友好,向瑶民表示了感谢。

天空大亮了,整个空树岩村都活跃了起来。

红军战士们又开始在墙壁上写标语:

"打倒军阀白崇禧!"

"共产党是穷人的队伍!"

……

张明达和何青松向陈树湘走过来,汇报昨夜战斗的具体情况。

陈树湘和王光道听了,觉得打赢这场小夜仗值得高兴,同时也感到此处不是久留之地,得赶紧离开。

陈树湘命令说:"传令下去,马上集合!"

红军战士集合完毕又要出发了。

通过何青松的传达,瑶族百姓已经知道了红军的很多事,他们热情地给战士们送来了茶水和食物,请这些满身尘埃的小战士们收下。陈树湘拱着双手作揖,向瑶族群众表示感谢,然后大声说:"出发!"

陈树湘率部向江华、永明边境前进。

> 离开空树岩村，34师余部继续前进。当行至永明(今江永)的大溪源时，何键派出的成铁侠旅及道县、永明的保安团立即尾追而来。陈树湘率部且战且退，退至小坪附近，唐季候部又闻讯赶来截击。

离开空树岩村，战士们的耳边还回响着瑶族兄弟的亲切问候。但这里的安全隐患太多，当然不适合做战士们的落脚点。

陈树湘带着34师沿着道县、永明的边境向南行。

何湘的保安团像一条恶狗一样，一路追赶着。

在都庞岭的大山里，何湘与34师打了一仗，吃了败仗。在空树岩村又被34师打了一个埋伏，损失十多人。何湘自知损失大，又不甘心，所以一直跟着、追着。

到了永明境内，永明的保安团听说红军来了，也加入追击队伍中来，大有与道县的保安团争功之势。何湘心里虽然排斥，但他更加想一举"歼灭"红军，在司令唐季候那里争得头功。

正在这时，唐季候派人送信来，说省里的成铁侠旅也很快赶到。

陈树湘带着34师余部要避开这么多追敌，根本不敢走大道，只好带着队伍又一头钻进了大山里。

何青松会瑶族语,但对这一带不熟,因而还需要另找一个瑶民带路。

张明达和何青松正商量着呢,转个弯,听到一阵狗叫声。

这狗叫声特别欢,好像是碰到了老熟人。

何青松瞅了远处一眼,是一只大黄狗,那身上的斑纹瞧着也挺眼熟。何青松想起来了,这是在都庞岭北边的山里,那位老猎人的大黄狗,额头上有一小块黑斑毛。可它怎么会跑到数十公里远的山南来了呢?难道老猎人带它过来的?

何青松这一猜还真准,果然老猎人背着猎枪,跟在大黄狗身后数十米走了过来。

老猎人是追一只狡猾的老狐狸过来的,或者说是老狐狸把老猎人引过来的。这只老狐狸跟老猎人较量好几年了,经验丰富的老猎人一直没猎到白狐,白狐时不时地到他眼前来晃一晃,每次都勾得老猎人追上很远,甚至有时候追出去一两天。

可以说,这是一只无聊的白狐。

或者说,这是一位有点无聊的老猎人。

当然,除此之外,白狐皮的经济价值远远高于一般的狐狸皮,所以老猎人和大黄狗从北追到南,从南追到北,乐此不疲。

老猎人的狗这次叫个没停,而且叫得很欢,老猎人立即警觉起来,紧赶过来,面上的表情还有些疑惑。

这时,何青松摸了摸蹭到自己腿边的大黄狗的脑袋,冲着刚从林子里走出来的老猎人大声喊叫:"奉爷爷!"

老猎人一听有人叫他,赶紧边看过来边应道:"是谁?"

何青松一听还真是,连忙迎过去,说:"奉爷爷,是我!"

老猎人一看是何青松,高兴地说:"红军啊! 你们怎么也到这里来了?"

张明达见何青松的反应,开始以为是何青松碰到了相熟的乡亲,现在见是老猎人,赶紧从后面走出来,大声说:"奉爷爷,是您啊,我们又见面了。"

老猎人看到他们,高兴地笑起来。

陈树湘和王光道也过来了,高兴地与老猎人握手。

老猎人好像明白了什么,马上说:"你们这是往哪里去?"

何青松立即说:"我们要往南,不敢走大道,但在山里走又怕迷路! 这一路我也不太熟悉。"

不是特别熟悉的地方,是不敢乱带路的,就怕掉进保安团的陷阱里去。

老猎人听了这话,笑着说:"这方圆两三百里的路,我都熟,打猎一辈子了,年轻的时候喜欢乱跑!"

说着,老猎人爽朗地哈哈大笑起来。

"这可太好了!"陈树湘一听,高兴地说,"真是太谢谢了,上次保安团突然出现,我们赶紧离开了,就怕连累您。现在看到您就放心了。"

老猎人应声道:"我活这么大年纪,看过的人很多,你们是好人,值得我帮。保安团那些恶狗,我也不怕他们!"

陈树湘紧紧地握住老猎人的手说:"谢谢,太谢谢您啦!"

王光道走过来,对老猎人笑笑说:"老人家,我们真是要感谢您!"随后转过身对陈树湘说,"师长,我们得赶紧离开这里。"

老猎人问:"你们想往哪里去,我给你们带路。"

陈树湘说："给我们带路很危险哦,会不会……"

"不会,不会,陈师长不要顾忌太多!"老猎人学着战士们的称呼叫一声陈树湘,打断了他的话。

"那我们想尽快离开这里,走得越远越好。敌人随时会出现在我们四周,我们需要逃离他们的包围圈……"陈树湘不知道该怎么说了。因为打游击是没有"去处"的,打到哪里就是哪里,能不被敌人追到,安生待几天就好。但这话怎么跟老猎人说呢?

老猎人说："是呀,保安团到处封山搜人,已经封了这座山,正在到处寻找你们,这里根本不安全。我是追一只狐狸过来的,正打算赶紧离开呢。陈师长,我知道有一条小路可以穿过去到山下,很容易就到对面的那个山头去。"

说着,老猎人扬起手,朝远远的一个山头指去。陈树湘顺着他的指尖看了一眼,有点兴奋,那山挺远,当然是越远越好。敌人都在往这边围,那边或许就是安全的。

王光道也赶紧说："那好呀,老人家,那就有请您给我们带个路,我们要离开这里!"

陈树湘赶紧让张明达通知下去,迅速转移。

张明达站到一块大石头上,大声召集大家："同志们,敌人围山了,我们马上转移。"

战士们一听这话,不由得轻轻缓了一口气。

听,是转移,不是突围。

这时,大家看向老猎人的眼神都充满了感激。

老猎人和他的黄狗在前面带路,陈树湘带着队伍跟在老猎人的身后。

可是,队伍没走多远,前面又发现了永明的保安团,有好几十个人,他们背着枪,从山上巡逻回来。

老猎人很远就看见了保安团,赶紧说:"大家快隐蔽起来。"

陈树湘赶紧指挥部队,听从老猎人的建议,在一片灌木丛里藏身。

眼看着这支保安团几十人,一步一步地向这面走过来。

陈树湘小声地说:"同志们,准备战斗!"

战士们就地找到隐蔽之地,准备战斗。

保安团大摇大摆地走来,他们走路的脚步声和喘气声都听得一清二楚。

一个团丁说:"长官,我们到哪去寻找红军?红军像小鸟一样,钻进大山里跑来跑去,精神好得很,动作快得很,咱们这里围围那里搜搜,哪里找得到?"

"闭嘴,就你聪明!小心老子毙了你!"一个声音吼道。

一下子,嘈杂的声音就没有了。

保安团队员到底还是怕真的挨枪子儿,不敢触怒头儿。

这话好像就在耳朵边,陈树湘听得一清二楚,隔着一条深沟,他能远远地看清楚那耷拉着脑袋的团丁。

陈树湘打了个手势,示意大家一点儿动静都不要发出来。即使他不招呼,战士们也不敢动啊,人人都希望这次能和保安团相安无事地相错而过。

这样静静地伏着一动不敢动,过了几分钟,等敌人渐渐走远了,陈树湘才示意大家悄悄撤离。老猎人带着队伍沿着峭壁向远处走,那都是人迹难至之处,根本没有路。

啪!远处一声枪响,接着数声枪响,密集的枪声响了起来。

陈树湘心里一紧,朝远处看去,但他什么都没看见。

红军队伍人数不多,但为了减少转移的动静,还是分成几个小队拉开距离撤退,这样可以避免遇到敌人被一口吞掉,还能有"一字长蛇阵"似的首尾相顾。

现在,后队被保安团咬上了,危险!

陈树湘立刻拔出枪来,命令队伍向后包抄敌人。战士们沿着长沟追上敌人,隔着长沟向敌人开火:"打,狠狠地打!"

保安团身后被袭,顷刻间就倒下了十几个,马上转过身来向后还击,一时间保安团的团丁都慌了神,首尾难顾。

伴着密集的枪炮声,以为包抄了红军的永明保安团吃了大亏,还管他天王老子是谁呢,有大洋也得有命花啊,红军枪法这样准,要活着回家太难了。胆小的团丁拔腿就逃,还嚷着:"有红军啊,赶紧跑!"

一声"赶紧跑"击溃了更多团丁脆弱的心,一下子就有三分之一的人假装追敌,喊着杀啊冲啊,往无人的山坳里跑去。

永明的保安团巡山时在这边交火,道县的保安团也没有闲着。

躲在树林中的何湘厉声骂道:"红军在前山,跟永明的保安干上了,咱们赶紧冲,抓到红军大大有赏!"

可是,听着密集的枪声,团丁们越跑越慢,哪里算得上冲啊!不是很明显吗,越跑得快,越有危险。

何湘气急败坏,又大声地叫:"抓住一个红军,奖一百块大洋!一百大洋啊,逃兵枪毙!"

这样一说,有许多团丁加快步伐,往枪声密集处赶过来。

知道枪声一响,敌人的援兵顷刻可至,陈树湘可不敢在这里硬拼,便对老猎人说:

"老人家,我们撤,麻烦您带大家赶紧撤离!"

可是,没走多远,何湘的保安团打着枪,叫嚷着向这边压过来。

永明的保安团看到何湘的保安团追了上来,马上底气大增。眼下有了助手,但又生怕头功被抢了去,于是赶紧也转身向红军冲过来。

"保安团追得太紧了,光撤是不够的!"王光道说,"老陈,你带人先走,我带一队埋伏起来,等敌人走近,我们再给他们狠狠一棒。"

"好,我们再给他们包个饺子。狭路相逢勇者胜!"陈树湘说。

老猎人听到两位红军大官的话,也觉得热血沸腾,更觉得肩头责任重大,马上插话,表示可以把他们带到一个安全的地方埋伏起来。

两支保安团从同一个方向的两条崎岖山路冲了过来,越走越近了。保安团团丁都是当地人,对这一带熟悉得很,他们害怕,便建议不往前蹚,避免走进红军可能设下的埋伏圈。何湘听了也觉得有理,就安排保安团先在一个隐蔽的地方埋伏下来观察。

这样,双方都躲起来等对方先动,没有人敢出来。

大山,一片平静。只有山风轻轻吹拂着,山中的竹尾摇曳着。

张明达对陈树湘说:"他妈的,他们也躲起来了,不往这边走了,我们怎么办?"

这时候,陈树湘也感觉到有些为难:走,怕敌人追上来;不走,他们耗不起时间。

陈树湘在思考着。

老猎人看透了陈树湘的心思,走过来对他说:

"敌人现在不敢动,那我们就走嘛。只要动作够快,下了这个山有一个极狭窄的山壁,可以绕到后山去。那里只能慢慢通过,只要敌人在这时候不追上来,我们转个弯就能往对面那座山去,小路不往这边峭壁绕,他们肯定追不到。"

陈树湘一听,细想,老猎人说得有道理,便小心地跟战士们说:"同志们,照旧分三队,一队掩护,二队跟老人家走,三队拉开距离跟上,别掉链子,赶紧撤。"

就这样,红军弯着身子撤离敌人观察得到的矮灌木,然后迅速跑步向后山奔去。三队,通过;二队到了,迅速通过;一队在王光道的示意下,故意弄出点动静,让敌人更加明确地知道此处有埋伏,然后也悄悄地离开了。

两支保安团还在商量怎么进攻呢,谁也不让谁抢功,可谁也不想让自己的队伍冲在前面。

红军到底是埋伏着,还是已经离开了?

保安团到底是追,还是冲上去打,还是继续埋伏着等机会?

放了两声冷枪,打在灌木丛里,但对面没有动静,没人回击。

就这样,陈树湘带领部队跟着老猎人很快通过了峭壁,从采药人走的无路之路,从陡直的山谷间一直走到了山脚下,然后转入了另一座山。这路太难太险,他们沿途休息了两次,同时布置阻击点随时准备迎战保安团,可是保安团并没有追过来。遥远的山坳里,偶尔有几次枪响传来,那声音像鞭炮一样,被风轻轻地一吹,就消失了。

陈树湘带着部队在山腰休息,又设了埋伏做好战斗准备。可是,大半天过去了,保安团一个人影也没有出现。这时老猎人说,保安团可能已经发现红军不见了,也没办法再追。红军刚走过的山路,保安团是不可能知道的。红军这会儿沿着这条山路往上走,山顶人迹罕至,应该是安全的。

翻过这座山,向永明、江华方向走,就走出了这座都庞岭。

陈树湘握住老猎人的手说:"老人家,太谢谢您了,您救了我们两次呢。"

老猎人能带着红军完全脱险,也显得特别激动,忙说:"别说这样的话,有缘自会相见,你们赶紧走吧。"

"再见,老人家,您多保重!"

陈树湘带着他的部队继续往前走,老猎人站在那里目送着他们,等到他们走进山林,再也听不到一丁点声音了,老猎人才带着他的黄狗往回走。

老猎人跟红军分开以后,特地绕远路往回走,白狐他是肯定追不到了,下次遇见了再继续追吧。也许他这辈子都追不到那只白狐,可那又有什么关系呢。

老猎人翻过了两座山,觉得不太可能再遇见保安团的人了,可大黄狗突然警惕地吠叫起来。老猎人朝四围看了看,躲是没什么地方好躲,而且远远地已有保安团哨兵看见了他。没有跟红军在一起,老猎人没什么要怕的,于是决定理直气壮地向前走去。

不一会儿,他就被保安团围住了。

原来两支保安团队伍最后决定各派十人联合冲锋,冲到对面山沟时才发现根本没有红军的影子了。何湘气得要死,于是带着保安团往回撤,他又不甘心,就决定埋伏在山脚下再等等——山弯水绕的,谁知道红军下一步往哪撤啊!

就这样,他们等到了老猎人往回走。

老猎人的黄狗见保安团将他们围住,发出了一串骇人的狂叫。

一个团丁想抓住老猎人,大黄狗猛地扑过去,一口咬住了那个团丁的屁股,那个士兵痛得哇哇地叫。

团丁们围着大黄狗打,大黄狗就是不松口。

被咬的团丁费了好大的力气才将大黄狗甩开,他举起枪向黄狗打去。

被打中的大黄狗,发出悲伤的哼叫,倒在地上。

枪响声在空气中传得极远,在远处山腰上的陈树湘隐约听到了枪声,他甚至觉得自己还听到大黄狗怒吼的叫声。

陈树湘说:"老人家肯定是被保安团抓住了。"

王光道说:"老猎人不会有事的,我们赶路要紧。"

"不行!"陈树湘刚想起高腔,又压了下来,"不行,老猎人救了我们两次,我们一定要救他。"

"不,我们不能回去。"王光道说,"保安团没证据证明老猎人给我们带了路,但如果我们一出现,就给了他们证据。还不等救下老猎人,敌人就可能枪杀了他!"

这很有道理,陈树湘一时失语了。

何青松也说:"是啊,师长,老猎人带着狗在山里跑是再正常不过的,敌人未必能把奉爷爷怎么样。"

就这样,陈树湘在原地站了好一阵子,才不得不带着队伍向深山里撤去。

陈树湘说:"那好,我们赶紧撤!"

陈树湘最后的战斗：
腹部中弹，继续指挥战斗

陈树湘带领余部来到江华潇水牯子江渡口过河,当船行至中游,遭到民团袭击,不幸腹部受重伤,简单包扎后,他继续指挥战斗。渡过牯子江后的红34师已不足200人,再度兵分两路向前。

新的一天在战士们匆忙转移中来到了。

新的一天,敌人对红军的追击一刻也没有停止。

何湘这两天打了几次败仗,死了20多个兄弟,只好哭丧着脸如实向道县保安司令唐季候报告。

唐季候一听,立即大发脾气说:"没有用的东西,我跟你说了多少回了,要动脑筋,真是猪脑壳!"

何湘只有将责任推到死了的赵瞎子身上,说他是红军的奸细,故意将保安团引进了红军的埋伏圈。并说,红军已经离开空树岩村,向道县与永明交界方向逃窜。

唐季候一听,半信半疑,气略微平息,心想,这笔账我记着,再慢慢和你清算。

何湘见唐季候不发脾气了,心里平静下来,又想说说要人要枪的事。没有人和枪的补充,何湘总感到没有底气。

这时,唐季候问道:"你看清楚了,红军有多少人?"

何湘小心翼翼地向他报告说:"不超过300人!"

唐季候又重复了一句:"你确定看清楚了?"

何湘拍着胸脯赶紧说:"看清楚了!"

唐季候听了哈哈一笑,说:"300人,残兵败将,不用几天,一定能全部消灭!"

何湘见唐季候高兴了,这才说:"我带着一营继续追,我要报仇!"

唐季候听了,哈哈一笑,说:"你小子有志气!"

何湘立即说:"我现在人手不够,弹药也不足!"

唐季候一听,便说:"我给你加派30个队员,弹药全部给你补齐!"

何湘一听,高兴地说:"谢谢司令!"

唐季候赶紧给沿路的保安团和地主武装发命令,要求他们进行部署,一定要将残余的红军消灭。

何湘紧跟着34师余部的屁股追,他怕吃亏,不敢靠近。

陈树湘带领红34师从空树岩村出来,沿着道县和永明的边界向永明县前进,马上过永明上江圩浮桥。

立福洞地主武装早接到唐季候的指示,发现路过的红军,埋伏在浮桥边的山林里。

远远地,地主武装对红军进行猛烈攻击,枪声和炮声响彻云霄。

陈树湘带着战士们沉着应战。

由于敌人隐蔽在暗处,战士们在明处,战斗进行了十多分钟,战士们损失大,陈树湘下令突出重围。

从立福洞冲出包围后,陈树湘带着战士们边打边撤,向道县下蒋方向前进。

何湘现在有了兵力和枪支的补充,腰杆子就硬起来。

经过立福洞时,永明的地主武装听说道县的保安团来了,都来诉苦,说:"我们打死了10多个红军,上头说有奖励,可没看到一分钱。"

何湘一听,哈哈大笑,说:"你们等着,奖金一分钱不会少。"

何湘秘密叫手下将打死的红军东凑西凑,凑出个整数,立即报告给保安司令唐季候。

唐季候听到何湘的捷报,非常高兴,说:"这个数我记着,到时候一起奖励。"

何湘没想到还得了一份意外的收获,正在高兴时,唐季候又打来电话,大骂道:"你个王八蛋,红军已到了江华桥头铺牯子江,你还在永明立福洞胡说八道骗老子。"

何湘一听,赶忙说:"我马上追过去!"

何湘自知犯了一个错误,不该在立福洞给唐季候报喜,应该赶到牯子江去。唐季候真是个狡猾的狐狸,什么事也骗不过他。

何湘赶紧集合队伍,想以最快的速度赶到牯子江,也许能弥补刚才的失误。

何湘突然大声命令:"集合,开往江华牯子江!"

团丁们一个个从屋子里出来,有的还在酒醉中,就迷迷糊糊上路了。

陈树湘刚带着部队摆脱了永明地主武装的"追剿",一路奔袭来到江华桥头铺附近的牯子江渡口,准备过江。

陈树湘将部队安排在牯子江村附近的山林里驻扎下来后，立即派出特务连连长张明达带着何青松一起去侦察，说："一定要搞清楚，最近这段时间，这里有没有保安团出现。"

张明达和何青松乔装成商贩，大摇大摆进了村。

这个偏远的瑶族村，平时没有外面人进来，平静且安详。老人们没事，就坐在门前抽烟聊天，打发时光。

张明达和何青松观察了一阵，走过去找到一个坐在村边抽烟的瑶族老人问情况。

何青松自称是来村里收购药材的，问老人："这叫什么村？"

老人告诉说："牯子江村。"

何青松又问："听说最近保安团到村里来抓红军？"

老人一听，赶紧说："是的，天天有保安团过来，说是抓红军，要大家发现红军立即报告。"

何青松听老人这么说，心里清楚这里很危险，得想办法尽快离开。

陈树湘和王光道了解情况后，一边指挥部队向牯子江渡口走，一边商量着下一步行军路线。

牯子江是潇水的上游，在牯子江村这段叫牯子江，河面二三十米宽。冬季的河水清澈见底，河水滔滔，湍急南下。

陈树湘知道，部队要向南走，到湘南打游击，必须渡过这条河。

站在河边，陈树湘捡起一块石子向河中间掷去，听水声感到河水不浅。这么深而湍急的水，一定要会水的人才能涉水而过。

陈树湘从大水手上接过望远镜，向上游下游两个方向都看了看,发现不远的地方有个渡口,还有两只小船。

陈树湘告诉大家说:"这两岸的树木遮天蔽日,如果有敌人埋伏,非常危险!"

王光道看了看,说:"我们可以从下游过江。"

陈树湘将望远镜递给王光道,说:"恐怕来不及了!"

这时,张明达找过来了,说:"下游渡河,河水更深!"

陈树湘和王光道一听,赶紧说:"此地不能久留,赶紧渡河。"

34师的战士们都在山林里休息。他们一路走来,几乎没有休息片刻,许多战士一坐下,就进入了梦乡。

陈树湘和王光道走到战士们中间,看到战士们都歪靠在一起睡着了,不忍心叫醒大家。但情况危急,又不得不叫醒大家,马上撤离。

渡口只有两条无人看守的小木船,停靠在河湾里。

战士们从一个小坡上走到河边,准备划船渡江。

王光道组织战士在渡口边架起机枪,其他战士都做好战斗准备。

张明达、康美凤、大水等十几名红军战士先向河边奔去。

因为只有两只船,水性好的战士自觉地准备到河边泅水。

陈树湘赶紧制止道:"大家注意,河岸可是最好的伏击点。"

战士们看到河对岸那高大的树林和茂密的灌木,马上警惕起来。

陈树湘观察周围的环境,感觉这儿格外安静,静得不那么自然。可是时间紧迫,不能再换别处过河了,陈树湘怀着侥幸的心

理,低声地说:

"大家多注意警戒,散开队形,小心过河。"

第一批的十几名战士开始涉水,河水不算很深,刚刚漫过腰间,他们手拉着手,小心翼翼地蹚着湍急的水流,徐徐前进。

第二批的战士把陈树湘、康美凤、何红梅、刘茜、大水、海子分别送上了两条小船,等第一批战士上岸后他们就开始过河。

第一批的战士刚登岸准备进树林搜索。陈树湘仔细观察河面升起的白雾,两岸密林里显得异常寂静。具有丰富战斗经验的陈树湘,判断这里可能有敌人设伏,早命令了战士们要随时做好战斗准备。

果然,当陈树湘所乘的木船渡至河心时,埋伏在两岸的江华保安团一拥而出,向红34师发起突然袭击。

两岸的树林后都从极隐蔽处喷出了火舌。

牯子江边顿时枪声大作,正在涉水过河的红军战士们无遮无挡,暴露在敌人和枪口之下。战士边还击边前行,鲜血染红了江水。

张明达是抱着机枪走在队伍前方,他的左肩挨了一枪,差一点跌在水里。他咬了咬牙站稳了身子,抱稳了机枪朝对岸扫射。

这时,在附近隐蔽的敌人从后面冲上来,偷袭红军战士。

陈树湘马上下令:"两岸都是敌人,只能冲过去。"

密集的子弹在空中穿行,河面上激起层层水花。

陈树湘站在小船上,大声说:"卧倒!打!"

小船上的战士们卧倒在小船上,向敌人开枪还击。

张明达用机枪压制住敌人的火力。

何青松是第一批渡河的,正在岸上同敌人战斗。

一颗子弹打在了护士员刘茜的后背,她没站稳,一下子栽倒在河里。

康美凤和何红梅伸手去拉,敌人不停地向船上射击,她们没有拉住刘茜的手,刘茜被湍急的水流卷走了。

康美凤大喊:"刘茜……"

何青松水性好,一听船上有人喊,便一转身,向这边游过来。

康美凤和何红梅指着说:"这里,这里!"

何青松连续两次潜入水中,可是终没有将刘茜救上来。

两岸的枪声不断,随时都有战士牺牲。

陈树湘在船上指挥战斗,当船到中游时,有团丁发现了陈树湘是红军指挥员,瞄准陈树湘射击。

砰的一声枪响,陈树湘腹部被子弹击中。

陈树湘顿时感到腹部一阵疼痛,鲜血一下子从腹部涌出来,船上顿时一片鲜红。

康美凤正在指挥何青松救刘茜,手还没有收回来,被陈树湘腹部流出的大量鲜血吓住了,她大声叫道:"师长,血,血,你受伤了!"

陈树湘用力将机枪举起来,向敌人开火,口里说:"别管我!"

康美凤赶紧打开药箱,但药箱里面空空的。

小船慢慢靠岸,张明达抱着机枪向奔过来的敌人扫射,大声说:"冲啊!"

红军和江华的保安团交织在一起,打在一起。

康美凤用手枪向敌人射击,奔过来的敌人倒在了她的脚下。

何红梅用木棍打击敌人。

大水和海子拿着盒子枪保护着陈树湘,他们射向靠近陈树湘的敌人。陈树湘一只手压住伤口,一只手举着枪向敌人射击。

何青松从水里爬上岸,看到敌人成群结队地向这边赶,他先拾起一把手枪,插在自己的腰间,这是他梦寐以求的。

但打起仗来,手枪当然没有冲锋枪好用,因此他直奔地上的一把冲锋枪跑过去,端起来向敌人狂扫。

随着枪声,敌人一个个倒下。

王光道挥舞着大刀连续劈倒三名敌人,可是被一名敌人偷袭,一刺刀扎在他的后膀子上,他一闪身用左手抓住了敌人的刺刀,鲜血从他的指头缝里渗出。他反手一刀结果了这个敌人。

王光道的后背又暴露给了敌人,一个敌人猛地刺来。张明达手疾眼快地把敌人的刺刀磕飞,飞身跳起一下子结果了这个敌人。

王光道知道,是张明达救了他一命。

他俩背对背挥舞着大刀,与敌人展开了生死搏斗。

突然,何红梅被一名敌人按在地上,匕首已经对准了她的喉咙。她大声惊叫着,感到生命完了。

这时,陈树湘挣开大水和海子,大喝一声奔过来,将敌人从何红梅身上拨开,刀光一闪,敌人的脑袋就搬了家。

何红梅看到陈树湘身受重伤,走路都打着趔趄,还跑过来救了她,心中充满无限的感激之情。

还没等何红梅从地上爬起来,陈树湘在何红梅身边倒下了,一股鲜血从腹部喷了出来。

大水和海子急忙跑过来。

张明达跑过来大声喊:"师长!"

"别管我,你们快走。"陈树湘说。

康美凤跑过来,药箱里没有药,她无计可施。

陈树湘咬着牙,从自己的衣服上撕下几块布条,交给康美凤,大声说:"给我扎上!"

康美凤见陈树湘的腹部中了一枪,有一个大口子,鲜血不停地喷涌而出,急得哭起来了。

陈树湘劝道:"不用哭,我们都宣誓过,要为苏维埃流尽最后一滴血!"

康美凤为陈树湘包扎好,陈树湘的手压着口袋里那包烟丝,心里想着,烟丝不能丢了,他要亲手交给让他走上革命道路的兄长毛泽东。可是,流血过多,他感到头脑一阵发黑,头一偏,昏迷过去了。

康美凤一见,大声叫道:"师长,师长!"

战士们围过来大声叫道:"师长,师长,你醒醒,你醒醒!"

敌人向这边冲过来了,何红梅大声说:"敌人冲过来了!"

张明达将机枪对准敌人一阵狂扫,大声说:"快,撤离!"

大水蹲下来一下子把陈树湘背起来,喊道:"张连长,掩护!"

张明达和何青松掩护着陈树湘、康美凤、大水、海子、何红梅等,他们杀开一条血路,向河边的小树林奔去。

密集的枪声在后面追赶,陈树湘趴在大水的身上气喘吁吁。

何红梅在旁边引路:"那边林子密,往那边走。"
大伙儿在何红梅的引领下,向一座山峰奔去。

> 34师余部与江华民团在蓬田源村南风坳（现名"血淋坳"）激战，一支分队吸引敌人往红堂岭方向撤退。其余战士则随之进入东冲，分别驻扎在九个湾、斋公田、姜家、袁家屋进行短暂休整。而后，他们趁夜色又转移到了道县四马桥早禾田村。

34师余部孤军作战，没有兄弟部队来接应，一直在山林里转战。何湘的保安团不死心，一直紧跟着陈树湘的部队。

陈树湘和他的34师余部在桥头铺过牯子江时，江华民团打伤了陈树湘，战士们制作了一个简易的担架抬着陈树湘离开不久，何湘的保安团又紧追而来。

道县、永明、江华三县交界地，自古以来经常发生山林纠纷、村民械斗，三县的政府都管，三县的政府又都不管。管的是小事，不管的是大事。对于治安上的事、没有利益的事，谁都不会去管。但在"剿共"问题上，上头特别召开会议，唐季候也有指示，谁都可以越界来管。

何湘的保安团一到江华桥头铺，当地的地主武装和保安团马上就来报告，说红军在牯子江过河时，遭到他们的袭击，打死打伤十几个红军。红军中有个大官，腹部挨了一枪，鲜血满地，被抬着离开了。

何湘听了一阵高兴,但马上就高兴不起来了。

红军的34师在空树岩村将何湘的保安团打得落花流水,死伤十多个兄弟,还好有赵瞎子垫背,否则,何湘没有办法向唐季候交代。这个江华保安团和地主武装在小小的牯子江村却给了红军阻击,还打伤了红军一个大官,想一想,总感觉有哪里不对,但他肯定不会觉得是道县保安团不行,更不可能是他何湘不行。

在永州,谁都知道道县保安团是最厉害的。

永州有句俗话:唱不过祁阳,打不过东安,蛮不过道县。

道县人的蛮,是霸蛮的蛮。不是不讲理,而是死扛理。因此,何湘在与34师残部的较量中没有取得胜利,心里自然不高兴。

何湘在想,大官是谁呢?现在34师可没剩下几个称得上"大官"的人了。难道是34师的师长陈树湘?

唐季候曾经说,34师有个师长叫陈树湘,被阻隔在湘江以东,没有渡江。难道就是他?如果是他,何湘一定要想办法抓到他,到时立下头功。

何湘看了一眼牯子江来汇报的村长,故意拉长口气说:"什么大官?你们看清楚了吗?"

村长没有上过战场,没有亲眼看到,但他的人当时可看到了,那些红军战士一个个急得不行。可万一不是……村长本来信誓旦旦的,现在却不敢肯定回答了。

何湘赶紧说:"充其量是个团长。"

村长见何湘说得那么肯定,点点头说:"何营长说得对!那就像个团长。"

何湘立即开会部署下去,对兄弟们说:"34师有个师长叫陈树湘,上头说只有他带的队伍还没有渡江,但被打得七零八落了,咱们追了几天没追着,据说现在他受伤了!"

在自己的人面前,何湘毫不避讳。他巴不得受伤的是陈树湘这个师长,那他要应付起来就会容易得多了。

一个队员问道:"那受伤的大官到底是不是师长陈树湘呢?"

何湘不做回答,只是说:"兄弟们,立功的时候到了,只要抓住了,马上可以兑现!"

有队员问:"抓住一个红军师长,可以奖励多少钱?"

何湘伸出三个指头,在空中摇了几下。

队员们大声说:"三万?"

何湘笑而不回答,大声说:"走,往早禾田方向追!"

这次,陈树湘受的伤不是手臂被子弹划破皮出点血,过两天就会痊愈,也不是哪里骨折受伤,包扎起来休息一段时间就照旧能生龙活虎。现在他是腹部枪伤,肠子八成是打穿了,绝对属于重伤、内伤,但现在红军队伍里没有能做大手术的医生和器械、药品,甚至就连止血、消炎都做不到。

绞心的疼痛让陈树湘难以忍受,但又只能任凭疼痛折磨着。

何青松砍了一些树干和藤条,匆忙制作了一个简易的担架,然后扶陈树湘躺倒在担架上。

康美凤现在束手无策了,和何红梅两人看着陈树湘脸色苍白、疼痛难忍,却一点忙都帮不上,都急得哭起来。

大水和海子抬着陈树湘,到了一条山溪边放下来,给陈树湘喝了两口水润了润嗓子。

康美凤用手帕浸了水,轻轻地擦洗着伤口周围的血迹,防止伤口感染。

大家看着陈树湘痛苦的样子,都流下悲伤的泪水。

前方探路的部队,走到离村子不远,就不敢前进了,都警觉起来,怕遭到保安团的埋伏。张明达和何青松折回来,走到陈树湘的身边,告诉他,前面有个村庄,叫早禾田村,王光道带着前锋部队在村庄不远的地方等待后面的部队。

陈树湘受了重伤,王光道一直在陈树湘的身边保护着。但陈树湘躺在担架上,不利于直接指挥战士作战,便让王光道带着部队往前。

部队行军的速度,相比以前,也缓下来。

何青松对这边熟,他换上了瑶族服装,自告奋勇地要求进村去侦察。

陈树湘在昏迷中,点点头,说:"大家,要、要注意安全。"

何青松和张明达耳语了几句,就离开了。

何湘指挥着道县的保安团,一直沿34师走的路尾追着,每到一个地方,都要停下来打听。当何湘的保安团来到山溪边时,一个团丁手里拿着一条带血的破布条,突然大声喊叫着:"你们看!"

何湘坐在山溪边洗手,听到喊叫声,大声地说:"拿过来!"

团丁拿着那条带血的破布条,走到何湘的面前。

何湘像只野狗,看到鲜血,一阵兴奋,又用手提着靠近闻闻、看看,大声说:"人血,血还没变颜色呢,新鲜的……没走远!"

何湘见到这条破布条,比什么都高兴,心想,报仇的机会终于来了。

他将破布条一掷,说:"兄弟们,起来,赶紧追!"

何湘指挥着团丁们火速行军,要赶到红军的前面去等着红军自投罗网。

红34师这支百余人的队伍,经界牌到达道县四马桥早禾田一带,等待他们的将是何湘带领的保安团的拦截。

康美凤只能为师长陈树湘进行最简单的包扎。

陈树湘躺在担架上,身上的血几乎流尽,他脸色苍白,迷迷糊糊,有时昏迷不醒。

王光道指挥红军,突破敌人的层层堵截,打退敌人的一次次追击,经江华县的界牌,道县的井塘乡、蚣坝镇,向道县四马桥镇早禾田村方向前进。

江华、永明两县保安团这时也得了准信,知道受伤的红军大官应该是师长陈树湘,于是一路疯狂尾随而来。

由于部队连续行军作战,指战员又得不到休息,加上天气原因,饥寒交迫,队伍大量减员。34师余部抵达四马桥镇早禾田村时,只剩100多人了。

道县保安团何湘抄近路赶到了指定位置,埋伏在红军的必经之地。

崇山峻岭之间,是层层梯田,一片一片,一山一山,万顷有余。

正是冬季,稻田已收割,呈现出土地的本来面目。辛劳的人们在冬闲时节,还不忘记在近村的地里轮种了萝卜和青菜等冬作物。

红军从山林走出来,走在稻田的田埂上。

在开阔地,何湘看到一队疲惫不堪的红军,背着枪和行李向这边走过来,心中既害怕又欢喜。

何湘将保安团安置在两山之间。

王光道看到前面的地形,大声告诉战士们:"小心!"

张明达侦察到不一样的情况,迅速给王光道报告。

可是,红军只有前面一条路可走,退回去已来不及了。

当红军进入何湘的包围圈后,何湘大喊一声,对红军进行猛烈的攻击。

陈树湘被枪声惊醒,在担架上指挥着战斗,大声说:"边打边退!"

王光道在陈树湘的身边,看到陈树湘的伤势严重,在敌我力量悬殊的情况下,果断命令,部队往后面山上撤。

经过一阵战斗,又有红军战士倒在血泊中。

34师剩下的100多人,只好退至银坑寨,占据有利地势。

何湘在埋伏圈里看清楚了,确实有红军大官受了伤,被两个红军抬着。这一仗,何湘打死打伤了20多名红军战士,于是一面派人向唐季候报告,希望多派点人过来支援,一面继续追击。

追到银坑寨时,何湘求胜心切,硬逼着保安团往山上冲,红军占领了有利地形,居高临下,对团丁又是打又是炸,团丁像滚萝卜一样滚到了山下,又被红军打死打伤十多人。何湘一看,气得一屁股坐在地上,傻了。

战斗的间隙,陈树湘在担架上召集王光道等人开了一个紧急短会,认真分析了眼前的严峻形势,提出了自己的设想。

陈树湘告诉战士们:"敌人还会组织更大的反扑,可能会出现种种意料不到的情况。我命令部队改变由长征原路退回的计划,参谋长王光道带领红34师余部突围,冲出一个算一个……如果我不行了,你们可以去洪塘营瑶族乡的牛栏洞集合,然后进入九嶷山区建立革命根据地,开、开展游击战……"

话还没有说完,陈树湘就昏迷了过去。

又一场战斗开始了。

何湘看到自己的保安团死了那么多人,心中憋着一股恶气,命令保安团接着往前冲。

王光道看到陈树湘又晕迷过去了,拿起枪,冲到了战斗最前线。

激烈的战斗,一阵高过一阵的枪声。

陈树湘昏迷当中心忧战事,身上疼痛,一直在做着噩梦,再次挣扎着迷迷糊糊地醒来,满身都是冷汗,但他还是趁着自己清醒,赶紧让警卫员大水去把参谋长王光道请过来。

34师在不断撤离的过程中,红军官兵所剩无几,参谋长王光道这些天已经是陈树湘身边最最重要的指战员了。

"光道,不能因为我一个人影响部队的计划,啊——"陈树湘按压着肚子上的伤,一说话就想咳嗽,一激动腹部就更痛,但他还是将部队的指挥权交给了师参谋长王光道,"你……马上带上所有战士继续突围,往后就按上级要求,带领同志们……在湘南打游击。"

"不,你是师长,我们一起突围。"王光道坚决反对。

"光道,我首先是一名红军。现在我受伤严重,不可能继续带领大家突围了……"话还没说完,陈树湘已经痛得说不出话来,喘了一阵,咬着牙硬撑着继续交代,"不能因为我一个人而耽误作战计划,我们要最大限度地保存力量。这是任务,这也是命令……"

陈树湘勉强撑着身子,冲王光道挥了挥手,示意他带上战士们马上离开。

保存革命力量,这是命令。

王光道作为一名优秀的参谋长,一名老革命,他懂得牺牲,更懂得服从。这时,敌人又在叫喊着往山上冲,王光道拿起枪,火速冲向前。

夜色降临了,但银坑寨的枪声更紧更急了。

王光道来到前线,突然他感到,他的左右两边都有枪声,而且在互相对打。

张明达跑过来,大声告诉王光道说:"左右两股敌人,他们互相打起来了!"

王光道一听,明白是敌人搞错了,将对方看作红军了。

王光道哈哈一笑,狗咬狗一嘴毛,连忙说:"让战士们别开枪,隐蔽!"

张明达赶紧传达指示。

战士们静静地看着敌人双方对打。

在道县境内的四马桥早禾田一带,何湘找到那条破布条,自知是找到了红军前进的方向,立即派人去向唐季候报告。

唐季候一听,以为抓住陈树湘就在眼前,便打电话向上头报告。

上头得到这个消息,立即命令永明、江华两个县的保安团必须倾巢出动,一起去道县的早禾田,联合搜山,围歼红军。

江华、永明的保安团原本是追着34师来的。

按照各自的责任范围,江华的保安团只能在江华境内"追剿",永明的保安团也只能在永明"追剿",不能跨境。但现在是特殊时期,上头早有指示,三个县的保安可以跨境。省里的成铁侠保安团,一直在永州守着。红军大部队过江后,成铁侠保安团到处追杀红军伤员。

江华的保安团来到早禾田村,正碰上何青松。

何青松一身瑶服,能讲瑶族语,当然不易被发现。

江华的保安团的头头问何青松:"看到红军了没有?"

何青松点点头,这时就听到了银坑寨方向传过来的枪声。

保安团的头目一听,顿时兴奋不已,立即命令保安团全副武装向银坑寨冲去。

何青松为江华保安团里带路,他知道,红军是主动放弃了早禾田村进入银坑寨的,从方位和地形上看,红军一定在山上守,而道县的保安肯定在山下攻。

何青松边走边想,顿生一计,将江华保安团带到了道县保安团战斗的场地,让他们互相残杀。

何青松将江华的保安团带到山下右方,说:"红军刚才往这边走的。你看,你看,那边好多红军!"

江华保安团一听,忙仔细朝远处看,对面的山林里人影憧憧,忙就地伏下准备射击,何青松趁乱一顿叫喊:"打!打!打!"

团丁们正在紧张劲上,听到耳边下命令喊打,直接就当成了头儿下令,动作快的撩枪就开始射击。有了一两个人开枪,后面就争先恐后地举枪打了起来。

何湘正打在兴头上,想着怎么抓住陈树湘呢,不想,一股部队从他的右面追来,不分青红皂白地向他们开枪。

夜色中看不清,何湘以为是红军,马上转过枪头迎战。

双方打得难分胜负,非常激烈,哪里还有人顾得上带路的何青松。

何青松多次死里逃生,虽然当红军时间不长,却早已经成了精,一猫腰就开溜了。

永明的保安团来得比较晚一些,当他们喘着气一路急行军跑到早禾田村附近的山里,只听得枪声大作,却分不清哪边是红军,哪边是保安团的阵地。何青松一路狂奔正要往红军隐蔽之处跑呢,迎头就进入了永明保安团的视线。

"站住!"一排枪瞄准了何青松,"跑什么跑!"

看到一身瑶民打扮的何青松狂奔过来,团丁们马上将他拦下了。

何青松要躲要逃都不行,他急中生智,马上变得又慌又乱又怕,三步两跌地滚到了永明保安团跟前,惊恐地嚷道:"不得了,那边打起来了!"

"哪边打起来了?"永明保安团马上兴奋起来,说,"哪边是保安团？"

银坑寨传来的枪声越来越急，何青松顺手一指，说："我刚从这边跑过来，这边全是保安团……"

这边是保安团，毫无疑问，那边就肯定是红军。

永明保安团也不打算休息了，马上动身就要去凑热闹、抢功劳。

就这样，一支保安团队伍又被何青松给诓到了银坑寨的山下。他们从后方围上去一看，果然都是保安团的服装，那还用说吗，对面肯定就是红军啊。

枪声就是命令，可不能把头功让江华和道县的保安团抢了去！一到银坑寨的永明保安团还没弄清楚对面的是不是红军，就投入了战斗。

何湘的保安团正在与江华的保安团战斗时，他突然发现，在他的左边，又出现了一股敌人，向他们发起了猛攻，那正是永明保安团。

何湘一时被打晕了，左右都是"红军"，很明显，他被包围了。

夜色中，每打一枪，空中都划过一条长长的光亮。在银坑寨，到处是枪声，到处是光亮，枪声和爆炸声像极了节日的鞭炮声，整个山林都震动了。

不是说红军人数不多了吗，怎么越打越激烈？红军作战真是太厉害了！

何湘被打得头都抬不起来，一时都不知道该怎么办了，只感觉自己这是要被"红军"包饺子了。他完全有可能全军覆没，他就要没命了。

这时,一个团丁气喘着跑来,报告说:"何营长,前面都是敌人,好像还有支援,人越来越多……"

何湘一听,情急之下,大声说:"赶紧撤!"

道县保安团只剩下了一半人,听到何湘同意撤,团丁们落花流水,迅速就从山上撤了下来。

江华保安团和永明保安团怕对面突然撤退是设下了埋伏,一时犹豫了起来,决定先休息一下再继续追。反正打了这么久,红军应该剩不下什么人了,再穷追猛打一阵,战斗很快就能胜利结束。

> 34师在早禾田遭到道县保安团截击后,道县、永明、江华的民团及省里的成铁侠保安团联合搜山,对红34师余部进行包围。在小周塘村,陈树湘做出最后一个决定:由王光道带着余部撤离到九嶷山区开展游击战争。他指挥两个班的战士掩护。

经过银坑寨的生死较量,黑夜中道县、江华、永明三县的保安团互相对打,都遭到沉重损失。

到了早晨,枪声慢慢停下来。

江华保安团的头头上山一看,遍布在山腰上的尸体,都是身着道县保安团服装。永明保安团的头目昨晚被射死了,向来对团长唯命是从的团副是县长姻亲上位,根本就没啥本事,听说尸体遍地,根本就不敢上山查看战况。

何湘一个晚上也没搞明白,34师的红军是一支受伤的部队,战斗力竟然如此强大。不是说陈树湘重伤吗?是真的重伤吗?重伤了还能带队伍发挥如此强悍的战斗力?是根本就没受伤,还是有其他人在指挥队伍与自己战斗?

正在何湘疑虑时,李副营长来报:"昨晚,我们自己打自己!"

何湘没听明白,问:"什么自己打自己?"

李副营长告诉何湘,刚派出去侦察的团丁回来了,说对面山的人全撤走了,对方阵地上只留下了许多江华和永明团丁的尸体。

何湘一听,更加不明白了,不是撤下来了吗?哪来的保安团团丁的尸体?

等何湘想明白了,更是气得大骂:"这个唐……瞎搞!"

李副营长告诉何湘:"据说,城里的成铁侠保安团也被派到道县'追剿'红军了,或者说,来道县抢功了。"

何湘大声骂道:"和老子抢功,门都没有!"

银坑寨的枪声还在响的时候,隐蔽在山腰上的红军早已撤离了。

得意扬扬的何青松追上了红军队伍,本来想向陈树湘好好汇报一下"战绩",但一看到陈树湘苍白的脸,还昏迷着,他所有的情绪都沉了下去,充满着深深的无力感。

红军离开银坑寨,向小周塘村前进,那里有一条山路,弯弯曲曲,通向九嶷山。

陈树湘和34师的战士们都清楚地记得,他们正是从这条路走过来的,要去九嶷山,就必须从原路返回。

按照在银坑寨召开紧急会议的要求,陈树湘与王光道必须分开作战。

此时,陈树湘感觉自己比昨日清醒了一些,身体没那么痛了。

王光道听了,心里明白,这是痛得麻木了,应该是伤口在迅速恶化。

敌人时时在后面追着,时时可能在前后左右任何方向出现,战士们不知道哪里安全,不知道该往哪里转移才能够得到安全,所以不能停下来休息。

陈树湘选择在小周塘村后馒头岭布置好掩护阵地,让王光道带着余部转移。

江华、道县、宁远三县的保安团在银坑寨互相对射吃了亏,一晚死伤百余人。三个县的保安团头头聚在一起,互相责怪,又不好声张,只好向上头报告说红军太厉害,要求增派兵力和物资。最后,他们将仇恨都记在了红军身上。

三个县的保安团这一次咬到了红军的踪迹,向小周塘村猛扑而来。红军战士正组织还击时,省保安军成铁侠部也从宁远鲁观洞方向赶来了,一时间,馒头岭后面突然响起枪声。前有阻敌,后有追兵,形势十分严峻。

陈树湘当机立断,不顾两名警卫员的再三劝阻,挣扎着走下担架。

陈树湘看了看地形,下达最后一道命令:一个班战士在馒头岭,一个班战士抢占馒头岭对面山头打掩护。其余战士编成一个队由王光道参谋长率领,迅速冲过敌人的火力网,向九嶷山转移。

陈树湘留下来,指挥两个班的战士占据馒头岭及对面山头的有利地形,有效地阻击敌人。

三个县的保安团到达小周塘村,看到陈树湘指挥着部队已经占领了有利地形,都不敢向前,将队伍安置在后面,只派小股队伍去迎战。

何湘见江华和永明的保安不去参战,他们也不去。争来争去,最后三方商量,每个县派出10个人去参战。

三个县的30个团丁,你推我挤,举着枪向馒头岭上冲。

陈树湘举起枪,第一声枪响,走在最前面的队员一个跟头,栽倒在水塘里,四肢一伸,死了。

后面的团丁一见,保命要紧,赶紧往后退。

何湘看到队伍往后退,拔出手枪向天开了一枪,大声说:"谁往后退,我毙了他!"

团丁们一听,就推搡着往前冲。

但是,随着红军的枪响,一个个都倒在了田埂上。

三个县的保安头头看见团丁一个一个都死了,又各派20人,组织新一轮进攻。

陈树湘没有被一轮轮的进攻吓倒,他又组织新一轮射击:"没什么子弹了,同志们,记住要一颗子弹消灭一个敌人。"

红军人数不多,但阻击能力强,保安团不能露头,露头就挨枪子儿。就这样,双方在山岭上僵持上了。

经过近3个小时的激战,三个县的保安死伤了不少。

王光道带着分队突围了,但陈树湘留下来负责掩护的两个班的战士也大部分牺牲了。陈树湘怕拖累大家,命令幸存的两名警卫员与一名修械员赶紧冲出去。开始坚决不肯离开的康美凤与何红梅此时必须一起离开,到村子里藏起来。

一直坚守在陈树湘身边的康美凤和何红梅强行把陈树湘扶上了担架,两人抬起他想再次转移。何红梅想起来,馒头岭的山腰上有一个很隐蔽的岩洞,她提议躲在那里让陈树湘养伤。

大水和张明达商量后,也认为只能先躲起来了,于是抬着陈树湘随何红梅找到了岩洞的入口。岩洞的入口窄,洞内却很宽,有大厅、指挥台、上下层楼、地下河、风岩、雨岩、仙人田、钟乳石等,非常适合隐蔽。

三个县的保安团听到枪声慢慢停下来了。

李副营长跑到何湘的面前,大声说:"红军逃跑了!"

何湘环视一眼江华和永明的保安团头头,说:"快追!"

李副营长一转身,大声说:"快追!"

何湘将奖金增大,大声说:"抓活的,抓到一个奖两百块大洋!"

江华和永明的保安团队员听到何湘一叫,也命令本县团丁快速跑向前,谁抓到红军有重赏,生怕落后了会抢不到红军伤员。

这时,王光道已带着大部人马离开了,到九嶷山打游击去了。

再次清醒过来的陈树湘看了看,身边还剩下几个人,他们坚决要保护自己,不肯离开。张明达也受伤了,但他坚持要与其他几名战士一起守在洞边。这几名战士也多少受了些伤,但大家都顾不上身上这些伤,连包扎都不要。

看着越来越熟悉的山林,何青松知道离自己的家越来越近了。但家里已没有亲人,父母亲被地主逼死了,红军已替他报了仇。他连回家去看看,也没有必要了。

何青松跟着张明达来到山洞里。山洞深处很凉,底下传来轰隆隆的水声,应该是有地下河。大家犹豫了一阵,这黑漆漆的,也不敢再往里头走,在离洞口不远处安顿了下来。

外面的世界,安静下来。

何红梅看到何青松回来,跟他说要领着康美凤出去一趟,弄些枯草进来。

何青松望着张明达和大水说,他还要到小周塘村里去,他知道那里有个老药农,看能不能想办法弄点草药过来给陈师长治疗。

何红梅将野草铺在地上。战士们看地面那么凉,就把担架放在枯草上面。康美凤打开随身背着的小医疗箱,拿出简单的工具开始给陈树湘查看伤口,希望能清理一下伤口,更希望能有奇迹能让陈树湘恢复健康。

陈树湘的枪伤在腹部,伤口处压着的一团棉布已经被血染红湿透,血早已漫洇,将里外衣服都染红了。

康美凤小心地拿开布团,就看到一团黑血跟着涌出来,然后又是新鲜的血液往外冒。康美凤的眼泪也随着那惨状一下子涌了出来。康美凤转过身子,让何红梅帮着,动手将自己贴身的那件没剩下多少布料的棉布衣服又撕了一条下来,然后将陈树湘的伤口重新包扎起来。

张明达让修械员在岩洞口盯着外面的动静,又拿一些树枝将大家留下的痕迹扫了扫,这才进来看陈树湘的伤情,焦虑地问:"康姐,师长的伤势到底怎么样?"

康美凤心急如焚,摇了摇头,但还是有所保留,说:"师长很危险,再拖下去会严重感染。"

陈树湘又冷又痛,还觉得饿,但又不确定自己是不是真的感觉到饿,也许那只是痛。他咬紧牙关也挺不住,醒不了几分钟,又晕了过去。

"这可怎么办?"张明达喊道,"师长……师长……康姐,敌人开始搜山了,他们保安团都是本地人,这儿到底安不安全也不知道。师长现在不宜挪动,我们得想办法,一定要保住师长的命啊!"

谁都想保住陈树湘的命啊,康美凤哽咽着答道:"是,好……"

张明达朝旁边盼咐:"大水,你留下照料师长,我出去找点吃的。"

何红梅马上站起身来,说:"在山上找吃的,我肯定比你行啊!"

张明达点了点头,与何红梅一起出了洞口。

他们边出来边消除留下的痕迹。

不多时,张明达与何红梅又悄悄返了回来。

何红梅手里拿着刚采到的一把草药,左手拽着衣裳边边,里头还兜了些野果子。

张明达则是将衣裳脱了下来,将采摘的果子都用衣服包着带了回来。

大水和海子两人提着长枪守在洞口。

海子见何红梅跑过来,赶紧迎上前去:"红梅姐,没人发现你吧?"

"你放心,我走惯了山路的,进了林子,没人能轻易发现我。"何红梅满怀信心地说,然后进了山洞。

洞子虽大,也不能生火,鼻子厉害的,空气里稍微飘一点烟火气都能找上门来。

张明达只能坐在陈树湘身边并抱着他,想给他一点温度。

陈树湘虚弱地依着张明达半躺着,他感觉冷,但又痛得淌汗。

康美凤已经给陈树湘简单地包扎了伤口,其实和没处理差不多,她现在能做的就是守在他身边为他擦汗。

陈树湘的冷汗一阵阵出来,擦干了,又渗了出来。

康美凤当然知道陈树湘的伤不能再拖延下去了,否则,后果不堪设想。

何红梅进到岩洞,把在林子里采到的野果子交给康美凤:"康姐,多少吃一点。这是板栗,很好吃。这是山梨,不是很甜,有点硬,但水分很足。"

野板栗是山区最常见的东西,虽然外皮像个刺猬很扎人,但落到地上之后会慢慢晾干,裂开,里头的板栗果实滚出来,就会被小动物们当成可口食物。即使是刺球没有裂开,那落到树下的刺球儿,随便捡个石头就能将它们砸开。

板栗很可口,也足可以充饥。疏林近村的野板栗树基本不会剩下什么果子,因为不少山民都会来山里寻这些东西,拿回家做冬日充饥的食物。但深山老林峭崖上的就不同了,找一些食物养活几个人是绝对没有问题的。

下雪之后除外。

山梨倒是难得,因为一树果子基本上都会被野鸟啄得差不多,所以何红梅就只采了几个还算完好的果子回来。

康美凤拿了野果子去给战士们分,何红梅走到陈树湘跟前照料。

"陈大哥,我们山里人受了伤一般都是自己处理。不过,你这伤也太严重了。"何红梅叹息了一声,"不过,这乌七也还是会有用的。"

说着,何红梅就把几块乌七在衣服上反复蹭蹭,去掉了泥土,然后放在一块平石头上,用另一块小石头将它砸碎,又反复捣烂。

康美凤分完果子,留了一些给陈树湘,这才过来帮忙。

"这东西治伤极好,就是毒虫咬伤了,嚼一些敷上就能好的。"何红梅小声说。

"看这模样,倒像是田七。"康美凤了解一些常用的中药材。

"咱们这里管它叫乌七,跌打损伤刀伤枪伤都可以敷。"何红梅从小就熟悉乌七,且只知道这个名称。

说着,何红梅就和康美凤一起,重新解开陈树湘腰腹上的绑带,然后把捣好的乌七糊慢慢地敷在陈树湘腹部的伤口上,康美凤再拿镊子将乌七轻轻地摊开。

"康姐,乌七见效很快的。"何红梅安慰说。

康美凤"嗯"了一声,没继续说。如果只是普通的跌打损伤,敷的药对症就能慢慢好转。但这内脏受伤没处理,再怎么敷药也改善不了什么。现在这缺粮少药的情况,陈师长的生存实在是太难了,万一保安团搜到这儿,该怎么办?再说,总不能一直在山洞里待下去。

乌七的效用的确不错,至少有消炎止痛的作用,这对目前的陈树湘来说,也是可得的最好药品了。隔了一会儿,康美凤再次检查了一下,这才用旧绷带将伤口包扎上。

太阳已落到西边,天空呈现出一片宁静的白,山洞里更是十分暗淡了。

保安团的追兵怕被红军打伏击,他们是不会在夜里搜山的,这时候应该都回到据点去休整了。

海子这才与大水来到洞外,找了些枯树搬了进来,在洞里生起了一堆火。

大家烤了几个红薯,感觉身上略有了些热气,康美凤突然想起什么,就说了一句:"跟韩团长他们是在猫儿园附近分开的吧?也不知道他们现在怎么样了。"

"康姐,你离开韩团长时他们在哪里?"大水问,"韩团长说过会找咱们的。"

"我离开的时候,韩团长他们正往柳木青方向转移,现在就不知道了。"何红梅道。

"追兵太多了,韩团长就是撤出去,一时恐怕也无法跟我们会合。"

"师长让王参谋带人突围出去,就是希望韩团长他们脱险,但不会希望他们回来跟我们会合。"海子缓缓地说。

三县的保安团都不甘落后,认为红军已突围向九嶷山方向转移,于是集中主力紧追,陈树湘等人在岩洞里得到了短暂的休息。

夜里,洞里的火堆燃烧起来。在这一点点温暖和光亮里,敷了药的陈树湘慢慢醒过来,他虚弱地说:"红梅知道这个岩洞,其他本地人应该也知道,附近村子里有人知道咱们在这里,行踪是掩不住的。只要保安团回头来搜山,这儿很快就会暴露,咱们得离开。"

"搜山?我们才这几个人!"大水大吃一惊,"那我们往哪里撤?"

"不管往哪里撤,趁天黑,赶紧离开吧。天一亮,估计保安团就会出动了。"陈树湘吩咐道。

陈树湘估计得不错,道县保安团、江华保安团、宁远保安团集合在一起召开联防工作会,他们决定围攻红34师余部,目标是返回小周塘村进行搜山。

会后,道县保安团何湘为了争功,赶紧派出他的一支小分队,提前到小周塘村来侦察,希望能发现点什么情况。

还有几天就冬至了,这时节天黑得快,从太阳落山到天空黑透,差不多就是个把小时的事。大家抓紧时间休息了一阵,到了半夜就准备转移。

几名战士按陈树湘的安排,准备离开山洞,大水先出去侦察了一番。

大水先探出头去观望,随后端着长枪出了岩洞,他侦察了一番,山林里夜鸟无声,只有风过林子树叶舞动的沙沙声,应该是没有人马在林子里活动。用担架行动不方便,陈树湘决定放弃。等大水回来报告过后,康美凤和何红梅搀扶着陈树湘出了山洞,悄悄地顺着一条小路下山。

张明达拿着枪,机警地断后。"我们还是往何家寨方向去吧。"何红梅建议说。

"不行,那里危险,我们往山路上走!"陈树湘说。

从岩洞里出来,一阵寒气袭来。

康美凤和何红梅扶着陈树湘慢慢走,将唯一的一条小毯子搭在陈树湘的身上。海子与修械员小杨端着枪在前,大水与张明达走在后,他们跌跌撞撞地从山坡上下来。

小周塘村的狗叫了起来。

刚转过两个弯,走在前头的海子突然发现对面奔过来一伙人。他赶紧让大家停下来,并做好战斗准备。

何湘安排大批人马第二天前来馒头岭和小周塘村搜查,因此派出小分队趁夜先封住几处通道。这小分队的人接了命令并不高兴,骂骂咧咧走了一路,骂得也没力气了,便沉默着走在山道上,小心翼翼的,生怕会遇到大批红军。

陈树湘和几个红军战士走得比较分散,海子与大水走在前头20多米远,但刚好走在了一段开阔地带,看着从林子边沿走出来的保安团,再转身躲藏已经来不及了,枪声立刻响了起来。

后面扶着陈树湘的康美凤和何红梅当机立断,弯下身子,在半人多高的灌木掩护下,侧向钻进山路边的山沟沟里。没想到进了沟一看,那儿正好有个旧坟坑,康美凤和何红梅赶紧把陈树湘放到了坑里,然后何红梅与退过来的大水跟着跳进了坑里去。这个土坑四周围都长着蒿草,足以障人眼目。这坑的大小刚好能容下他们三人蹲下隐藏。

随后,张明达带着何青松与修械员小杨,俯下身子,顺着山弯向后跑去。

身体虚弱的陈树湘,张嘴想叫康美凤,但已经来不及了。何红梅一把捂住了陈树湘的嘴,小声说:"陈大哥,你别动!"

敌人冲过来了,海子与敌人交火。

敌人枪弹充足,海子为了节约子弹,打死了两个敌人便扎进灌木丛隐藏起来。交火很快就结束了,敌人马上端着枪顺着山路朝这头奔了过来。

情况危急,刚跑不远的康美凤也不能再多想,她正猫着腰顺着山沟向前猛跑,又怕保安团没看见自己,故意惊叫了一声,似乎是跌倒了。正准备下山沟查看的敌人马上调整了方向,边放枪边朝康美凤的方向追去。

就在这时,修械员小杨举枪朝跑过来的敌人射击,打死前面的团丁。敌人一看,集中火力向他开火,小杨中枪,倒下牺牲了。

康美凤看到小杨牺牲了,便顺着山沟跑,敌人就顺着山沟追了上去。

张明达干脆埋伏下来开枪,康美凤也回转身开枪,两个敌人应声倒下,但剩下的八九个敌人还是追了上来。

"康姐,你快跑,我们掩护你。"张明达叫道。

康美凤心里明白,这次肯定是跑不掉了,但她想把敌人引得更远一些,让陈树湘他们更安全,于是,她开完枪便继续向前猛跑。

张明达阻击了几分钟,很快没有子弹了,他被蜂拥而至的敌人打中。

张明达大声说:"狗日的,快过来!"

敌人一听这边有红军,抓到了就能得赏钱,果真向这边蜂拥而来。这时,张明达果断拉响手榴弹,与敌人同归于尽了。

枪声和手榴弹的爆炸声响彻云霄。

天色淡青,马上就要亮了。

康美凤使劲往前跑,但并没跑多远。

子弹追过来,在康美凤身边乱飞,奔跑中她的军帽掉了,秀发瞬间散落下来。

保安团叫"猫头鹰"的分队长大叫:"是个女的,抓住她。快追!"

敌人疯狂地追来,康美凤疯狂地奔跑,眼看跑进一片树林。

"进了树林就不好追了,共军狡猾。"说着,"猫头鹰"从一名士兵手里夺过步枪,瞄准,一声枪响,康美凤右腿中弹,一下子歪在了地上。

康美凤中枪后,大腿鲜血直流。

这时,她猛压住大腿上的伤,好像是失去了痛感,突然脑子里闪现出她爱人的形象来。康美凤的爱人是红一军团某团的团长,他们是多么相爱啊,她肚子里还怀着一个不足3个月的小宝宝呢。小宝宝跟着她奔波受苦,还从没听过父亲的声音。夜深人静的时候,康美凤时常想象,也许她有机会成功躲过敌人,好将孩子生下来,将来革命胜利了就带着孩子去寻找丈夫,然后回到家乡去种地,或者开一个诊所,过上养儿育女的美好生活。

可是,可是现在她受伤了,她生命危在旦夕,她再没有机会和心爱的人在一起了,她感到对不起爱人,对不起孩子。

康美凤多想活下来啊,但要投降或者被俘,她却不愿意。康美凤突然大声哭出来,泪如雨下。她的长发将她的整个脸都遮住了,眼泪和着汗水将她美丽的脸都弄脏了。

敌人一边大喊着,一边向这里追过来。

康美凤停止哭泣,擦干眼泪,将长发向后一甩,坚强地想站起来,但大腿吃痛,没站稳,打了一个趔趄。

敌人追了上来,康美凤单腿跪在地上,瞄准着,向奔过来的敌人开枪。

砰的一声,一个敌人应声倒下。

砰的一声,又一个敌人倒下。

敌人被康美凤百步穿杨的枪法震住了,不敢向前。

康美凤记得,自己的射击还是爱人教的呢。爱人总是夸她学什么都快,射击准头特别好。

这时候,"猫头鹰"向团丁大声叫着:"何营长说了,抓住一个活的,奖200块大洋!兄弟们,给我上。"

有不怕死的几个团丁,从山沟里冒出头来。

康美凤瞄准开枪,撞针发出清脆的声音,却没有子弹飞出。康美凤以为卡壳了,拉开枪膛,枪膛里已经空空如也。

剩下的几名团丁围上来想抓康美凤,她睁着冒着怒火的眼睛,用手枪托狠砸敌人。一伙大男人围上来,一个弱女子怎能抵得过?她很快被敌人夺去手枪。几名团丁把她按在地上。她大喊着挣扎,但无济于事。

这伙团丁拖着康美凤,向分队长走去,身后留下长长的血印。康美凤被几名团丁扔在了保安团分队长"猫头鹰"脚下。

"猫头鹰"是个五大三粗的土匪,像猫抓老鼠般审视着康美凤,突然,他蹲下来拽住了康美凤的头发用力往上提。康美凤顺着劲站起来。

"一个女红军,这么厉害?打死了我好几个兄弟!""猫头鹰"凶狠狠地说,"我让你尝尝男人们的滋味!"

几个团丁一听,哈哈笑起来。

可是,他们笑得太早了,英勇的红军女战士康美凤,乘"猫头鹰"不注意,一下子抱住他就咬住了他的耳朵。"猫头鹰"哪里会知道康美凤这么厉害,他惨叫着和康美凤在地上滚来滚去,康美凤顺势从旁边拿起一块石头,用力向"猫头鹰"的头上连续击打,"猫头鹰"的脑袋瞬间成了血葫芦。

团丁从没见过这样的女人,伤成这样还如此不要命,疯了一样。他们一下子吓坏了,眼看着"猫头鹰"和女红军在地上打滚撕扯,都手足无措,开枪也不是,拽也拽不开,于是就有人冲过来朝康美凤的后背猛踢了几脚。

康美凤刚被拽开,就听到耳边砰砰两声枪响,背上一痛。

一个团丁在情急之下开了枪。

距离实在太近了,子弹从康美凤的后背射入,洞穿了她的胸口,康美凤一下子就直挺地倒在地上。她不甘心地瞪着大眼,握石头的手慢慢地松开了,带血的石头脱手滚向了一边。康美凤英勇牺牲了。

> 从馒头岭上的山洞出来，陈树湘在何红梅的扶持下，离开小周塘山，前往何家寨。她一个纯洁少女的初吻，给了她心中的英雄，给了红军师长。

天色渐渐明亮起来。

保安团被康美凤引开了。听到密集的枪声逐渐消停下来，大水和海子的眼泪也落了下来，他们知道亲爱的战友已经牺牲了，现在就剩下陈树湘、海子和大水，还有何红梅了。

陈树湘身负重伤，他肩头的责任重大。

山上长满了大大小小的枞树、樟树及各种灌木，弯弯曲曲的山路上特别寂静。在坑里躲了差不多一个钟头，四周除了虫鸣和鸟叫，再也没有别的声音。

陈树湘受伤的腹部还留有敌人的子弹，他的内脏受伤，肚子里乱成一团，一时比一时更严重。他强忍住疼痛，挣扎着想与战士们一起并肩战斗，但被何红梅按压着、保护着。

陈树湘听到一阵阵激烈的枪声，知道是战士们与敌人在战斗，可是，他的伤口在流着血，动不了，何红梅紧紧拥抱着他，保护着他。

陈树湘爬不起来，他哭了，流下一个男人的眼泪，一个倔强军人的眼泪！一个师长不能保护自己的士兵，他是多么悲伤呀！

何红梅也流着眼泪,站在一边的大水也流着眼泪。

悲伤不停地袭来,但他们心中有崇高的信仰,有美好的梦想,这份信仰和梦想,无疑会将悲伤压下去,会将困难压下去,让他们站起来,迎接挑战。

来不及为战友收拾和掩埋,他们必须在天亮之前离开,到山里隐蔽起来。

这时,何红梅和大水搀着陈树湘爬出土坑,蹒跚而坚强地走在山路上。

海子和大水在山路上捡了几条保安团团丁尸体旁边的步枪背在身上,又搜罗了不少子弹,这才端着枪护着陈树湘继续转移。

何红梅摇摇晃晃地架着陈树湘,大水一手提着枪,另一只手用力地托着陈树湘。此时,陈树湘因流血过多,脚步虚浮,神情恍恍惚惚,双腿像在地面拖着走。大水只好将身上的枪交给何红梅挎着,自己背着陈树湘走。

前边不远处就是何家寨,而在山路拐角处的一棵大树上,还悬挂着几具红军的尸体。何红梅不敢将陈树湘往村里带,怕何湘带着保安团守在村里。

不错,何湘正在何家寨。

宁远、江华、道县三县联防工作会后,决定要对道县馒头岭一带进行大面积搜查。何湘心想,在道县境内,岂能让他们抢了先?他急功近利,连夜赶到了何家寨,想要抓住陈树湘,争个头功。

陈树湘和海子、大水、何红梅一起,正在山道上赶路。

大家在枞树林里走着,非常小心。

在山里的一棵大樟树下,有一座小亭子,是用来遮风雨的,因年久失修,已经很破旧了。木皮早已腐烂,起了青苔。

何红梅便和大水架着陈树湘向亭子里走去。他们要在这处空地先躲藏下来。大水机警地观察着四周的动静。

何红梅将陈树湘放在一垛稻草上躺下来。

何红梅小心地对大水说:"我去村里看看,搞点水和吃的。"

何红梅静悄悄地离开,向村里走。

走了一段,刚好经过自家门外,她家的房子已经塌了,完全不能住人,晨色中只有一个残破不堪的轮廓。

由于院墙低矮,何红梅便瞧见破烂的房子前有一个黑影。

何红梅心里一惊,凑到院墙边细看看,似乎是她阿爸正坐在门前的石阶上。

"阿爸!"何红梅小声唤道。

"红梅?是你吗?"何三公一下站起身来,但腿发麻没站稳,差点跌倒。

"阿爸,是我。"何红梅应着。

何三公一听,跑了出来。

何红梅问:"阿爸,何湘回村里了吗?"

何三公叹气说:"何天霸被打死了,他家的粮食被红军拿走了,村里人说,何湘对红军恨之入骨。他昨天回了村,在村里到处转悠,寻找红军。"

何红梅一听,警觉起来,说:"这村里还有谁家房子能住人吗?"

343

"七婶家的人全跑了,她家的房子还剩了两间半,我这几天就借住在她的房子里。"何三公从七婶家的阁楼上还找到了些红薯,否则他早该饿得跑路了。勉强有吃有住,他便熬得住。何三公看着何红梅泪眼汪汪,还想说什么,却被何红梅打断了。

"我们现在去七婶房子里。"说着,他们拐弯向七婶的房子走去。何红梅进了门,便到处找吃的。

何三公舀了一碗凉水进来递给何红梅。

何红梅一口喝下去,问:"有吃的吗?我饿了。"

何三公从锅里舀起半碗冷红薯饭,递给何红梅。

何红梅吃完了便说:"阿爸,我还有事,出去一下。"

何三公不明白何红梅一回来就说要出去,而且还拿着一些熟红薯,他怕何红梅这一走又不回来了,便悄悄地跟在她后面。

何红梅悄悄地回到亭子里,将吃的分给陈树湘、大水和海子,告诉他们说:"何湘带着保安团进村了。"

大水一听,赶忙小声说:"村里不安全,先在这里待下来。"

这时,一个黑影闪进亭子里,海子掏出枪,大声问道:"谁?"

那黑影哼哼地说:"是我!"

何红梅一听,赶忙说:"是我阿爸!"

何红梅走过去,责问道:"阿爸,你怎么来了?"

何三公怔怔地说:"我不放心,跟着你过来看看。"

大水很警惕地跑到外面去站岗。

何三公走过来,又走到衣裳上满是血的陈树湘跟前,突然他就明白了,于是拍着脑门子念叨:"红梅,现在到处捉红军呢,你怎么还和他们在一起?这是要杀头的。"

何红梅微声地说:"阿爸,他们救了我,是我的恩人,我怎么能不管呢?"

何三公急得直转圈,然后看了一下陈树湘的伤情,摇着头说:"全身是血,都成血人了。"

何三公心想,这个红军受了重伤,反正是死,还不如去报了官,说不定还有赏钱。举报了,自家就不会有祸事了吧。他这几天又惊又怕又悔,想想自己一大把年纪死了不要紧,可是,他就何红梅一个女儿,要是因为"通共"被何湘的保安团抓去了,吊死在县城城楼上,那就完了。

"阿爸,你怎么刚蹲在家那边?"何红梅见何三公不吭声,问道。

"我不是跟你走散了嘛,怕你回来找,我要不蹲在那里,你回来没看见我,又离开了怎么办?"何三公可怜巴巴地说,"我每天都蹲在那里,就半夜才到七婶房子里睡一下。"

何红梅一听,心酸地哭了。

眼前这个心疼她、惦记她的阿爸,还是前头因为赌博输了钱,把她抵掉的阿爸吗?

找到了女儿,何三公心里高兴,但现在又特别不踏实,因为女儿居然带回来三个红军。他撇下何红梅,转身想走。

何红梅便问:"阿爸,你想干什么?"

"我……去赌场看看……"何三公心里慌慌的。

何红梅看他的神态有问题,就跟了出来。

何红梅拦住了何三公,说:"阿爸,你骗鬼,村里人都死光了,哪里来的赌场?"

345

何三公只能撒谎了,说:"我……去找人,想想办法。"

被出卖过的何红梅自然不相信他,立即说:"阿爸,他们是好人,我们不能坏了良心。"

何三公生气地推开何红梅,说:"红梅,何湘这个狗日的每天都带着保安团到处搜查他们,他要为他阿爸报仇,他一心想发大财,将打死的红军尸体都挂到村头了。他心黑,要是让他知道你'通共',我们是死路一条。"

何三公撇开何红梅,就往外头走。

何红梅拽住何三公就是不撒手,突然一个人闪过,一下子堵住了他。

何三公吓了一跳。

大水凶狠地看着何三公,把驳壳枪咔嚓一声打开了保险,枪口对准何三公的脑袋,眼里泛着一丝凶光。

何三公和何红梅惊呆了。

大水狠狠地说:"何阿爹,你要是去报官,我先打死你。"

何三公蔫了,结巴着说:"报官……我没说报官……"

大水瞪着眼,说:"那你坐回去!"

突然,陈树湘痛苦的呻吟声传来,何三公一听,更是惊惶不安了,他叹了一口气:"哎哟喂,怎么办呢?我……我……"

没有办法,何三公只好转身向亭子里走去。

何红梅、大水和海子也随后走进亭子。

陈树湘刚睡着了几分钟,又痛醒了,他闭着眼,痛苦地呻吟着。

大水和海子商量好,从此不再叫"师长"了,只是轻轻地喊:

"陈叔……陈叔,你醒醒呀……"

陈树湘没有反应。

看着陈树湘伤成这样,自己却一点办法也没有,治疗和安全都得不到保障,该怎么办啊？大水想着,咧开嘴,眼泪瞬间流了出来。

海子见大水哭,也跟着哭起来。

正在这时,从何家寨传来保安团列队的声音。

何三公赶忙说:"快离开,何湘的保安团马上要来搜村了。"

何红梅一听,急了,赶紧说:"怎么办？我们赶紧离开。"

陈树湘这时候醒来了,一听,说:"我、我们原路返回……"

天,快亮了。

要在天亮之前,赶在何湘的保安团搜村前回到小周塘村,他们只得赶紧出发。

陈树湘由海子背着、何红梅扶着往山里走,何三公背着枪、抱着红薯跟着走,大水拿着枪走在最后面,他们小跑着从山路往小周塘村里走。

终于,赶在小周塘村的村民起床之前,陈树湘和大家赶到了馒头山下的洪都庙里,在那里歇下脚。

流血过多,又一直在赶路,陈树湘现在时常处在昏迷当中。

何红梅摸了摸陈树湘的额头,还在发烧,她也慌了神,忍不住回头冲何三公说:"阿爸,你看,能不能快想个法子救救他？"

"什么法子？"何三公叹道,"唉,你看他疼得只有出气没有进气,没救了。"

何红梅焦急却没办法,她只好拿来水和熟红薯,让大水扶住

347

陈树湘的头,给陈树湘喂一点儿水,可是水从陈树湘的嘴角都溢了出来。

"听说,大烟可以止痛,也可以治伤。"何三公突然蹦出一句话。

"大烟?"何红梅愕然地问,"这种东西,全村只有何天霸家里才会有吧,到哪里去找?"

何三公打断何红梅的话,说:"到城里去找大夫来就会招祸,只有去找些止痛药和打伤药来。"

何红梅听了,想想也是如此,但是,这兵荒马乱的,县城里的药店也关门了,去哪里买药呢?她说:"阿爸,你有办法吗?"

何三公点点头说:"我有一个老庚,他是一个土郎中,家里藏着这些东西。"

何红梅一听,忙问:"老庚?我从没听说。"

何三公说:"你当然没听说,他是和我同年同月出生的老庚,年轻时我们结识的,就在对面山里的苦竹村。"

何红梅一听,问清叫什么名字后,便对大水说,她要去找土郎中来给陈树湘治病。

大水见陈树湘奄奄一息,只好同意了。

何红梅说着,便离开了洪都庙。

冬天的早晨清冷,穷困的苦竹村还在睡梦之中。何红梅翻山越岭,还躲过了两次遭逢的保安团,终于到了苦竹村,按父亲说的位置和特征,敲开了大樟树下的土郎中家的破门。

陈树湘已经醒来,只是虚弱得不能说话。这时,他们都换上了何红梅从何家寨七婶家拿来的男人旧衣服,打扮成村民模样。

何三公见何红梅离开了，又想开溜，被海子用枪顶着，重新坐了回来。

这边，何红梅从兜里掏出韩伟给的那两块大洋，塞进土郎中的手里，买回一些治打伤的药和两个大烟壳。

何红梅一口气跑回庙里，一看陈树湘又醒来了，特别高兴。

刚刚清醒过来的陈树湘消瘦而苍白，他看到何红梅回来，想露出一个微笑，但笑得特别艰难，他还是坚持说："谢谢！"

何红梅将陈树湘伤口的绷带解开，鲜血一下子流出来，她赶紧将打伤药给他敷上。疼痛让陈树湘的脸上冒汗，何红梅看得心惊，对红军师长的钦佩之情油然而生。

何三公动手，将搞来的两个大烟壳用石头砸碎，放在手心里拿了过来。

伤口上了大烟壳，果然很快就不再有血流出来。何红梅刚返回时看到了一汪极小的泉水，于是拿上唯一的水壶打来了一些泉水，配合着将皮肤上的血渍擦拭干净，又将用过的绷带重新将陈树湘的小腹绑扎起来。

大水接过何三公手中剩下的大烟壳，递给何红梅。

何三公补充说："这东西放在他嘴里，让他嚼碎了吞下去，可以止痛。"

这时，陈树湘又昏迷过去了。

何红梅看到陈树湘紧闭的嘴，不知道怎么将大烟壳放进他的嘴里，也不知道陈树湘还能不能嚼碎这些坚硬的大烟壳子。

这么想了一下，何红梅便将大烟壳放进了自己的嘴里。

大家一看就愣了，都没搞明白她要干啥。

何红梅使劲地嚼着那些干硬的大烟壳,嚼得很碎,嘴里的苦味、香味、满口津液,说不出的感觉。何红梅扭脸看了一眼大家,然后俯下身子,对着陈树湘的嘴,将口里的药给喂进了陈树湘的嘴里。

农村食物时常不够,经常有孩子会因没奶没粮受饿夭折,便常有当娘的嚼点成人吃的硬食物哺喂婴儿,争取熬过饥荒,留下一条命。何红梅此时想到了这个办法。

但她是个大姑娘家啊,怎么、怎么……何三公看着都惊呆了、气呆了,哑口无言。

但何红梅并没有感觉到不妥,她内心十分坦荡,只要能把大哥哥一样的陈师长救活过来,她死都不怕。这些天,她看死亡看得太多了,都习以为常了。

在其他战士看来,这更是一个纯洁少女在救助心中的英雄,这个英雄是他们34师的师长。如果要用他们的命来换,他们也是愿意的。因此看着何红梅的举动,大家都觉得很震惊、很感动,也很正常。

陈树湘仿佛感受到了什么,强烈的求生愿望在时时提醒他要醒来,可这次他苏醒过来便觉察到了嘴里有一股子不同的味道,他睁开眼睛,看见大家都用闪亮的眼神盯着他,便动了动嘴,勉强咽下了何红梅喂在他嘴里的药。

陈树湘不停地想:我要振作起来,振作起来。

何三公目睹了女儿的一举一动,心头颤抖,当下只能无言了。

大水和海子本就对何红梅很喜爱、很尊重,现在更是像看女菩萨似的看她了。

这时,村子里突然响起了枪声,所有人都猛地一惊。

何三公更是吓得魂飞魄散,惊慌地嚷道:"快,赶紧藏起来。"

海子拿着枪,警觉地看着四周。

大水与何红梅立即行动起来,扶起陈树湘向馒头岭的山洞里躲去。

## 陈树湘的被捕：
## 拒食拒医，宁死不屈

何湘的保安团在何家寨搜了一阵，什么也没有搜到，便列着队伍向小周塘村方向出发，山里山外，一路横扫，一只鸟儿都不放过。陈树湘机智应对，但还是被抓了。

海子、大水和何红梅三人，将陈树湘弄进洞里安顿下来，这才舒了一口气。何湘带着保安团很快到了小周塘村。

不久，宁远、永明、江华的保安团也来到小周塘村。

为了争得头功，何湘大声吼道："掘地三尺，也要找到红军。"

何湘的保安团在村里到处搜，弄得整个村里鸡飞狗跳。

这时，在小周塘村，有个地主在何湘的耳旁说了几句，何湘一听，赶紧叫上队伍向馒头岭赶去。

何红梅将陈树湘等人藏在洞里，自己和何三公走出洞来站岗、做掩护。

何红梅刚到洪都庙，就看到何湘领着一队团丁冲进来。

何三公一看，赶紧让女儿藏起来。

何湘一看庙里站着何三公，脸上就笑开了花。

几个团丁把何三公围了起来，吓得他腿肚子都开始抽筋了。

何湘恨极了何红梅，就是因为她，红军打死了他的父亲，打死了他的老婆。这一笔账,他迟早要跟何红梅清算。

何湘拿着枪在何三公眼前扬着,吼道:"何三公,大清早,你怎么一个人跑到这里来了?"

何三公吓得说话也结结巴巴的,说:"我……我……"

何湘大声问道:"你将何红梅藏哪里了?你这个老不死的,要是不交出来,你看看这家伙。"

顿时,何三公吓得浑身发抖。

见何三公吓成这样,何湘笑了,拿着枪,对何三公说:"你一个人,跑到这里来干什么?"

何三公被这么一问,不知道如何回答,但他马上头脑转过弯来,结结巴巴地说:"我来烧香,来敬神仙。"

何湘自然是不会相信这话的,鄙夷地说:"你个赌博鬼,来敬神仙?"

何三公赶忙答道:"我赌博,手气不好,来敬神仙!听说这里的神仙特别灵,所以一早来烧香敬神,想得到神仙的保佑。"

何湘一听,哈哈大笑。

何湘一笑,空气顿时紧张起来。

团丁们拉动枪栓,哗啦声不绝于耳。

何三公一生贫苦,最害怕有权有势有枪杆子的人,哪里禁得起这样威吓?一时之间,脑门上就惊得冒出了虚汗,腿肚子直抽筋。

何湘一瞧,越发怀疑起来,把枪顶到何三公的脑袋上,问道:"何三公,你不是来敬神吗?不是想得到神仙的保佑吗?我敢跟你打赌,你他妈的心里有鬼。"

何湘大声吼道:"何三公,你这个老东西,你躲在庙里究竟干什么?"

何三公支支吾吾,答不上。何湘一看何三公那个厌样,阴笑着说:"这庙里什么都没有,你来,是不是来藏大洋?快说。"

这时,一个团丁笑着对何湘说:"营长,何三公赌博,将女儿抵债的大洋又全部输光了。"

何湘一听,哈哈大笑,说:"好你个何三公,真该死!快说,何红梅在哪儿?"

何三公心想,得亏何红梅也藏起来了,忙说道:"没,她没在这里。"

何湘哪里肯相信,一挥枪,冲团丁吼道:"给我搜!"

何湘走到何三公身边,转了一圈,又阴笑着说:"你这么爱赌,不如我们来赌一回。"

何三公望着何湘,不敢吭声。

何湘大声说:"我们就来赌你这条老命!"

何湘一说,吓得何三公腿都软了,打了一个趔趄。

何湘一见何三公吓成那样,不免好笑,说:"今天,就赌你不是来敬神的,是来……"

何湘的话还没有说完,团丁们在庙里庙外搜查,搜来搜去也没发现什么。

李副营长跑来报告:"营长,这庙里什么也没有。"

何湘一听,也不知道下面怎么说赌注,只好说:"这样吧,如果你拿出敬神的香,免你不死。"

何三公自然不是来烧香的,现在到哪里去拿香来?

何三公在神坛边转了一圈,没有找到香,站在那里发呆。

何湘走过去大声吼道:"来干什么的,快说!再不说,你这条老命可没了。"

眼见不说点什么是过不了这劫了,何三公哆嗦了半晌,才断断续续地说:"我……我、我说,香被我烧了,敬神了。"

"放屁!"何湘一看哼哧了半天还没说出点什么眉目,便逼问,"快点说!"

何三公继续磕巴着,说:"我家的房子烧了,只有到庙里来住。"

何湘阴狠地一笑,突然说道:"妈的,这也是理由?你告诉我,将何红梅藏哪里了?再不说,我一枪崩了你。"

团丁上前拽住何三公把他推到一棵树前。

何三公一下子吓瘫了,有团丁拿来绳子,拽起何三公三下五除二就把他给捆起来。

几个团丁走过来,要抬起他,将他投到井里去。

何三公害怕得要命,可这会儿他反而什么也不敢暴露出来了,只好大声地惨叫着。

"老东西,"何湘恶狠狠地道,"我再问你一次,何红梅在哪儿?是不是给红军带路去了?"

何湘今天是不会放过他了,何三公绝望地惨叫,却又什么实质性的内容都不敢叫出来——就三个红军,救不了他;何红梅更救不了他;此刻,什么天神菩萨祖先显灵都没戏了。绝望啊!

何湘举起枪,对准何三公的头,正准备扣动扳机。

就在这时,何红梅突然从庙后面冲了过来,一头就把何湘给顶了个趔趄。何红梅一转身将阿爸护在身后,吼道:"何湘,你冲着一个老人耍什么威风,有什么事冲我来。"

何三公一下子就傻眼了,没想到这样要命的关头,女儿冲出来保护自己,他是又愧疚又感动,老泪纵横地说:"傻孩子,他就是要抓你啊。你不该跑出来啊!"

何湘一见这阵势,反而眼睛一亮,笑了:"何红梅,你还真藏在这里!你们父女俩一大早来这里干什么?"

何红梅抬起头,看都不看他一眼,大声说:"来敬神!"

何湘一听,阴阳怪气地说:"还真是来敬神的。看来,我是错怪你们了。"

何三公见何湘相信了,才放下心来。

"何红梅,你抵债给我阿爸,在我们何家祖宗面前拜了堂,就是我何家的人,还躲什么躲呀?"说到这儿,何湘突然想做个人情,就冲团丁一挥手,"去,把老东西放开。"

胖团丁应了一声,赶紧上前为何三公解绳子。

何三公还想为何红梅求情,何湘一脚把他踹到地上,反身拽上何红梅,觍着脸道:"走,我们回家!"

也不知道保安团是否真的离开了洪都庙,陈树湘醒过来以后,知道何红梅等人还没回来,越发觉得在洞里还是很危险,得赶紧离开。

他听到外面没有动静,于是移动身子,往外看了看洞外的天空。

天空蓝蓝的,天高云淡,一行大雁正经过头顶的天空。

陈树湘决定尽快离开,他由海子和大水扶着,想从洞里出来。

正在这时,保安团在馒头岭上到处乱搜。两个不知道死活的团丁正好搜到了洞口,便大大咧咧地进洞来了,想找个避人的地方偷懒坐一会儿,没想到却被大水和海子一人一枪托,打晕了。

"这里很危险,赶紧离开!"陈树湘说。

可当大水和海子背着陈树湘来到洪都庙,却只看见何三公一个人坐在庙里发呆。

"大水,海子,我们走!"说完,并不知道何红梅已被抓走的陈树湘扭头对何三公说,"何阿爹,谢谢您和红梅了,不能再连累你们,我们这就离开。"

何三公摇了摇头,黯然地说:"村子没了,房子没了,乡亲们没了,红梅被抓走了,我救不了她,还不知道她生死如何……"说着,何三公摇了摇头,又说,"你们快走,只有躲开保安团,藏到大山里去才保险。"

"红梅被抓走了?"

这么一说,大水和海子便用恳求的眼神看着陈树湘,可又同时低下了眼睛。就他们这样,躲敌人都躲不过,难道还能去抢回何红梅?那可是装备齐全的保安团啊!

陈树湘难过极了,但他明白大水和海子的心思。

这时候,何三公站起来,在庙外向四周眺望了一阵,没发现有什么动静,他折回身相劝:"几位长官,红梅拼死都要保住你们,你们还是赶紧离开吧。红梅不会有事的。"

对于何三公来说,女人总是要嫁人的,何湘是想要娶何红梅,就算是做妾,那也不是太坏的事,至少以后衣食无忧。但要是让人发现何红梅和红军是一伙的,后果就严重了。

就这样,他把大水、海子、陈树湘领出来,想带他们从山下的树林里绕出去,远离村寨,藏身到大山里去。

哗啦——枪栓一响,一切都来不及了。

刚拐过一个弯,三人就听到拉枪栓的声音。

大水和海子一边撑着陈树湘,一边朝团丁开枪,三个团丁应声倒下。可是,海子和大水的枪没有子弹了,接着,几个团丁一拥而上,将海子和大水手中的枪夺走了。

陈树湘掏出手枪,砰砰几枪,打死三个团丁。可是,团丁人多势众,很快摁住了陈树湘。

"阿爸,大水,海子,陈大哥!"何红梅挣扎着,咬了一口捂着她嘴巴的团丁,团丁手一缩,何红梅才哭着叫出声来。

何湘一把揪住何红梅的头发,拽到陈树湘面前:"何红梅,你个骚女人,你看他们是谁?"

何红梅咬了咬牙,解释道:"他们是我家亲戚,一起来敬神的。"

"骗鬼!"何湘把何红梅一把搡到何三公跟前,两名团丁顺手又扭住了何红梅的胳膊。

"老东西,我看你一个人在庙里发呆,就觉得有鬼,果然不出我的所料。还真被我逮住了。"何湘得意忘形地说。

何三公还在做最后的辩解:"他、他们是我的远房亲戚,是真的。"

"真个屁!"何湘上前就给了何三公一巴掌,"你他妈的还想蒙我？这是什么？盒子枪,要你的命!"

这下子,何三公不言语了。

这三个人八成是红军。但是,何湘看他们都穿着老百姓的衣服,还想弄明白他们的身份,便继续逼问:"何红梅,我问你,他们到底是谁?"

"我阿爸不是给你说了吗,他们是我家的亲戚,一起来敬神的。"

这答案何湘不满意,他嘿嘿冷笑着,把枪顶在何红梅的头上:"你亲戚?你再说一遍?我早就听说,你给红军带路,没想到这是真的。"

在何红梅心里,自然不可能有第二个答案给何湘,她一咬牙,狠了狠心继续说道:"他们真是我亲戚。"

这时,陈树湘大义凛然地对何湘说:"你放过他们,我说,我就是……"

陈树湘看到何红梅受人欺负,正要开口。

大水看出了陈树湘的心思,为了保护陈树湘,他先开口了,大声说道:"我们就是亲戚呀,一起来敬神的。"

何湘一听,转过头,哈哈大笑起来,他突然用枪指着何红梅太阳穴。

"别开枪,放开她。"陈树湘站出来说,"我是……"

可是,枪口一闪,砰的一声,枪响了。

枪声响在何红梅的耳边,震得她耳膜都麻了,当然以为被打中的是自己,可她却没有感觉到痛和流血,便下意识地侧头一看。

枪响过后,何三公睁大了眼睛瞅着何红梅,他的双手死死捂住自己的胸口,鲜血从手指缝里汹涌流下。抓住何三公的那个团丁也蒙了,他的脸上被溅了半脸的血。

何湘拿着手枪,用口吹了吹枪口,阴险地说:"这老东西该死,我们打了赌,他不是来烧香敬神的,只有赔上这条老命去见阎王!"

"何阿爹!"

"何叔!"

陈树湘、海子、大水挣扎着叫道。

"阿爸,阿爸啊!"

何红梅的耳朵被震聋了,什么也听不见,她疯了似的甩开揪住她的团丁,哭喊着扑到了父亲身上。何三公像瘫软泥似的从团丁的手里滑下来,跪在地上,向一边倒过去。

他的眼睛一直睁着,不舍地看着何红梅,渐渐失去了光泽。

> 陈树湘等人被捕后,何湘为了搞清楚他们的身份,将他们带回了何家寨审问。这时候,逃脱了的何青松找到了何家的家丁韩天长,混进了何家去营救陈树湘。

听到枪声,在馒头岭搜山的保安团都下山来了。

有进洞搜查的团丁向何湘报告:"这些人就在山腰的洞里躲着,洞里有稻草,有吃剩的东西,有喝水的碗……"

何湘和团丁们将何红梅和陈树湘几个人一起押着,向何家寨走去。

陈树湘身上有伤,没走多远就昏迷了。

何湘令人拆了一张门板,让海子和大水抬着陈树湘。

何青松在小周塘村侦察时发现,小周塘村的村民对红军很有感情。他便悄悄找到周昌荣,让他们组织起来,营救陈树湘。

刚走出馒头岭,对面山上响起了鸟铳声,一队人马冲了出来,要抢陈树湘。何红梅一见便知道,这些是小周塘村的村民。

陈树湘带领的红军上次来到小周塘村,与当地的老百姓结下了深厚友谊。

前一阵子,红军经过小周塘村时,正好有村民生了个儿子,这家五代单传,再穷的人家,添丁也是大喜事,就说要请全村人一起喝木薯酒。——那可是他从知道要当爹了开始,就将从山里挖来的木薯做成的水酒,度数不高,但也有好几十斤。他还特地将岳父家的水缸借了回来装酒。

结果就遇到红军进村了,红军待的时间不长,但天天为百姓挑水打柴搞卫生,教村民识字,给村民治病,给村民留下了好印象。因此,这村里但凡有了喜事也就邀请红军一起。

群众相邀,盛意难却,陈树湘和程翠林、韩伟几个人代表红军去参加了。

但酒也不能白喝啊,陈树湘就代表红军送了一个大红包,还特意送了一副对联:

"人丁旺旺村添喜,苍生济济拥红军。"

这一户添丁的人家,就是村民周昌荣家。

周昌荣见到红军对村民这么好,举着酒杯敬了陈树湘一杯,开玩笑地对陈树湘说,要让他的儿子认陈树湘做干爹。

陈树湘一听,满口答应,对在座的各位说:

"好,好,我认这个儿子。我们红军有接班人了。"

陈树湘还特意送给干儿子一把银子做的长命锁,说:"等红军胜利了,等革命胜利了,一定回来看干儿子,看望大家!"

小周塘村的村民很讲义气。

陈树湘在馒头岭洞里养伤,机敏的周昌荣马上就发现了,便让他的大儿子将熟红薯、花生和干净的水送到洞里给红军,甚至还把猎到的一只野鸡炖汤给陈树湘等人送去了。

现在周昌荣从何青松的口中得知何湘抓走了陈树湘,便组织二十几个村民,拿着打猎用的鸟铳在山路上拦截。

何湘一听枪声,还以为是江华、永明和宁远的保安团来争功的,大声叫道:"别开枪呀,我都抓住了,你们来晚了。"

可是,何湘话没落音,一枪打过来,打中了一个团丁。他疼得大叫,在地上打滚。

何湘赶紧大声叫道:"给我打!"

双方交火,村民们打不过团丁,只好撤走。

何湘的团丁死伤了几个,他非常气愤。

一回到何家寨,何湘让下人打开一间破落的杂物间,胖团丁推着被捆绑着的何红梅,把她推倒在地上。

哗啦一声,门被锁上了。

陈树湘、大水、海子三个人被团丁按在院子里的地上。

一个团丁搬过来一把太师椅,何湘大摇大摆地走过去坐下,一脸毫不掩藏的得意,冲着陈树湘嚷嚷:"我想知道你们是什么人。谁先说,有赏!"

一连多天的劳累与受伤,失血过多的陈树湘已非常虚弱,本想说出自己的身份,救出何三公和何红梅,但当时还没等他说完,就看到何湘一枪将何三公给打死了,于是他决定还是保持沉默。革命尚未成功,要活下去才能继续战斗,陈树湘只有继续与何湘周旋下去:"有什么好说的,说了你也不信!"

何湘故作爽朗地笑道:"我让你说真话!"

"现在是乱世,我们带着枪防身,这就是真话。"陈树湘的腹部早就痛得厉害了,痛得开始有点麻木,"何三公是我表哥,我们过来一起去敬神。"

不管陈树湘说什么,何湘一概不信,他满心希望抓到个当官

的红军去邀功请赏,于是他继续刨根问底:

"带枪防身?你们打死我几个兄弟,看样子不动刑,你们是不会说实话啦。"

想到这儿,何湘觉得不过瘾,于是站起身来,几步走到陈树湘跟前,抬腿就向陈树湘猛踹过去,一连踹了好几脚,边踹边疯狂地吼道:

"说!说!我叫你说,你到底说不说!"

"啊!"陈树湘被几个团丁摁着,短促地大叫一声,一股鲜血从嘴里喷出。海子见师长被打,挣扎着想反抗,被团丁摁住了。

大水一看师长被踹,伤口肯定又崩裂了,马上想把何湘的注意力吸引过来,于是,他赶紧说:"我来说……我说……"

何湘扭脸看了看大水,心想,到底还是小孩子,经不起吓,这就肯招了。于是何湘收了脚,站到大水跟前,低头冲着大水说:

"好,你说。如果你说出他是红军什么大官,你就可以升官发财了。"

大水抖了抖肩膀,按压他的两个团丁看了看何湘,何湘示意团丁松手,于是他俩赶紧松开了手,任由大水站起身来回话。

大水缓缓站起来,虽然他站了起来,但他那么瘦,个头也不够高,跟皮球似的何湘比起来,简直就不是一个级别,但大水的眼里冒着熊熊的怒火,他站稳了,挺了挺身子,突然就朝何湘吐了一口唾沫,骂道:

"你们算什么东西!一群欺压老百姓的狗杂种!"

何湘正气定神闲地等大水招供呢,料不到大水的态度变化跟闪电似的,他反应慢了一拍,躲闪不及,一口唾沫就吐在了他的胸口上。

何湘怒火中烧，抬腿就对着大水瘦弱的身上猛踹了几脚。

这时候，大水已经被团丁架住了，完全无法避让，硬生生挨了这几脚猛踹。他听到自己肋骨断裂的声音，一股血腥味从嗓子眼里冲了上来。

大水咬着牙，闭着嘴，圆瞪着眼睛死盯着何湘。

何湘一看，心里不免有点发毛，但他还是继续逼问："小屁伢子，看你嘴还挺硬。你们到底是谁？是不是34师的红军？"

何湘边问着，边脱下了外套往地上一扔。

大水可不管什么生死富贵了，那头何湘扔到地上的外套还没落地呢，大水一满口刚憋着没咽下去的血唾沫，就又朝他身上吐了过去，并且骂道：

"我是你祖宗。"

噗——何湘的白衬衣上、脸上洒满了血珠子。

何湘气得简直要疯了，二话不说，直接下令道："给我打！往死里打！"

海子见大水被打，挣扎着想救大水，被几个团丁死死摁住。

团丁们开始用枪托猛砸大水，大水满脸是血。

陈树湘想爬过来护住大水，含混不清地喊着大水的名字："大水，大水……"

大水昏死过去了。

何湘见大水不说，转过身来问海子："你看到了不说的下场，他不说，你说。只要你说了，我保证你不挨打，保证你荣华富贵。"

海子一听,将头抬起,不理他。

何湘走过去,用手将海子的头扳过来,大声说:"你听到没有?快说。"

海子的双手被团丁摁着,动弹不得,但他的腿可以动。他抬起腿一脚向何湘踢过去,只听得何湘大喊一声:"哎哟。"

何湘痛得直叫,用手捂着裤裆。

团丁们一看何湘的命根子受了伤,都抿着嘴不敢笑。

何湘回过神来,大声说:"往死里打!"

团丁给了海子几耳光,又踢了几脚,海子被打晕了。陈树湘见大水和海子被打,心里一急,也昏死了过去。三人倒在院坪的泥地上,那些血水慢慢地淌下来,与泥混到一起,浸到了大地深处。

何湘边脱衬衣,边气恼地骂道:"他娘的,老子有的是时间,先把他们关起来,醒了接着审。"

天色向晚,太阳西沉,残阳如血。

何青松在小周塘村组织营救陈树湘没有成功,他赶紧跟着保安团一起回到了何家寨。何青松继续侦察着,看有没有机会将陈树湘他们救出来。焦急间,他突然记起来,在韩记米粉店,他认识何湘家里的一个家丁叫韩天长。如果能够见到他,自己也许就可以进到何湘家去。陈树湘、大水、海子一定受了极大的苦处,得立即想办法营救他们。

无巧不成书,正在何青松为营救陈树湘发愁时,韩天长却奇迹般地出现在他面前。

在何湘的家门外,韩天长一出门,正好碰上了何青松。

369

"何青松,你怎么在这里?"韩天长一见何青松便说。

"韩兄,我正找你呢。"何青松赶快回道。

"怎么了？是想进何家当差?"韩天长说。

"是呀,那天不是说好了吗？你要替我找个差事做。"何青松说着,将身上两块大洋递给韩天长。

韩天长是家丁,平时能捞的油水很少,现在拿了何青松的两块大洋,心里特别舒服,立即说:"何家这段时间人员损失大,正需要人呢。你要肯当团丁就跟我来。"

"我也没地方去了,有个地方安生就好。"

就这样,何青松跟着韩天长走进了何湘的家。在何青松的要求下,韩天长拿出了自己的衣裳先给他换上了。何青松脱了自己一身又脏又破的衣服,穿上韩天长的衣服,就跟何家的家丁款式一样了。

来到何湘家,他努力巴结韩天长,然后就找借口到处走走,一心想找到陈树湘、大水、海子、何红梅关押的地方。

何青松首先找到了何红梅关押的地方,他猫着腰走过去,想看看情况,正好看到何湘也在那里。

屋子里很暗淡。

何红梅蜷缩着坐在墙根,眼睛里充满了惊悸与绝望。

这时,房门突然开了。

何湘站在了门口,阳光打在他的背上,使何湘看上去更像是黑魔鬼一般。

何红梅愣怔地望着眼前皮球形态的黑影子,她害怕得往后挪了挪,肩膀缩得紧紧的,似乎是想把自己的身子骨缩得更小,小得像尘埃一样不被何湘看到。

何湘进门站了几秒,看清何红梅正缩在角落里,走过去一把将何红梅提起来。

何红梅惊恐得连挣扎都不敢,也不敢言语。

何湘一手掏出盒子枪,顶在何红梅高高的胸脯上,一手把何红梅拽到屋子中间比较明亮的地方,冷笑道:"你这个骚货,竟敢骗我?你还想不想活了?看到你阿爸的下场没有?我要在你这漂亮的胸口打两个血窟窿,让这里头的耗子来喝干你的血,吃了你的肉,一口一口啃,让你慢慢死。"

何红梅听了这话,心里升起一股凉气,浑身哆嗦得筛糠似的,眼里充满惊悸与绝望。看何湘用大拇指打开保险,何红梅闭上眼睛哭起来,现在她觉得死亡并没什么可怕了,但也不想被耗子把她咬死吃掉。

何湘像玩游戏似的,将枪里的子弹拆出来,然后用力往何红梅的乳房上一戳,扣动扳机,盒子枪发出撞针的声音。

何红梅腿软了,她烂泥似的瘫倒在地。

如此戏弄何红梅让何湘心情大好,他望着何红梅笑了:"嘿嘿,害怕了吧,没子弹,算你命大。"

何湘见何红梅被吓成那样,心里好笑,阴险地说:"何红梅,你知罪吗?你私藏三个共军,按理说我该一枪崩了你。可是,你这么年纪轻轻的,死了多可惜啊!"

何湘沿何红梅走了一圈,然后用枪头在何红梅的乳房上画了一个圈,极暧昧地说:"不如,我们谈一笔交易,就看你怎么报答我了。"

何红梅已经知道何湘的意图,故意颤着声哭起来:"我……我……我怎么报答你,你说……"

"你是个明白人。"何湘压着声音说,"你有什么条件,快说。"

想想阿爸还暴尸荒野呢,于是何红梅泪眼婆娑着说:"你帮我把阿爸埋了,我就跟你……"

肯讲条件代表有戏,何湘高兴了,痛快地说道:"痛快!只要你肯跟我,我还能让老丈人暴尸荒野吗?"说着,何湘就把枪装进匣子里,然后开始给何红梅解开绳子,现在何红梅是他的囊中物了,可不得好好享受一番,于是他又装出一副深情的样子,劝道:"别哭哭啼啼的了,上次撤退我婆娘被共军打死了,只要你好好跟我过日子,以后吃香喝辣有你的福享。"

"鬼才愿意跟着你享福!"何红梅心里想着,但嘴上不敢说,心里还在想着如何才能有逃跑的机会。

何三公已经死了,再没有什么事情可以牵制她,只要能逃出去,何红梅就有地方跑。这么一想,何红梅又觉得自己还有希望,于是,用袖子抹了一把眼泪,装作听了何湘的劝,愿跟他过日子的样儿。

何湘看何红梅平静了下来,觉得自己的劝解管用,便试图伸手把何红梅抱过去,何红梅没有反抗,何湘便胆大地伸过嘴要去亲她。

何红梅别过脸,明明是恶心不愿意,却装作害羞的样子,小声说:"既然你婆娘都没了,你又要我跟你,按照规矩,你总得摆几桌酒娶我才算有诚意。否则将来生个三男两女的,孩子没名没分受人欺侮。"

嘿,这话说得全在何湘心上。

第一个婆娘没有给他留下一儿半女,今后生儿育女的事,全在何红梅身上了。

他看了一眼何红梅那丰满的胸,什么都答应了。

何天霸还没睡到何红梅就死了,说是小妈,到底还没跟他爸洞房,白便宜当儿子的,他娶何红梅当正房太太能有什么问题?现在兵荒马乱,哪里去找千金小姐?再说了,以后二房三房四房五房,何红梅能挡着他吗?

"好,摆酒!今晚就摆酒!"何湘心花怒放,在何红梅脸上吧唧就亲了一口,这才站起身子冲门外喊,"通知厨房多烧几个菜,今天老子摆酒请兄弟们喝。"

"摆酒?"团丁们一头雾水。

"何营长,你这是要娶姨太太?"

团丁们绕不过弯,心里想着何红梅前阵子不还是何天霸抬进家的姨太太嘛。

"滚,老子娶她做正房,以后得叫太太。"

团丁们这才明白,上一任太太死了,这是给新太太摆酒。但你何湘刚打死了新太太的父亲,她没意见吗?这么想想罢了,没有人敢在何湘面前说什么。

韩天长见何湘要娶新太太,吩咐下去,尽快做准备。

何青松得到了韩天长的信任,很快知道了陈树湘他们关押的地方,他边勤快地忙着打下手干活,边想如何将陈树湘等人救出去。

天黑透了,房檐下的红灯笼点起来了,院子里的杆子上也挂着几只红灯笼,把院子照得格外明亮。

几张八仙桌摆在院子中间,桌上已经是杯盘狼藉,何湘和几十名团丁呼五吆六地划拳,都喝得有些醉意了。

连日的打仗奔波,团丁们有死有伤,没吃到几餐好饭菜,现在有机会吃肉喝酒,当然是今朝有酒今朝醉,一帮子团丁想方设法给何湘"灌米汤",各种升官发财、妻娇妾美、儿孙满堂的好话反反复复地说,祝酒,吃肉,称何营长是千古难得一遇的将才,兄弟们跟着他享福了。何营长一句话,兄弟们就拼了。干!

大家都喝得醉八仙似的,有人说:"何营长,今天娶亲又没有拜堂,至少要新娘子出来敬个酒吧,以后兄弟们也好打招呼。"

何湘三步颠四步晃进了房间,把何红梅给拽了出来。

何红梅坐在房里心急如焚,想了无数办法,在门缝瞧了多少趟,只愁没机会逃出去救陈树湘、大水和海子,现在被何湘拽出来,便只好坐在了何湘旁边。

团丁们敬酒,何红梅只好笑笑,说不会喝酒。

"太太不能喝,那就何营长代喝!"团丁们起哄。

"这个自然!"何湘接过何红梅的酒碗又喝了几碗。

何湘端着酒碗高兴地说:"今天,何红梅就是我老婆了,是我明媒正娶的媳妇。弟兄们以后谁敢不敬重我媳妇,我、我毙了他!来,兄弟们,敞开了吃喝。来,干了!"

何湘扬起脖痛快地喝了几碗,抬眼一看,满满几桌兄弟啊,每一张脸都像是何红梅的脸,他把酒碗往桌子上一扔,抱拳道:

"兄弟们,失陪啦!"

何湘一下子靠在了何红梅的身上。何红梅哪里扶得起何湘这样的皮球形胖子,只好连推带拽地把他扶进了房间。

团丁们继续喝酒。

进了新房,房间里烛光摇曳,布置得很喜庆,小厅的桌上摆着酒菜。何湘进了门将门一关,喷着酒气把何红梅挤到了床边,抱住就亲。

何红梅左躲右闪,何湘亲不着,心中火就上来了:"怎么,这都摆酒了,让你当正房太太,心里还不痛快?"

何红梅赶紧挤出笑容,故意娇俏地说:"咱们的规矩你都忘了,我怎么痛快?"

看着何红梅微微噘起的嘴唇,何湘心里抹了蜜似的香甜,酥得骨头都软了。他顺着何红梅的手指一瞧,回转身就看见了桌子上的酒菜,他笑了:"不过就是喝了圆房酒才成夫妻嘛!来,咱们喝!"

何湘一屁股在桌边的圆鼓凳上坐下,何红梅赶紧跟过去倒酒。

"你是新郎,喝坛子。我是新娘,用碗喝!"何红梅现在所有的机灵劲都上来了,生死就在这一晚了,如果她真的被何湘睡了,她就只有死路一条。不过,哪怕她被何湘睡了,她也要拼命将陈师长他们救出去。

"对,我就是你的相公!你就是我的娘子!"何湘唱戏似的来了一句,拿起酒坛子就与何红梅手中的酒碗相碰。

何红梅痛快地把碗里的酒喝了。

何湘手里这个坛不大,但酒也不少啊。看何红梅喝了酒还在他脸上亲了一口,便在她的鼓动下扬起脖子咕咚咕咚喝起来,他要喝出"爷们的气概"!

何湘先还想着只喝两坛,但三坛下去的时候,他就越喝越痛快,只想逞强了。看他那圆滚滚的肚子,今晚可就是一个真正的酒坛子了。

喝完圆房酒,何湘手指尖都没感觉了,嘴唇也没感觉了,眼睛里看到的是何红梅,但他眼珠子也不晓得转了。这些何湘自己当然都不知道,他凭着一脑门子的惯性,按部就班地进行着程序。

"我没醉,你看,我还没醉!"何湘展示着自己的"清醒"。

"酒喝完了,来,我们该洞房了……"

何湘一下子把何红梅抱起来,何红梅睁大水灵灵的眼睛盯着何湘,思忖着是要找机会把何湘打晕呢,还是何湘会自己倒下?

何湘将何红梅扔在了床上,开始疯狂地拽何红梅的衣服。

何红梅温柔地说:"还说你没醉呢,那么急干吗,把吉服扯坏了可不吉利。你到床上躺着,我自己脱。"

何红梅站在床边,做出一副要脱衣裳的样子,眼睛含笑瞧着何湘。

何湘自己的衣服都没脱,便直接往床上一倒,一双醉眼瞅着何红梅笑。

"好的,那你快点来,我等你……"

何红梅手上的动作越来越慢,脸上的微笑也越来越淡,渐至于无。

何红梅冷冷地站在床边,看着醉成一摊烂泥的何湘打起了呼噜,真想拿刀将他扎成个筛子,但她不敢。

何红梅在圆凳上坐下来,细细地想:接下来该怎么办?

她得赶紧去救师长,救海子和大水。

何青松想营救陈树湘没成,英勇牺牲;何红梅营救不成,中弹身亡。

两个警卫相继牺牲,陈树湘打完了子弹,被团丁一下扑倒,昏迷过去。

陈树湘、海子、大水三个人躺在屋子里的一堆稻草上,满身都是伤。天还没亮,他们都又痛又饿地醒了。

陈树湘虚弱地喘着气,大水用袖口擦拭陈树湘带血的嘴角。

陈树湘微笑着,虚弱地问:"大水,你害怕吗?"

大水小声地说:"不怕。师长你说过,咱们要为苏维埃流尽最后一滴血。"

陈树湘点点头,转过头,又问海子。

海子笑笑说:"共产党人连死都不怕,还怕他们吗?"

陈树湘突然记起来,海子在红军长征前,刚刚加入了中国共产党。陈树湘微笑着说:"你们都是好样的。"

海子和大水陪着陈树湘,默默地沉浸在夜色当中。

三人身受重伤,外加团丁看守,逃出去是不可能了,牺牲是一定的。这么一来,陈树湘、海子、大水反倒没什么可担心的了。

不,他们还是担心着一件事——

听外面说,今晚是何湘与何红梅摆酒结婚的日子。

可是,囚室外面的夜那么寂静,没有听到何红梅号哭拼命的声音。

突然,一点亮光从前院穿过月亮门向不宽的甬道走来。何红梅左手提着食盒,右手提着一盏灯笼,轻轻地穿行在甬道,不一会儿她拐弯走进了后院。

"谁?"看守一惊,喝道。

何红梅微仰着脸走过来,故意让灯光照着她的脸,显得更加有太太的样子:

"嗯,是我!"

负责看守的团丁十分惊讶:"太太?"

何红梅满脸不耐烦,说:"把门打开,我给表哥送点吃的。"

看守为难得很:"太太,没有何营长的命令,不能开门。"

何红梅放下食盒,从兜里掏出一张纸:"你们营长听我说了,也知道是抓错了人,冤枉了我表哥,只是酒喝得多,又累了,已经睡下了。你看,这是他写给我的条子,保证明天就把我表哥放了。"

团丁听了不信,便伸手接过纸撑开来看,等展开了纸张,却发现纸上一个字也没有,他刚露出诧异的表情,就感受到了被利刃插入胸口。

何青松一直在何红梅的身旁,他看到何红梅从洞房出来,便跟过来。正好看到这一幕,他从后面给了团丁用力一刺。

何红梅一眼认出这是何青松,赶紧说:"青松哥,快走!"

团丁脸上的表情一滞,来不及喊叫,便闷哼一声倒在了地上。

何红梅回头朝四周看了看,并没有人在后院,她赶紧把灯笼吹熄了，又从团丁腰上摸到了钥匙，打开房门。

何红梅在门外与团丁的对话，陈树湘、海子、大水三人都听到了，待何红梅开门进来，陈树湘和大水、海子已经互相扶着站了起来。

何青松一身家丁的打扮，又逆着光，陈树湘、大水和海子看了几眼才认出来。

何青松看到陈树湘他们，走过去，说："师长，你受苦了！"

陈树湘一看穿着家丁服装的人是何青松，连忙说："小何，你……"

何青松赶紧说："我是来救你们的！"

陈树湘点点头。

何红梅把在何湘房间里找到的短枪从食盒里拿出来，递给陈树湘三人。

"陈大哥，我们赶快走！"

大水一见何青松，赶紧说："好样的！"

五个人急忙把那名死去的看守拖进房间，大水从团丁身上摸了两颗手榴弹，海子又拿了团丁的长枪和弹夹。

何青松在前面带路，海子拿着枪跟着。

何红梅和大水扶着陈树湘踉踉跄跄地跟在后面。陈树湘感觉到自己腹部的伤口又裂开了。

突然，有巡逻的团丁走过来，他们急忙隐蔽到一个角落里。

何青松走向前，用瑶族语跟团丁说："到前面去看看！"

团丁没在意，走了过去。

何红梅闪身出来，可看见大门口有守卫的团丁，她和大水扶着陈树湘只好穿过院子的月亮门向后院走去。海子端着枪跟在后面。何青松也不敢擅自去打开大门,他刚来还不熟,也只好跟着。

后院的门口也有团丁把守,他们只好顺着院墙根找可以出去的地方。从一处小院经过,借着月光,突然发现院墙根下有一辆破败的架子车,这个院子原来是喂牲口的地方。

他们急忙奔了过去。

何青松警戒,他们立即行动起来。

海子和大水把架子车推到了墙根当梯子用,可是还差了一段距离。

海子上了架子车,大水在他的下面用力地往上顶,等海子终于骑在墙头上,陈树湘便开始踩着架子车往上爬,海子趴在墙头上将陈树湘往上拽,大水和何红梅在下边用力推。

咔嚓！架子车散架了,陈树湘摔了下去,大水和何红梅也被带翻了。正用力往上拉陈树湘的海子差一点被闪了下去,他一只手死抠在墙头,总算维持住了平衡。

陈树湘没有被拉上去,海子只好跳下墙来。

响声惊动了团丁,有人喊:"有人翻墙逃跑。"

几名值守的团丁没喝酒,还有少量团丁喝了酒没醉,这时候他们马上反应过来了,拿起枪就朝这边奔过来。

脚步声近了。

再往墙头上爬已经不可能了,海子和大水拉开枪栓,做好了战斗准备。

陈树湘小声地喊:"红梅,你别管我们,赶紧走。"

大水和海子蹲下去,做起了人梯。陈树湘催着何红梅赶紧离开,但何红梅想和大家一起逃走,便焦急地喊道:"陈大哥,我们一起走!"

"我们已经没有时间了。"陈树湘小声说,"别管我们,你快走!"

何红梅走过来紧扶着陈树湘,说:"我们一起走!"

陈树湘忍着疼痛一把推开何红梅,说:"再不走,谁也走不了!"

团丁们已经奔了过来,何青松在一边用瑶族话喊道:"在那边,快,往那边去!"

团丁们一听,端着枪往那边走了。

何青松走过来,小声说:"快,快走!"

这时,团丁们又转过来了。

海子和大水马上开枪,击毙了跑在前头的团丁。

何红梅扶着陈树湘急忙向院子后门方向退过去,如果能冲出去当然好,可他们迎面遇见了看守后门的两个团丁。

何青松掏出枪,砰砰两枪,打死了他们。

这时,陈树湘虚弱得走不动了,他一只手死压在腹部,弯着腰,痛得全身都在冒汗,何红梅扶着他停下了脚步。

何青松跑过去,蹲下来,背着陈树湘向前奔。

团丁们紧追了过来,大水掏出一颗手榴弹投了过去,轰的一声,一团火焰在团丁中爆炸。团丁们放慢了追赶的脚步。

何青松背着陈树湘急忙走进一条不宽的走道,后边的团丁们又追了过来。

海子和大水刚走到一个小门口,大水就被击中了后背,差一点摔在地上,海子赶紧搀扶起大水。

大水流血过多,染红了衣服,他对海子说:"别管我,快去救师长。"

何青松背着陈树湘向前跑,何红梅跑过去开门。

可是,在大门口,突然出现了枪声,十几个团丁排着队,拿着枪走出来,他们边开枪边冲过来。

何红梅转身跑过来,大声说:"不好,快走!"

何青松只好背着陈树湘向后走,转过一道弯,到了一个僻静的地方。

何青松轻轻地放下陈树湘,让何红梅扶着。

大水受伤了,他大叫:"师长,别管我,你快跑,我来挡住敌人。"

海子举枪射向奔过来的团丁,那个团丁应声倒下。

海子和大水是陈树湘的警卫,他们对师长无比忠诚,宁愿牺牲自己性命也不愿逃生。他们知道子弹有限,自己已经冲不出院子了,于是隐蔽在柱子后面举枪射击。

保安团的李副营长大声喊:"他们快没子弹了。抓住他们有赏!"

团丁们闻声蜂拥地冲到他俩跟前,又一颗子弹打入大水前胸。

大水嘴里涌出血来,大喊:"师长,你们别管我,快走啊!"

大水迎着团丁们扑了上去。

陈树湘喊了一声:"大水!"

大水喊道："师长,你们快走啊!"

不管能不能逃走,陈树湘也要做最后的努力,他知道,自己不离开,谁也不会舍下他独自逃生的。逃生,希望渺茫,但他还是在何红梅的扶持下,步履蹒跚地挪动身体,进了小门。

大水的子弹打完了,他抢起长枪击打迎过来的团丁,用单瘦的身体挡在不宽的走道里,一下子阻止了团丁们,但身中数枪的他已经筋疲力尽。

一个团丁扑过来抱住了大水的后腰,大水掏出手榴弹拉着了,用力顶着那个团丁向后退,离众团丁越来越近。等众团丁发觉他拉开了手榴弹,要跑已经来不及了,只听轰的一声,走道里瞬间多了几具尸体。

团丁还不断向这边拥来,陈树湘对何青松说:"小何,你让我敬佩!你现在穿着家丁的衣服,你可以隐蔽起来。你不用管我了!你快走!"

何青松对陈树湘说:"师长,你说了,当上红军,就要跟共产党走!我是一个红军战士,生命就是共产党的,我要与敌人拼到底!"

何青松说完,向前跑去,边跑边大声说:"我是红军,向我开枪!"

何青松拿着枪,向团丁们发出怒吼的子弹。

团丁们一看,有个穿家丁服装的人竟然说自己是红军,还以为他是疯子,开始还笑他,没想到,一梭子弹打来,要了他们的命。

韩天长一看,何青松是红军,马上让团丁们向他开枪,说:

"这个叛徒!给我狠狠地打。"

团丁们集中火力打向了何青松。

何青松的子弹打光了,他的身上也中了枪弹,一发、两发、三发……

何青松站在那里,嘴角淌着血,但他还是在说:"师长,你们快走!"

陈树湘、海子和何红梅被何青松这一举动震惊了。

何红梅哭着大声叫道:"青松哥!"

何青松听到了喊声,但他没有力气答应,他的身体支撑不起他的重量,鲜血染红了他的全身,他缓缓地倒下了。

何青松牺牲了。团丁们一齐向这边赶过来。

海子不停地向敌人射击,掩护着何红梅和陈树湘。

何红梅扶着陈树湘踉踉跄跄地往前走,团丁们冲进小门追了过来。

何红梅扶着陈树湘来到一棵大树后,依着大树做掩护。

正在这时,一颗子弹打来,何红梅挺起身子去保护陈树湘,子弹正好打中她的胸膛。顿时,何红梅感到身上一热,全身的力量瞬间就被抽空了一般,随即失去了知觉。

"红梅,红梅!"陈树湘大声叫道。

"陈大哥,你快走!"何红梅从喉咙里挤出最后一句话,便倒在了地上。

陈树湘一看何红梅也牺牲了,把仇恨的子弹射向敌人,那个团丁倒下了。

"师长,你赶紧走。"海子大声说,他阻止着敌人过来。

说话间,海子的胸部受了重伤,鲜血从口里涌出来。

海子用尽最后的力气,击中一个团丁,自己也倒下了。

海子倒在地上,又被团丁补了两枪,英勇牺牲了。

陈树湘嘶声大声叫道:"海子,海子……"

所有战士都牺牲了,谁都不可能活着从这里离开。这时候,陈树湘连自己受过伤都忘了,他拾起了枪,背靠着大树,砰砰砰三枪,三个团丁应声倒下。

陈树湘还在开枪,可是,没有子弹了,团丁一下子冲上来把陈树湘按在地上。

陈树湘大喊一声,挣扎着站起来,扬起手枪砸向一名团丁,这个团丁惨叫一声倒在地上。但蜂拥而上的团丁们夺了他的手枪,把他又按在地上。

陈树湘瞪着血红的眼,大叫着。他的伤口又裂开了,鲜血从嘴里往外涌出来。这样激烈的爆炸声和枪声,终于将何湘从睡梦中吵醒了。他的酒并没醒,但他知道大事不妙,赶紧从房间里出来,带着两名团丁朝月亮门跑过来。

何湘急问:"抓住了没有?"

胖团丁赶紧回答:"抓住了一个,打死了三个。太太,不,何红梅被打死了。"

何湘一听何红梅死了,哑着嗓子吼道:"什么?这个贱女人死了?"

团丁们说:"何红梅为保护红军首长,中弹死了。"

何湘走过去,看到何红梅躺在地上,身上全是血,他用脚踢了踢,骂道:"为三个不认识的红军丧了命,值得吗?"

何湘走到陈树湘跟前,用犀利的目光看着陈树湘。

陈树湘轻蔑地盯着何湘。

突然,何湘抬腿给了陈树湘一脚,陈树湘痛苦地昏迷过去了。

当何湘得知陈树湘是红34师师长时，欣喜若狂。他给陈树湘治伤，好吃好喝待他，想尽办法劝陈树湘投降。陈树湘笑笑说："让我陈树湘投降，你做白日梦！红军杀不尽，杀了我陈树湘，还有千千万万个陈树湘。"

陈树湘被何湘踢了一脚，昏迷过去。

朦胧中，陈树湘一下子想起了长沙清水塘，想起毛泽东、杨开慧、何红梅提到的她表姑姑何宝珍，他像是进入了梦乡。在梦里，他回到了故乡长沙县福临镇枫树湾村，回到了小时候种过菜的地方，回到了长沙小吴门清水塘……

陈树湘在清水塘22号送菜送水，不仅认识了毛泽东、何叔衡、刘少奇，还认识了杨开慧、何宝珍。何宝珍是道县人，而且是何红梅的表姑姑，这是陈树湘没想到的。现在，陈树湘就在道县，在何宝珍的家乡。何红梅为了救自己，不惜牺牲了性命，真是表姑姑何宝珍教育出来的一名烈女。

这让他想起杨开慧和何宝珍给他讲述的周敦颐写的《爱莲说》，何红梅和她表姑姑何宝珍一样，真是像莲花一样高洁的姑娘。

陈树湘的妻子陈江英，在他参加革命离开长沙后，尽孝心服侍着公公陈建业。可是,秋收起义、井冈山闹红军的事很快传到了长沙,何键得知陈树湘的家人在长沙,便派出他的爪牙到处搜查,陈建业和陈江英都神秘失踪了。

还有和陈树湘一起从长沙走出来的张小牛、刘群,他们都英勇牺牲了。他们的音容笑貌,在陈树湘的脑海中浮现。

还有与他从武汉走过来,一直并肩战斗、生死不离的韩伟,如今不知生死如何。还有他的两名警卫,还有他从闽西带出来的6000多子弟……

何青松,一个刚参加红军20多天的战士,他完全可以离开,但他没有。他有情有义,用生命诠释了神圣的使命和生命的意义。

陈树湘也想到自己的战斗历程:1931年,年仅26岁的他就被福建省军区任命为独立第7师师长,不久,调任红十九军54师师长。后来,红十九军缩编为34师,陈树湘成为红34师师长。在坚守泰宁的战役中,他冒着国民党飞机的狂轰滥炸,多次打退汤恩伯部88师和89师3万余众的进攻。而在梅口防御战中,他更是截击国民党军周浑元部七天七夜。在建宁高虎垴,他阻击敌人10多天,粉碎了国民党军的进攻意图,使得国民党前线总指挥陈诚被撤职。

在湘江战役中,他和他的34师在灌阳水车阻击敌军,再次发扬了其善守敢战的作风,指挥全体指战员从东、南、北三面死死顶住敌夏威部、李云杰部、薛岳部、周浑元部、罗卓英部等十几倍于己的敌人,一次又一次打退了敌人的进攻。血拼血战了四天五夜,终于胜利地掩护中央和军委两个机关纵队及红八军团顺利渡过了湘江。

陈树湘想到这些,脸上浮现出幸福的微笑。他在党的教育中成长起来,为党的事业奋不顾身,对党绝对忠诚,志愿为苏维埃流尽最后一滴血!

突然,他下意识地用手摸了摸口袋,想起韩伟给他的那包烟丝。

那包缴获的烟丝,他曾经说要与韩伟一起送给毛泽东!

那包藏在他身上十多天的烟丝温暖着他,他的心里想念着毛主席,想念着红军的大部队。只要红军大部队渡过了湘江,只要毛泽东还活着,革命胜利就有希望。

陈树湘生命中那些重要的人,在他的梦中出现,又瞬间消失,这让陈树湘明白,那些亲人和同志正在关心着他的安全,牵挂着他的身体,想念着他呢。

陈树湘的脸上露出安详的微笑。他想起自己加入中国共立党的那一刻是多么高兴和自豪,面对着鲜红的旗帜,举起右手宣誓。从那一刻起,陈树湘坚定信念,要将自己的生命献给党和人民,将自己的一切献给党和人民!

"绝对不能被国民党俘虏,绝对不能被国民党利用。"陈树湘默默地想着,伤口让陈树湘疼痛不已。他环视了一下房间,房间的墙抹了石灰粉,是白色,但斑驳残旧,在黑夜里隐隐约约如有鬼魅在飘浮。

"这是我的眼睛花了吗?也许是!"陈树湘忍着剧痛扶着墙慢慢地站了起来,再次打量着那面空墙,他觉得有话想说,想告诉死去了的和还活着的战友,想说给全世界所有的人听。

凝神想了一阵,陈树湘伸出左手握住了右手腕下抖动着的铁链子,将右手伸进嘴里咬破了食指,一阵锥心的痛啊,一股鲜血从指尖喷涌而出。

"这就是我的笔!"陈树湘微笑起来,他扬起右臂把食指按在墙上,用力地书写起来。

黎明到了,太阳还未升起,但天空已经亮起来,淡淡的晨光映在窗棂上,屋子里也有了淡淡的光泽,一行红色的大字写在白色的旧墙上,那是陈树湘用热血写下的:

"誓死不当俘虏,为苏维埃流尽最后一滴血。"

"这就是我的誓言。"陈树湘满意地舒了一口气,"现在我的所有使命都完成了,以后我便永久地跟我34师的兄弟们在一起了,跟我从闽西带出来的铁血兄弟们在一起了,永远在一起了。"

陈树湘又被抓去受审。

他用手压着疼痛的伤口,睁开眼,满眼都是团丁。

何湘走过来,看到院子里都是团丁的尸体,鲜血染红了整个院子。

几个没有死的团丁也受了重伤,在那里哼唧。

何湘一看,心里生气,又拿着皮鞭前去打陈树湘。

一个胖团丁走过来拦他,说:"何营长,不能打死他。他是红军的大官。"

何湘咆哮道:"什么大官,我先宰了他再说。"

胖团丁赶紧报告:"刚听那个死了的年轻人叫他'师长',如果您抓到的是红军师长陈树湘,那您可就发达了!"

何湘一听，简直是喜从天降，说："啊，我记起来了，还真是一条大鱼。师长，陈树湘。来人，把他抬到营部谢德堂去，安排诊治。明天一早就押送到长沙领赏。"

黑暗里，闪着微弱的光芒。

一副锈迹斑斑的脚镣手镣，锁住了陈树湘。

何湘真有点后悔，真不该对陈树湘下那么重的毒手。如果打死了陈树湘，那他的赏金就要大打折扣了。可是，陈树湘也太不让人省心了，宁愿死也不透露身份。还有他的同伴，宁愿自己去死，也在保护着他。

何红梅这个女人，更让他搞不明白，为一个不认识的红军师长，宁愿自己的命都不要。

何湘这时知道了，那个受伤的红军大官就在眼前，他就是34师的师长陈树湘。何湘发现陈树湘的腹部有伤，而且，伤口已经感染。他赶紧安排医生来给陈树湘医治，只要能保住红军师长的命，交给"剿总"何键，就是他何湘的功劳。

陈树湘坚决不配合，医生被陈树湘轰了出去。

何湘送来了美食、美酒，希望能让陈树湘燃起求生的欲望，但饭菜刚摆上，就被陈树湘一脚踹翻了。

何湘得知他就是红34师师长陈树湘，审问着："你们有多少红军？"

陈树湘回答说："湖南都是，全国都是。"

何湘又问："你杀过我们多少人？"

陈树湘大声回答说："我参加红军打过数百仗，为人民消灭了不少害人虫。"

何湘一听,哼哼一笑:"你们红军打死了我的阿爸,打死了我的婆娘!打死了我好多兄弟!还有,我们团丁里,竟然有红军特务。你们红军真是无处不在呀!"

陈树湘一听,哈哈大笑起来。

何湘看到陈树湘一笑,感到有了希望,很和气地蹲下身来说:"只要你交出红军的地下组织,我可以放你一条活路。"

陈树湘一听,又哈哈大笑,说:"我就是红军34师师长陈树湘,你杀了我吧!你们抓住我一个陈树湘,全国还有千千万万个陈树湘,千千万万个共产党员和红军战士,革命的烈火,你们是永远扑不灭的!"

何湘一听,都快气疯了,他来回走着,真是拿陈树湘没办法。

"不能让他死在何家寨,先把他送到道县保安团,然后再护送去长沙。交上去了,上峰自然有办法治疗。"

何湘交代下去,将陈树湘关押起来,好好侍候。

## 陈树湘的英勇牺牲：
## 断肠明志，绝对忠诚

> 何湘指挥团丁用担架抬着陈树湘到道县,当行至蚣坝镇石马神村将军塘麒麟庙时,陈树湘乘敌人不备,撕开伤口,用手拱进腹内扯出肠子,用力绞断,英勇牺牲,年仅29岁。

早上8点,陈树湘还在昏迷中,何湘便叫人将他抬到了担架上。

在两棵高大的桂花树下,几个团丁将陈树湘放在担架上抬着,向道县县城出发。

"长官,你躺好了。兄弟们把你抬到县城,找最好的大夫给你医治,过两天送到长沙,给你动手术。"一个团丁想到即将到手的赏银,心花怒放地说。

"不怕你不配合治疗,到了医院,嘿,何营长可说了,医生给你打一针,你就乖乖地躺着,想不配合都不行。"另一名团丁得意扬扬地说。

陈树湘的绝食让他们恼火,生怕他死了,赏银就得打折扣了。

天大亮了,陈树湘躺在担架上,能感受到初升阳光的照耀,但他还是体会不到一丝温暖,只感觉连血管里的血都是冷冰冰的。

陈树湘静静地躺着,他隐约听到团丁的话,心里暗暗地思忖。

这时,何湘走过来,想看一看昏迷的陈树湘。

正好陈树湘醒来,何湘便说:"你何必呢?国民党军一个师长,香车美女豪宅,享受不尽的荣华富贵!你一个堂堂的共军师长,却落得这个下场!"

陈树湘睁着眼睛望着他,没有吭声。

何湘见陈树湘不吭声,接着说:"只要你投诚,我保你升官发财,金钱美女、房子车子什么都有了!人活在这个世界上,不就是为了这些吗?"

陈树湘动了动疼痛的身子,斩钉截铁地说:"我们共产党人是为老百姓打天下,为老百姓的美好生活而奋斗。"

何湘一听,大笑着说:"为老百姓,谁会相信呢?"

陈树湘也笑着说:"你不相信,成千上万的老百姓相信。老百姓心里有杆秤!"

何湘哈哈一笑,说:"那些穷人?他们相信有什么用?又不能给你金子、银子、美女!"

陈树湘怒目而视,说:"老百姓是我们的衣食父母,他们的利益高于一切!"

何湘不明白地问:"为了那些穷人,连自己的命都不要,值得吗?"

陈树湘说:"我们共产党人的鲜血,就是为老百姓而流。我们红军战士,就是要为苏维埃流尽最后一滴血。"

何湘说不过陈树湘,走过去将陈树湘的手放好,手一挥,让手下抬着离开。

陈树湘眯着眼睛,想起自己的家乡,想起自己从长沙县福临镇来到长沙,在清水塘租地开荒种植蔬菜,还经常给清水塘22号送菜。

陈树湘1905年出生在长沙县福临镇枫树湾村,这一带峰峦叠嶂,良田千里,是物华天宝之地,人杰地灵之乡。在福临镇,陈树湘生活了9个年头。这9年,是他人生启蒙的9年,也是他历经苦难的9年。他的全家给大地主林老爷干长工,住在林老爷家的牛栏屋。就是在这个牛栏屋里,他与一头小牛犊同时出生了。他的母亲张氏将他视为掌中宝,下田抓的小鱼小虾都留着给他吃。在陈树湘5岁时,张氏生下了陈树湘的妹妹,可是张氏却撒手人寰。后来,他2岁的妹妹也夭折了。接二连三的打击让陈家喘不过气。陈树湘到了读书识字的年纪,却没钱读书,只能给大地主家放牛挣得一口吃的。1913年大洪灾,稻田被水淹埋,庄稼颗粒无收。1914年又是大旱,林老爷家出租的上百亩土地收不到租金,陈树湘的父亲陈建业也走投无路,只好带着不到10岁的陈树湘离开福临镇来到了长沙的小吴门,靠打短工度日。后来他们在清水塘开荒种菜,靠种菜和挑水卖讨口饭吃。

在清水塘,陈树湘认识了毛泽东、杨开慧,认识了一批以马克思主义理论改造中国和世界的"真同志"。陈树湘从一个菜农觉醒成为一个革命战士,成为一个信仰马克思主义的中国共产党党员。

毛泽东和杨开慧就住在清水塘22号,那片绿荫掩映的地方。

每次来清水塘送菜,陈树湘都亲切地叫开慧姐。杨开慧也特别喜欢听陈树湘叫她姐。亲不亲,故乡人。陈树湘总是挑最好、最新鲜的蔬菜送到杨开慧家。这里,有时吃饭的人特别多,杨开慧就会叮嘱陈树湘多送一些菜来。开慧姐的朋友、亲人真多啊,陈树湘都有点好奇了。

春天的蔬菜有莴笋、洋葱、水芹、豆芽、韭菜等等,稍晚一点,就有了茄子、辣椒、丝瓜、黄瓜、苦瓜、豆角等。陈树湘将菜送到22号院,杨开慧总是给他递上一杯热茶,还给他最好的价格。有时,杨开慧家的客人太多,陈树湘便主动留下来帮忙干活,洗碗、洗菜、切菜、做饭,打下手。杨开慧看着这个家乡小弟亲切又灵活,特别喜欢。

杨开慧和陈树湘的友情理所当然地被区委里的人看在眼里,也都留意到了这个小伙子的朴实勤劳和聪明劲儿,因此遇到陈树湘也都会客气地聊两句。

杨开慧喜欢陈树湘,觉得他是个可造之才,所以把他介绍给毛泽东,想让毛泽东对他多点印象,看是否可以培养一番。她还鼓励他多学文化,多参加进步活动。

杨开慧想,有空的时候,自己也可以教陈树湘认字,讲一些革命的道理给他听,让他了解社会,走向革命。

就这样,陈树湘走进了毛泽东住的房子,成了长沙近郊受到毛泽东等共产党人启蒙教育的第一批菜农。陈树湘执着、敦厚、诚实的性格,深得毛泽东和杨开慧的喜欢。陈树湘除了接受教育,还帮助跑腿,送一些书报刊物。

在这里,他经常听毛泽东和杨开慧讲时局和革命的道理。在他们的引导下,陈树湘眼界大开,进步很快。他的思想很受触动,决心像这些人一样投身革命,改造这个旧世界。

有一天,毛泽东笑着对他说:"不如你把名字改成树湘,像一棵直插云霄的参天大树,树立在潇湘大地之上!"于是,陈树湘勇敢地将自己的名字陈树春改为陈树湘。

毛泽东对这个勤劳务实的小伙子非常喜欢,知道他改名后,特意送他一支钢笔、一个新笔记本,鼓励他努力学习文化,不断提高革命觉悟。

毛泽东开玩笑地说:"树湘,你这个名字改得好,你不仅要为树起一个新湖南,而且要为树出一个新中国、树出一个新世界而奋斗。"

陈树湘见毛泽东这样说,摸了摸头,笑着说:"我一定为新中国流血流汗,在所不辞!"

毛泽东、杨开慧和他谈心,对他的鼓励,那些关于国家前途命运、工农苦难生活的话题,那些对未来充满向往的喜悦,让他内心日益亮堂起来。在毛泽东的教导下,他接触了马克思主义,开始了革命生涯。从此,他把个人前途与国家和民族的命运,与党和人民的伟大事业紧紧地联系在一起。

陈树湘想到这些,内心特别激动。他想念毛泽东,想念开慧姐。他有一颗忠诚的心,他忠于毛泽东、忠于共产党。为了革命,他宁愿抛头颅、洒热血。

陈树湘下意识地摸摸口袋,那包烟丝还完好地保存着,他想

401

着见到毛泽东,拿出来敬送给他。可是,现在要见到毛主席太困难了。中央红军过了湘江,现在在哪?毛主席现在在哪?

陈树湘将手压在口袋上,眯着眼睛。

这时,何湘突然走过来,将陈树湘的手甩开,大声说:

"交出来!是什么?"

陈树湘睁开眼,看到何湘穷凶极恶的嘴脸,他又将手重新压在口袋上。

何湘用手去抓陈树湘的手,想再一次拿开,可是,怎么也拿不开。陈树湘用尽全身的力量,压在口袋上,头上冒出了一丝丝汗水。

"快来,拿出来!"何湘大声吼道。

几个团丁一听,赶紧七手八脚地将陈树湘的手扯开,从口袋里掏出那包跟随陈树湘20多天的烟丝。

"一包东西!"

"打开!"

"会不会是情报?"

一个团丁小心翼翼地将布包打开。

"烟丝!"

"哈哈,是一包烟丝!"

"你不抽烟,带着一包烟丝干什么?"何湘接过那包烟丝拿在手上看了看,好像看出了什么,这不是他阿爸的烟丝吗?

"从哪里来的?"何湘突然问。

陈树湘睁大眼睛望着他们,一言不发。

"何营长,这家伙带着烟丝一定有什么秘密!"

"快说,带着烟丝干什么?"何湘弯下腰,不耐烦地向陈树湘身上踢了一脚,"快说!"

陈树湘见到何湘弯下腰,一把将烟丝抢过来,大声说:"这是我的!"

何湘手中的烟丝一下被陈树湘抢走了,他胸中的气愤不打一处来,向陈树湘又飞起一脚,大声说:"你的？谁送给你的?"

陈树湘一身疼痛,蜷曲成一张弓。

何湘立即从陈树湘的手中将那袋烟丝抢了过去,掷在地上,撒了一地,并凶狠地将烟丝踩成了泥,口里说:"见你妈的鬼!"

陈树湘挣扎着想去抢回来,又被何湘踢了一脚,正好踢在伤口上,陈树湘手压在伤口上,疼痛得直翻腾。

一个年老的团丁走过来,制止说:"再打,就打死了!"

何湘看了看,仿佛意识到了什么。

何湘停住手弯下腰,将陈树湘翻过身。

"我不是傻子。你好好躺着,老子要用你去邀功领赏!"说着何湘两个大巴掌一拍,大笑起来。

陈树湘用尽全身力气,将一口血水吐在他的脸上,大声骂道:"去你妈的！你这个杀人不眨眼的刽子手!"

何湘用手抹着脸,又想动手,想想又不敢,说:"打死你,就不值钱了,那三万块白花花的大洋就拿不到手了。"

陈树湘真想被打死,他就可以去见自己的战友,见自己的亲人了。

如果真被抬进了医院,麻药针一打,做手术,灌药,他真是毫无反抗能力。

红34师的同志们都留在这片土地上了,他能独活吗?

如果活下来还能继续革命,他是愿意活下去的,哪怕更艰苦。如果留下命来只是面临严刑拷打和监狱,只是国民党想从自己嘴里掏出党和红军部队的消息,只是成为国民党蒋介石吹牛的工具、嚣张的道具、炫耀的资本,那活下来还有什么意义呢?

何湘看着陈树湘,心里在暗笑,心想,只要是活口,送上去,白花花的银子就会进腰包。但是,如果陈树湘能够当叛徒,那他的价值就更大了。何湘这样想着,又弯下腰,耐着性子问:

"其他事情就让它过去。给你最后一次机会,你若招了,荣华富贵和高官厚禄,你享受不完!"

陈树湘哈哈一笑,大骂着说:"放你的狗屁!"

何湘被骂了,也不生气,继续笑着说:"你那么愚忠干什么?你招了,谁也不知道。"

陈树湘也哈哈大笑说:"我对中国共产党的忠诚是坚定的绝对的,没有半点水分。我对反动派的仇恨是咬牙切齿的,没有半点虚假。我就是我,陈树湘!红34师师长!"

何湘看到陈树湘这么坚决,没有半点可谈的余地,低下头,大声说:"兄弟们,快走!别耽误了时间!"

保安团的团丁抬着陈树湘上路,走在弯弯曲曲的山间小道上,时不时还有摔跤的风险,上山下坡,一路劳顿,汗流浃背。

这时,有人说话了。

"他妈的,这山路太难走了。走着都累,何况还要抬担架。"

"是啊是啊,兄弟们,咱们休息一下再走。"

"前头就是蚣坝镇石马神村将军塘自然村了,咱们到前面休息。"何湘用手指着前面说。

蚣坝镇石马神村位于道县县城东南方向,距四马桥镇直线距离8公里,距道县县城30公里。

石马神村的荆山麒麟庙历史悠久,规模宏大,占地面积7000平方米,有古建筑7栋。庙内供奉蒋、柴、杨三位相公。蒋相公是武将,柴相公和杨相公是蒋相公的副将。因石马神距萌渚岭大山近,常年受匪患之苦,蒋相公带领柴、杨两位相公率部剿匪,战功卓著。在一次剿匪战斗中,蒋、柴、杨均战死在大岭塘附近的倒凉亭。荆山18村群众感念三位相公的恩德,于是砌庙纪念。他的战马不舍旧主,化为石马守候在麒麟庙前,石马神因之得名。

陈树湘听人说起过三相公的传说,在听到团丁们提到石马神村时,就想起了远近闻名的荆山麒麟庙。

两个团丁也在说麒麟庙,更多的团丁在骂娘。

何湘见了就骂道:"你们这些懒肠子,拿赏银就冲在前头,干活就拖泥带水,走走走。"

翻山越岭走不多远,只见山上松树连成一片,郁郁葱葱,不一时,便到了将军塘自然村。

团丁们口渴了、累了,都嚷着要喝水、休息。

何湘见团丁们将担架放下了,觉得这个地方挺安全的,可以休息一下再走,毕竟前头路还远着呢。

"好吧,兄弟们,就在松树下休息10分钟。"

说着,何湘就找地撒尿去了。

护卫的团丁也都散开了,举着枪各自找个方向开始放哨。

抬担架的团丁将陈树湘放到一棵大松树下,看到陈树湘还在昏迷之中,便放心去喝水和撒尿。

陈树湘意识到团丁离开了,他睁开眼,看到亮晃晃的天光,天空中几朵白云漂浮,小鸟从身边飞过。看看眼前的松树,苍翠欲滴,他的心异常平静。

陈树湘咬了咬牙,突然伸手将身上的衣裳扯开,将绷带解开。绷带浸满了新鲜的血液,伤口被何湘一踢,早就崩裂开了。

陈树湘皱着眉头用手摸着那伤口,突然用手撕开伤口,将手伸进了腹部。

"这是我的最后一场战斗!"陈树湘想着,把牙关咬得紧紧的。

"你、你要干什么?"何湘与一名团丁远远就看见陈树湘的动作很奇怪,马上察觉到了气氛紧张,加速朝担架冲了过来。

这一会工夫,陈树湘突然伸手朝伤口里深探进去,一阵剧痛狂袭,创口一下子就被撑得爆开!

"啊——"陈树湘一声惨叫。

随着这惊魂一幕,那名冲过来的团丁和正准备冲过来的何湘都惊呆了,像被雷击了一般停住了脚步。

热血呼啦啦从洞穿的腹部流了出来,跟着陈树湘的手一起的,还有拽在手里的一把肠子,就这么呼啦啦从伤口里被拖了出来。

疼痛,扭曲了陈树湘的脸,圆滚滚的汗珠从他全身往外冒,他的眼睛瞪得像铜铃似的。

何湘停顿了一下,继续冲了过来,他想制止陈树湘。

几名团丁却被这壮烈的场景所震撼,连靠近的勇气都没有了。

陈树湘的头上全是黄豆大的汗珠子,他脸色铁青,紧紧咬着牙关,嘴唇哆嗦着,仿佛还在说什么。

"你、你、你说什么?"何湘不敢伸手去抢陈树湘手中血糊糊的肠子,只是哆嗦着嘴唇恼羞成怒地吼,"你说什么?!"

"我对党绝对忠诚,誓死不当俘虏,为苏维埃流尽最后一滴血。"

陈树湘最后又坚强地说了一遍,然后鼓足勇气,将拽着的受伤的肠子猛地朝外一扯绞断,随之痛死了过去,壮烈牺牲。

何湘和团丁们吓得目瞪口呆,害怕得在原地发愣。

半晌了,何湘还结结巴巴说不出话:"这……"

一个老团丁嗫嚅着重复说:"对党绝对忠诚,誓死不当俘虏!"

何湘见老团丁喃喃自语,才意识到陈树湘已经死了,猛地瞪了老团丁一眼说:"你在胡说什么?"

老团丁没搭理何湘,看着地上那一堆肠子和全身是血的陈树湘,低下了头。所有的团丁都低下了头。

青山肃立,江河流泪。

陈树湘就这样英勇地牺牲了,以让敌人瑟瑟发抖的壮举和一个共产党员的豪迈,为苏维埃流尽最后一滴血!

陈树湘死了,再抬到道县就没什么意义了。功,还是可以邀的。气得疯狂的何湘怎么也搞不明白,一个堂堂的红军师长就这样结束了自己的生命？难道真像陈树湘所说，共产党人不怕死，他们的血是为老百姓流的，是为苏维埃流的？

何湘是个流氓，是个刽子手，他下令将陈树湘的头砍了下来，他要拿着红军师长的头去邀功领赏，去街上示众，再送往长沙……

敌人将陈树湘的遗体抬到道江镇齐家湾，让官兵查看，照了相。然后他们将陈树湘的头挂在道县最热闹的地段示众。

12月20日，敌人又将陈树湘的头悬挂于长沙小吴门外中山路口，并张贴了布告。

每天，有无数人从这里路过，他们仰望着陈树湘的头颅，知道这是红军的大官，是共产党的大官，是红34师的师长陈树湘。

人们远远地站着看着，心里疼痛着，胸腔里有怒火，喉咙里咽着声音，眼睛里含着泪！

道县群众冒着生命危险将陈树湘及警卫员的遗体安葬于道县县城潇水河畔。

湘江战役，是关系到中央红军生死存亡的一战，也是红军长征以来最大的一次战役。英勇的红军将士凭着高度的政治觉悟和坚定的共产主义信念，显示出英勇顽强、不怕牺牲的大无畏革命精神。

红军以损失过半的惨重代价，突破国民党军的第四道封锁线，粉碎了蒋介石围杀中央红军于湘江以东的企图，宣告"左"倾冒险主义错误军事路线的破产，为中国革命保存了弥足珍贵的力量和希望。

34师是永远的34师,陈树湘是永远的陈树湘,永远让世人敬仰、铭记。

湘江战役中的红34师,最后活下来的人没有几个,100团团长韩伟跳崖获救。韩伟将军后来回忆,与陈树湘师长失散后,他带领余部在界岭遭遇桂军追击,双方进行最后一场激战。

二十余名战士阵亡,韩伟一行六人纵身从轿顶山跳崖,他幸而被半崖中的松树阻挡,安全跌落到崖底。落地后,韩伟发现2营营长侯德奎、5连通讯员李金闪也活了下来,于是他们互相搀扶着走出山崖,往漠川乡协兴村方向走去。

这天细雨蒙蒙,韩伟等三人行至董家村,在一户村民家中养伤。此时,家住一公里外协兴村的草药医生王本生正好到董家村行医。看到韩伟等三人身穿带红星的军装,脚部受伤,身上还有多处枪伤,判断出他们应该是负伤的红军。

当天夜幕降临,王本生脱掉自己的衣服为韩伟换上,与村民一起将受伤的几人背到自己家救治。第二天,1营司号员罗金党因脚部受伤,到王本生家求医时巧遇韩伟、侯德奎、李金闪。

王本生将他们安置在家中的红薯窖里,用从山上采摘的草药为他们疗伤。因当地保安团常来搜查,他们白天只在窖内活动,晚上方能出来透透风。

二十多天后,他们的身体基本恢复,韩伟决定趁年关混出漠川、兴安,去追赶红军大部队。为了避开沿途的盘查,他们将随身携带的四颗子弹和怀表等物品留给了王本生,打扮成挑夫模样,混在挑山货的队伍中躲过保安团的盘查,顺利出山。

12月13日,王光道率余部翻过大蜂山来到牛栏洞,在牛栏洞召开会议,决定进驻九嶷山区,然后进入宁远。当晚,在宁远湾井圩附近遇敌合击,退往香花铺小南海。

12月14日深夜,他们在小南海再遭敌军猛攻,王光道重伤,十一名红军战士牺牲。

12月15日,红军余部到达鲁观洞,王光道等五人留在当地养伤,其余人分别从牛头江、住龙门一带进入九嶷山区。

12月16日至21日,余部在蓝山茶盘坳等地遭道县、蓝山、宁远保安军合击,战士们相继牺牲。

红34师6000多子弟,在敌人追击中,弹尽粮绝,几乎全军覆灭。

12月20日下午2时,国民党军何键的"追剿"总司令部将陈树湘的首级悬挂于长沙小吴门外中山路口的石灯柱上,并于其旁张贴布告。

写完这些文字,我的心久久不能平静。

习近平总书记强调:"对党忠诚,是共产党人首要的政治品质。对党忠诚,必须一心一意、一以贯之,必须表里如一、知行合一,任何时候任何情况下都不改其心、不移其志、不毁其节。"

作为首要的政治品质,忠诚,是绝对的,从来没有什么所谓相对的忠诚。对党绝对忠诚,关键在"绝对"两个字,就是唯一的、彻底的、无条件的、不掺杂任何杂质的、没有任何水分的忠诚。

陈树湘在中国共产党的教育和培养下,成长为红34师师长。红34师是中央红军的绝命后卫,陈树湘短暂的一生听党指挥,对党绝对忠诚:远大的理想和坚定的信念,铸就了他"绝对忠诚"政治品格的政治灵魂。听党指挥和服从大局,成为他"绝对忠诚"政治品格的最高原则。英勇斗争和敢于担当,彰显他"绝对忠诚"政治品格的政治本色。

陈树湘永远活在我们心中,他崇高伟大,他信仰坚定,他绝对忠诚,他敢于担当,他敢于斗争……